塞壬——著

镜中颜尚朱

译林出版社

图书在版编目（CIP）数据

镜中颜尚朱 / 塞壬著. —南京：译林出版社，
2023.9（2024.10重印）
ISBN 978-7-5447-9729-0

Ⅰ.①镜… Ⅱ.①塞… Ⅲ.①散文集-中国-当代
Ⅳ.①I267

中国国家版本馆CIP数据核字（2023）第084419号

镜中颜尚朱　塞　壬／著

责任编辑　李　蕊
校　　对　王　敏　蒋　燕
责任印制　闻媛媛

出版发行　译林出版社
地　　址　南京市湖南路1号A楼
邮　　箱　yilin@yilin.com
网　　址　www.yilin.com
市场热线　025-86633278
排　　版　南京展望文化发展有限公司
印　　刷　江苏凤凰扬州鑫华印刷有限公司
开　　本　890毫米×1240毫米　1/32
印　　张　8.875
插　　页　2
版　　次　2023年9月第1版
印　　次　2024年10月第2次印刷
书　　号　ISBN 978-7-5447-9729-0
定　　价　59.00元

自 序

给自己的集子命名是一件伤感的事情。终究没有一个名字是真正让我满意的。最多也只是无限接近心中的那个白月光。完了，就一个人坐在那里感慨：又送一个女儿出嫁了呀。她以后就有了独立的命运，老母亲的心，欣慰过后还是有些许的失落。

我写得慢，一本书要写三四年，放怀里捂久了，每一个字都是贴着皮肤的，伴着心跳和呼吸历经了那么多个日日夜夜。如今剥落成集，我还得在短时间内面对一种虚无，不知道接下来要干什么的虚无。

我曾经想把这本集子命名为“斑斓”，但又觉得这个名字是不是太狂妄了？那文章得要好到什么程度才敢称之为“斑斓”啊？想到此，我就心虚起来。“斑斓”二字，我怕是够不着了。刚说要放弃，心里却又屡屡蠢动着。转念一想，若这本就命名“斑斓”了，那我接下来的文章还要怎么写？珠玉在前，后面的压力实在太大了。“斑斓”啊，本该是高处的一个存在，我能做的似乎只有仰望它——就像璀璨的星空，闪耀深邃华彩之光的豹。

那我就无限接近于斑斓吧。

我又想到了“心灵颂”这三个字。这三个字倒是契合这本书的主旨内容。我的文字终究还是为着那些干净的灵魂在喃喃唱颂啊。也为了我自己。从久远的时光走来，这一路披荆斩棘，从幽暗抵达蓝，再到无尽的灰白，最后向着明黄矫健一跃，啊，仿佛是头顶砸开了光。我是如何成了我？多少影子和镜像，照见的是一宗又一宗的往事和一个又一个的面容，我用文字细细触摸过。在满心风雪的中年，我看见一种澄澈的深情久久地沉浸在语言的唱念里。可是，“心灵颂”是不是太过宏大了呀，而且它像一种响彻头顶的巨大合唱，大到像一个容器，它装下了我，却又淹没了我。它碾压了一切声音。

正踌躇着。出版社给出了意见，要不就命名为“镜中颜尚朱”？这本是集子中一篇作品的名字。初品，有一股倔强的意味在里头。我把这个名字发在微信群里让朋友们讨论，他们皆认为，这个名字跟我作品的风格不太一样。镜中颜尚朱，本是一句五言诗，取自“镜中颜尚朱，庭前萱正绿”，它透着一股江南的气息，文人的情趣，和一种灵魂的轻盈感。

读过我文章的人，都知道我大概属于“盐系”的那一类。沉默、坚硬，还有悲伤。面对灵魂之重，生命之重，我总是面目狰狞地对抗着什么，叫喊着什么。我，披头散发，用语言的利刃写着那些痛彻心扉的人和事，即使是爱，也是意味着告别。当然也会有和煦的风和人间的温情，也会有散落一地的笑语和明媚的春光。更多的时候，孤独是致密的罐笼，外面的人全然听不见也看不见。已然中年了，环顾周遭，我还有什么？

白发爬上鬓角，地上落的全是黑发。牙豁出口子。低头照镜子，脸也垮了。近视还加上了老花。我常忘记念叨已久的重要事件，家里四壁贴满了记事贴。月经开始紊乱，睡得浅，吃得多，还备受偏头痛的煎熬。我时常在黄昏莫名地头痛，它不剧烈，隐隐地，却持续到凌晨，令我不得安睡。我的书桌开始摆满了奇奇怪怪的药瓶子。我所有计划要做的事，最终会因为身体横生出的某种不适，而不得不放弃。这是我在两年前根本就不会去预设的因素。现在，它却是我第一个需要考虑的阻碍因素。我开始走向衰老了吗？

那么，“镜中颜尚朱”是不是我最后的倔强了？

这不仅仅是颜，更多还是精神层面的吧。我分明还有着一颗滚烫的心和不屈的灵魂。我还有强烈的胜负欲和大争之心。我要写出以潜伏工厂四十多天的经历为蓝本的《无尘车间》《日结工》，以及那些正在消逝的美好事物。秩序，克制，开阔，平静，足以让我抵抗中年对肉身与精神的侵蚀和损害，给自己一个缓冲，来慢慢消化自己已经开始走向衰老的事实。

我出了四本散文集，分别是《下落不明的生活》《匿名者》《奔跑者》《沉默，坚硬，还有悲伤》，而这本即将出版的《镜中颜尚朱》，仅从书名上看，它是多么不同啊，然而，从文章的气质与文字的性格来看，塞壬依然还是那个塞壬。凛冽。坚硬。满怀深情。在这本《镜中颜尚朱》里，读着《即使雪落满舱》《追赶出租车的女人》《缓缓的归途》《隐匿的时光》，还有《翁源手记》，你一定会与我再次相遇。那是我们灵魂相似的部分。

目 录

追赶出租车的女人

我时常在镜前停顿。是那种不设防的镜，它突如其来地照见你的影。电梯，楼道的拐角，抑或是在匆忙的一瞥中望见大屏幕里人群中的自己。我会作短暂的凝视，并惊异于她的陌生。以他者的视角目睹那种类似于衣冠不整的仓皇现场在镜中消失的瞬间，一个裸露的灵魂让我战栗。而后，镜中的眼睛就隐藏了一切，调匀气息，预设好表情、心理，敛住慌乱，在镇定中逃离那面镜子。那些年，镜外的我，似乎从未有过真正的优雅与宁静。

试图定住那个瞬间，惊魂未定，风尘仆仆，疲于奔命，无数张变幻的脸最后叠加成一个迷茫的我，此刻，指尖在键盘上犹疑。我能如何写出她？这个令我轻轻一叩就痛的故人。她小小身板，几根扎手的骨头，漆黑的身影漂泊在广州、深圳、佛山、东莞，在地铁站、在写字楼、在出租屋、在快餐店，抑或是在拖着行李箱，从这个城市奔去另一个城市的长途大巴上。这一切，仅仅只是为了活着。二十年过去了，在检索过往的镜像里，我竟自发觉身在孤独中的人往往是浑然不觉的。她拼命抽打着时间，为着一口饭食和安稳的睡眠，为了明天有着，也为了灵魂的体面，她的内存已满。活，这件事，在那个时候占据了我的全部。

也许，很多人认为我对挣扎在生存边缘困境中的过往过于喋喋不休。塞壬，你就不能放过它吗？不能走出来吗？不，我早就走出来了。在摇晃着红酒写着唱吟诗的日子里，孤独像一身肥肉那样溢出，我的文字早就忘记了落魄、漂泊生涯中的野性与不羁。取而代之的是一种对精致修辞的把玩与厌烦。当你停下来，一切过往的伤疤像徽章一样成为一种荣光被炫耀，那些深夜的痛哭与无助的喊叫成为一种写作红利被过度透支，我其实早该重新审视那些年的写作，那些年和这些年，我这个人。

二十年前，我在广州谋生揾食。我从未想过将来会成为一个作家。

一

我穴居在广州石牌城中村半年多。那个时候，一个人只身从湖北来广州谋生，一个人像一个事件那样消失。在一个陌生城市安放疲惫的灵魂，要租最便宜的房子，食则仅求果腹。去附近网吧发求职邮件，傍晚花五毛钱买《广州日报》的求职专版。广州的石牌东路，因为有了我的行走变得多么焦灼与荒凉。我是循着墙上的“牛皮癣”广告一路找到了那间出租屋的。二百块钱一个月，单间，七八平米，什么都没有。厕位像是从房间突出去的一个方角，蹲式，极窄，没有帘子隔开。唯一的一个小窗安在洗漱盆的墙面上，因此房间的四壁是没有窗的。即使白天外面阳光猛烈，房间也一样要开灯。小灵通没有信号，为了不错过求职面试的信息，我把手机放在厕所那窄窄的窗台上，那儿有唯一的光与空气。没有厨房，也没有晾衣的地方。

有时在半夜大汗淋漓地醒来，南方的湿热与窒闷使人像是被扼住了喉管，喘不过气来。我冲到那个小窗跟前，把头伸出去，向下看，一条细长的蛇街，不论多晚依然有密集的人群在喧哗。伸手可及对面楼，那粗糙的白色墙面堵在你的脸上，避无可避，让人绝望。睡梦中常伴有暴雨，雷声追进梦的深处，蟑螂和蜈蚣在地板上奔跑，我的皮肤渗出晶亮的盐粒。隔壁房间有人做爱，他们的呻吟毫无教养。晚归的妓女喝醉了酒，用脚踢门，而后是吵架、耳光、叫骂。几个皮实的脏孩子老是躺在过道凶狠地哭闹，尿迹斑斑。有人摔门而去，有人敞开门放歌。进出的人，脸盆哐啷响，电视里传来字正腔圆的TVB港剧声。门外楼道拖鞋走路声啪嗒啪嗒脆响，从未间断，直到尽头依然能够清晰地听到。咳痰的人，愤怒一吐。不知是谁家养了一只丑陋的泰迪，眉耷耳趴，在过道上冲来冲去，嗷嗷乱叫，对着空气做着令人羞耻的交配动作。

分明是活在一个匣子里，可它像是完全敞开了一样，所有的声音，所有的气味，所有你不喜欢的某种意志，全都毫无遮掩地向你涌来，劈头盖脸，避无可避。我处在一种嘈杂的旋涡中。没有人认识我，可仿佛曝于众人的视线之下。这是以前从未有过的感受。然而，我跟这个世界重新构建了一种关系，不，是命运再一次给了我重新经营人生的机会。二十七岁，在一个陌生的城市，一切的过往已删除，我仿佛恢复了出厂设置，内心时常涌起一阵阵的亢奋，类似于飞翔。即使是住在这样的地方——蟑螂横行，连一张床和一张桌子都没有。勉强在墙角牵了根绳晾衣服，湿衣服不停地往地上滴水，由于无法长时间承重，绳子在几天后就突然断了，衣服扑的一声全掉在地上，我却大笑不止，笑得肠子一抽一抽的。一切都会好起来的。刚找到一份月薪不错的工作，我想，我应该很快就能搬离这里。

二

早上开门，正碰到隔壁一男一女也出来了。虽说打了几个照面，没说过话，但我还是忍不住细细打量了这二人。男孩二十五六岁的模样，穿着有设计感的宽大黑T，高瘦，鼓突的大眼，额前的卷发形成一个自然的钩子垂在眉头，脸狭长，却长着一个硕大的高挺鼻子，笑起来有一颗虎牙，无邪的样子，有一丝丝羞涩。女孩子，齐刘海，白净斯文，圆圆脸有水果的鲜洁质地，戴着一副窄边的红框眼镜，纤细的脖子上可见蓝色的脉络，发丝根根干净，可望见白皙的头皮，还有洗发水的清香。她穿着雪纺连衣裙，小乳房绷得紧紧的，随着关门的哐啷响，仓皇中见到人，礼貌一笑，露出她的钢丝牙箍。

就是这么两个人，晚上闹得动静太大，尤其是这个白净斯文的女孩子，声音太放荡。他们的声音满怀恶意地打扰了我，打扰了我这个孤独的人。这是两个不让人讨厌的年轻人。干净，谦和，给人带来清新的气息，像是面对好天气时的心情，又像阳光和风迎面扑来。我偷偷地抿嘴一笑。

我在一家广告公司上班，做文案策划。这是我从未接触过的一个领域，我过去是做新闻的，先前以为文字工作大同小异，触类旁通。然而这是一家做电子产品的广告公司，写文案要了解产品的性能和原理构造，新科技应用的亮点，与同类产品比较的优劣势，比如，一款新手机产品的使用测评，一款电脑机箱的软文广告。那个时候，我刚从湖北的一个小城市来到广州，我曾任职的报社才刚刚使用电脑办公，我如何能了解这类产品？像我这种女生更是科技盲，对此眼前一片漆黑。因为真的毫无兴趣。

按我原先的性子，在了解这份工作之后就会马上离职。然而，此刻在异乡，但凡有一丝机会我都不会放弃。在此之前，我被一个劳务市场的骗子骗走了三百块，那个说话和气的中年男人骑着摩托车带我去公司面试，他把我带到一个荒凉而又有许多低矮棚户房的地方，说是公司就在前面，我顿时警觉起来，心里非常害怕，说要下车接个电话，然后趁机坐上了迎面开来的一辆不知开往何处的大巴才脱身，上车一坐定，我就抱紧了自己。紧接着，我被一家招文秘的公司面试，同去的居然有二十几个女孩子，公司在白云区的一个工业园里，转了几趟车才找到，非常偏的一个地方。进去之后就强行培训，我才意识到这是家化妆品的传销窝点。我至今都不能忘记接到这家广告公司面试通过消息的那个瞬间，因为激动，舌头在打战，最后放下电话，任眼泪长流。现在，试用期一个月，我要突破的除了兴趣背离、专业障碍以及恐怖的淘汰压力外，还要适应广州的气候、饮食以及生活习惯带来的种种不适。我先是因水土不服呕吐了几天，最后在街上买了黄振龙凉茶喝下才止住；一天早上挤公交车，包包被人划破，小灵通手机被人偷走了。我后来才知道，我遭遇的这一切并非偶然，它是一种非常普遍的存在。广州，你对一个初来乍到的姑娘下手太重了。

在那个墓穴一样的房间里，我咽下了一切。没有具体对象可以对抗，也无人可以诉说。在那间连空气都被限死的房间里，睡去才是唯一的救赎。那种空间的压抑感，人的所有挣扎与喊叫都是徒劳的，你只能服从。我从未想过活下去这件事会如此艰难。我庆幸的是，我人还好好的，没有遭遇飞来横祸，要知道，出门在外的人，很多人莫名消失，连尸体都没能找到。很多年之后，我成了作家，读我的文章，有人说，塞壬，你是一个内心特别强大的人。我想，这一定与那半年多的经历有关。当一个人把自己的人生设定为只求活下去，那么，她就能忍受只要能活下去的种种不幸。那个时候，我的爱情也死去了，它被删除在离开老家的那个过往里。

我每天加班，最后一个离开办公室，疯狂阅读公司订阅的《电脑报》《计算机周刊》《我们只谈硬件》这种天书般的报纸杂志，硬啃、死记。渐渐地，有了些眉目，我开始掌握稿件的相关要素。第一篇被客户通过的稿子，我印象深刻，是一款电脑电源的软文广告。工资是两千五，我离开老家的那家报社时，工资才四百多。一个月后，我留下来了。我翻过了那座山。其中艰辛不必细说。只记得那个月来了两次月经，淅沥不止，耗了大半个月，也没空去看医生吃药，硬拖着，最后是自己好了。

我好像几乎没有抬头看过广州的风景，只是数着脚下的路。对于一些景点——烈士陵园、总统府、珠江夜景——我甚至想都没有想过要去游玩欣赏。与身边的人，没有深交，仅限工作的交流，我不参加他们的饭局和派对，不完全是因为我没有时尚的衣服和化妆品，跟那些人，我有一种人格的隔，融不到一处，好像一个局外人。我也很少笑。啊，那个时候的我啊，活得那么努力，那么刻板，拼命攥紧饭碗，仿佛时刻害怕被人端走，真是令人心碎。真的，这种不安还潜进梦里，它持续地、魔鬼般地损害着我，郁结成一块心病。

因为从来没有依靠，所以时至今日，这块心病的阴影依然没有解除。

有一天晚上，有人敲门，是隔壁的那个卷发男生，他说买了很多烧烤，见我刚下班，叫我过去消夜。

三

他叫K君，自由职业。主要是接一些平面设计的活。他的那间屋子至少有我的两倍那么大，然而依然是局促的。除了一张凌乱的床，他有一张很大的板桌，上面有一台旧电脑，键盘的缝里全是肮脏的灰尘和食物的渣沫，桌上一片狼藉，可乐罐做的烟灰缸，两桶没有倒掉的红油方便面，还有油彩、画板、干掉的画笔和一堆过期的报纸。墙上、地上全是涂鸦的画板和布纹纸，一些成品堆在角落，墙上挂满了没有裱的油画，色彩恐怖，血的红，暗黑世界的地狱黑，大胆的浓紫和蓝绿，还有炫目的刺刀白，像车祸现场，也像屠宰间。他的画有宗教元素，魔幻，变形，但只是表达一种潜意识，或者一个偶发的意象。然而，我还是觉得这些画更多地趋于一种后现代主义的模仿，在我有限的见识里，他的这类画，没有太多独创的东西，或者说没有他自己。尽管如此，我还是觉得年轻人的才气是喷薄的，画里有一种激情，那种色块的堆积，像燃烧的欲望。我万万没有想到，隔壁住着一位年轻的艺术家。

女孩也在，她是一位幼师，声音很好听。拿烤串的手，翘着兰花指，她做了粉色的水晶美甲。

算是认识了。在我匆忙的进出之间，在我从未留意他人的视线以及活在一种自我内视的世界时，原来还是有人注意到我了。因为在他的话里，我被称作是，好像是陷入了一种思考着急需要找到答案的困境中，更像是戴着这种困境的忧虑面具。他注意到我无暇注意别的一切。

这话在我心里引起的惊骇可想而知。第一次被一个陌生人触到内心最隐秘的深处，我不由得胆战心惊。原来他比我还长一岁，来广州已经四年了。说到世俗的成功，至今还住在这种不见天日的地方就已明了一切。当然，很明显，这个人肯定是因为画画的掣肘，才耽误了“仕途经济”。为了有更多的时间创作，他不去找公司上班，只得接一些零散的平面设计来维持日常的生存，这是一个守得住清贫的人，可以说算是一个异类了。我拿起一串鱼蛋站起身看墙上的画，他见我有兴趣，忙问我的看法，我迟疑了一会儿。我想，我的看法可能并不专业，对陌生人，对不熟悉的领域最好保持敬畏与尊重。但我喜欢那种画家本人对生活的介入以及有叙事感的作品。这话，我还是没能说出口。最后，我只得模糊地说，从这些画看得出你是一个追求独特形式的人，你找到了属于自己的表达方式。K君听了很惊讶，但似乎很受用，他应和道，是的，除了画画，我不想干别的，我会画一辈子的。他是那种把怎么活看得无所谓，一心想要做成一件大事的人。他有比活着更耀眼更醉心的目标。这就是我们常说的梦想。跟他相比，我像一只低级的爬虫。但我没有自卑感，因为我没有虚度光阴和敷衍生活。即使是一只爬虫，它努力地活着也一样是有尊严的。

所以面对这个才子，我也没有仰望。我察觉到，即使是我随便客套的一句话，也不像是一个普通邻居能说出来的。至少，不像一个外行人。K君意味深长地看了我一眼。

他知道我在广告公司写文案，说有机会可以跟我接一些活来干，甚至可以接产品的宣传画册，我听了不以为意。对于他的女朋友，有一点我很好奇，这么干净的女孩子，外出时精致漂亮，是如何做到忍受这屋子的脏乱和狼藉的？桌上那两桶方便面有些味道了，随手扔掉有那么难吗？转念一想，她身上有着巨大反差的事情也不止这一宗啊。似乎说得通了。世间有许多事，大抵都如此吧。

四

我在那家广告公司干到第四个月就被辞退了。理由是公司的业务不饱和，接的订单不多，业务主要还是在广告设计上，文案，没有必要专门养一个人做。一直悬在心里头最可怕的事情终于降临了，它像爆了的气球，带来一种毁灭的快感。我松了口气，大睡三天，把紧绷的心好好缓一缓。时至今日，我依然觉得睡觉是人生中最享受的事情，类似于醉酒，是一种自我放逐。那里有梦，那里应有尽有。几天后突然接到旧同事的短信，说是公司聘了一个实习生来写文案，告诉我的目的无非是觉得我被老板耍了。我很清楚，这种刚毕业的年轻人在职场需要先混一个经验，他们对薪资要求极低。我不是被老板耍了，而是被职场的规则残酷地刷下去了。

再一次轮回到可怕的求职历程中。忧虑像黑色的云层从头顶罩下来。网络，报纸，人才市场，挤公交，吃快餐，从这个招聘点奔赴另一个招聘点。傍晚，双脚拖着肉身的负累往出租屋赶。一进门，来不及脱鞋，疲惫把人袭倒，身体往床上一摔，沉沉睡去。一连几天，一无所获。

好像是快入冬了吧，起了很凉的风。我忽然萌生了一个可怕的想法。它诱惑着我，频频暗示。回湖北，跟往事妥协，把一切的过往重新捞起，去衔接另一种暗无天日、泥沼般的生活。那是一种怎样的耻辱啊。“哦，在外面混不下去了吧，不是挺能耐的吗？”不，我绝不能去走这条路。我因为上门去找一家公司的地址，在三元里的一个弄堂里，被一个很瘦很瘦的男人抢劫，他迅猛地上来夺我肩上的包，我竟与他争夺了几分钟，那人似乎快站不稳了，手与腿都在抖。可毕竟我太弱了，最终不敌，包被他抢走了。我拼命大喊，抢劫，有人抢劫啊。街上行人听闻，有几个人去追，最终我的包被追回。还包的人告诉我，那人是一个吸毒仔，你小心啦，把包换成斜挎的就抢不到你啦。我道了谢，抱紧包蹲下身去，在大街上放声大哭。

即使没有丢失什么，这件事带给我的心理创伤也是可怕的。它摧毁了我对重新经营未来人生的最初憧憬。它掐灭了光，也抽走了我最终的意志力。我被绝望笼罩。

经历了这一切，回到一个人的狭小的出租屋，唯有四壁，环顾一圈，所有物什尽收眼底：滴水的湿衣服，一张从二手店淘来的床垫，折叠矮桌，一卷纸巾，烧水壶，塑料拖鞋，几本睡前要读的书。有限的几个名词，构成我生活的全部。它们清澈如水，摊晾着我难言的困厄。除了睡去，无他可为。沉沉睡去，沉入无妄的深水里，水漫过头顶。为了抵御脑中频频萌生的退意，我把薄被拉起来，盖过脸。

手机响了，是K君，他约我做一笔单子。是番禺一家珠宝厂，要推冬日的系列产品，需要做一本宣传手册。我在广告公司看过很多类型的产品手册，那种文案其实就是在卖一个欲望。它借了诗歌的外衣，用空蒙凄美的意境包裹着一个所谓浪漫的故事。这种叙事卖弄着种种物质世界的高格调，让买它的人深信自己是买了一种高品质的生活方式。一个华美的圈套大行其道。我跟K君交流这些的时候，他的眼睛在发光，一种像是发现了宝藏那样的异光。

我交出了一个极美的邂逅故事。K君果然是商业平面设计的老手，他配了蓝色的梦幻般的基调，那种童话般的高贵的冰蓝，配合着故事的情节氛围，煽情得让人落泪。在冬天，在冰蓝的世界里，有人相遇，有人相爱，最终成为美眷佳侣，这则冬日恋歌还是需要钻石项链来把它圈住。完美的逻辑与表达，厂家的产品经理毫无意外地信了我们的鬼话，那笔单，我赚了三千块。我们俩拿到钱暗自发笑。那是一种“在我们这种优秀的艺术家面前，这类商业操作简直太小儿科”的默契感与优越感。

一瞬间，仿佛有一种叫作“灵犀”的东西在心里照亮了一下。

头顶飘来一句话：你这样的人，应该无所畏惧，你能。这话，于我，无疑虎躯一震，醍醐灌顶。没错，即使是面对一片漆黑的电子行业，这种硬骨头我都能啃下来。那个冬天很快就过去了。原来不找单位上班，在广州这个地方也可以活得很好。世界开始在我面前慢慢打开。我做了一个有趣的实验，在广州，如果不工作，一个月最低消费的限额包括房租、水电，我能控制在六百块以内。我看见了自身强大的韧性与耐力，我对自己有了一种全新的评估。因为发现有了可以傍身的利器：才华与强烈的努力意愿。而要求仅仅只是活下去，那么，我似乎有足够的富余去做、去看这世界上的其他东西。

但我很快还是找到了一家杂志社的工作。隐约听见K君的女朋友吵着要搬走。

五

我也在酝酿着要搬走。因为杂志社在芳村，上班太远，挤车也辛苦。当然，我也理应升级自己的居住环境。然而，K君先搬了，他把我叫到他的屋子，指着地上、墙上的画跟我说，我可以随便挑一幅拿走。老实说，他的画，我并不喜欢。但是，这个时候我是不能拒绝这个好意的。相识一场，一幅画是唯一的一个念想。因为这一别极有可能就不会再见，漂泊的人，讲的是一个随缘。

来来回回地看了几圈，还是没有找到满意的画。他有些疑惑了：没有喜欢的吗？都不入你的眼吗？正说着，我发现在一个角落里，有一幅画被另一幅挡了半边，我在它面前蹲下来，把前面的那幅移开，然后把它搬出来。我站直身子，把画从面前推开，隔着距离，仔细端详。

画中有一个女子。风扬起她的半长发遮住了脸，看不见表情。她在追赶正从身边开过去的一辆出租车，很明显，她已经追不上了。画中是她正要停住脚步放弃的一个瞬间，然而有一只脚却依然朝前奔去，没来得及停下。昏黄的色调，有落叶飘过，一只扬起正欲放下的手停在空中，我分明还听见她喊叫了一声，还分明看清了那张哀绝的脸。这幅画莫名其妙地打动了我，恍惚间，我代入了自己。不，这画的不就是我吗？这个穿着白衣裙在追赶出租车的女人不就是我在街头的一个瞬间吗？我想起我的种种过往，一宗宗，它们在我面前一一闪过：在大街上痛哭的人，逃进大巴车脱险的人，差点落入传销窝点的人，拖着疲惫的身体回那个阴暗出租屋的人，在深夜大汗淋漓地醒来四处找水喝却无着的人……

我竟自流泪。为了自己这落魄、无助的影像，也为这黄昏中的一个失落。这被现实的一个小小事件打败后的深深沮丧，我再一次体会到了。扬长而去的，不仅是出租车，还是人间的温度，是光，是人贪恋这世间的那一点点的希冀与热情。然而，它们就这么绝尘而去了。

这就是我，一个肉身隐退的灵魂，它的真实面目。我战栗不已，无须对视她的眼睛，我知道，在瞳孔深处，所有的光都将渐次熄落。完整的黑，就要压下来，压在这纤弱的身板上。

K君见我不太对劲，又见我挑了一幅这样的画，一幅仅有的、与别的风格完全不一样的画。我敛好情绪，说，就要这幅了。K君追问道：你是觉得这种画才能打动人心对吗？

我没有告知对这幅画的私密解读。只淡淡说了一句：我可能喜欢这种表现人的内心世界，与一种秘密有关的画吧。他怔住了：这不过是我随意画的一幅画，真有那么好吗？我不再作答。拿起画，把门关上了。我与K君，再也没有见过面。

六

四年之后，我成了一个作家。这个追赶出租车的女人一直跟随着我。当我疲惫地从外面回来，当我再一次遭遇人生的困境与厄运，我就会向她投去轻轻一瞥，起先，她总能给我莫大的慰藉。仿佛是，这个世界有另一个我存在，她一直看着我，注视着我，就像命运那样默默地注视着我。那么长的时光里，我跟她一直是手拉着手走过来的。她是我投射于这世间的一个影子。我曾那样真实地存在过。然而，最终，她什么都不能给我。而在广东辗转多年的漂泊生涯中，那个一直深信有利器傍身的人，命运其实并没有好转。在东莞，在深圳，在佛山，为了谋得生存，为了活下去，我背着这幅画，拖着行李四处奔波，太多的疲累，还要专门把它打包捆好，背在不堪重负的柔弱肩上。我不止一次有了扔掉它的念头，然而拿出来端详，最终还是留下了。

记得好长一段时间，我在东莞虎门租住的那间出租屋，洗手间的门开裂，严重掉漆，很是难看。我突然想起了那幅画，于是就把它钉在门上，每天洗澡，上厕所，我都要跟这个追赶出租车的女人对视一下。然而，她已渐行渐远。太多的东西都已经淡漠了。

直到2013年的光景，我结束了租房生涯，最后在东莞长安定居。彼时，我已经是小有名气的作家了，有图书馆的安稳工作。我慢慢洗掉了身上的底层气息，并开始遮掩过往的破败经历。

有一天，我约了几个同事来家里打麻将，其中有一位是馆里的策展人，他刚刚策划了一次唐卡展。因为是我的新居，同事们就开始四处看。这个人不知道从我书房的什么地方找出了一幅画。他拆开了报纸，把画拿在我面前。追赶出租车的女人。很多年了吧，我竟忘记了，老实说，我已经有很多年没有看过这幅画了。我的确忘了。我应该是把它随便塞进书房的一个角落，包装纸应该积满了灰吧。再次看到它，心无波澜，我完全没有了第一次见到它的那种强烈情感，那种无声的大恸，那种悲而不发的震撼。丝毫没有。这幅画，在我眼里，如今变得平平无奇，甚至，还隐隐地让我厌弃。毫无美感的一幅画，色调暗沉，构图单调，没有装饰性，也不能挂墙。重要的是，它提醒着我极力想要摆脱的一切，如同芒刺。而我墙上挂的是毕加索、莫奈的临摹品。一堆塑料假花。

见我没说话，我那位同事开口了，他问道，这幅画能否卖给他？

我打量了他一眼，有点狐疑，他究竟为什么要买这幅画？我半开玩笑地说，你出多少？

他对我做了一个手势：五。

我连忙对着他比画了一个手势：八。毕竟钱这个东西说出口还是有点难为情。

成交！八千是吧，成交。

我惊得目瞪口呆。我比画的八，分明指的是八百啊。这个傻瓜居然花八千块买这样一幅破画。怕他反悔，我当即同意成交。他当场用手机把钱转给了我，然后拿着画走了。他连麻将都没有打，就这样走了，像是迫不及待地逃走了一般。

几天后，我回过神来，觉得这事不对劲。我忍不住问他。他回了一句，你百度一下K某某。

百度出来了，K君，著名青年画家。一系列奖项，一串串的个展，往下翻，还有长篇的专业评论，我来不及细看，也顾不上惊讶，一句话脱口而出：所以那幅画到底值多少钱？我已然卑陋至此。

最少三万吧。

倒吸一口凉气。头脑一片空白，嗡嗡作响。同事凑近，好奇地问道：你是怎么会有那样一幅画的？在哪儿买的？

我龇着牙狠狠回了一个字：滚！

七

如此直接赤裸。原来我关心的仅仅是这幅画到底值多少钱。我再次打开百度。细细看，K君，没错，是他。当年那个租住在简陋出租屋的人，那个无视当前生活状态的人，那个一心想要画出心中所愿的人，他最终守住了，如今是国内风头正健的画家。评论语有一句是，强烈的叙事性，善于把握人物的微妙心理，洞察复杂的人性秘密。在他的画里，没有前卫与反叛，有的只是敏感与内视，他用明净的色彩表达晦涩的不确定性，在一种游移的瞬间，呈现人间的薄凉与温情。

他果然找到了一条纯正的路子，不再装神弄鬼，弄那些触目惊心的色彩符号了。

而他当年的邻居现在叫作作家塞壬，她早已不是那个追赶出租车的女人了。我是在什么时候把她给弄丢了呢？此刻的K君，居然让我有些仰望。要知道，在当年，即使是一只爬虫的我，都没有仰望过他。

我专门挑了一个时间回到了广州的石牌，然而到了那里，我几乎不认得路了，快二十年了，我们当年的出租屋早已不在，我甚至不知道它准确的方位，城市的拆迁与新建把一切的过往都抹得干干净净，不留一丝痕迹。时空像是彻底被切断了一般。物是人非，谁还会记起当年的那条小巷子，那条头顶如乱麻般的电线、满是牛皮癣广告的巷子，那些不见天日的出租屋，谁还愿意忆起？那个追赶出租车的女人，如今谁还愿意承认她有那样一个落魄的过去？

花三万块把那幅画从我同事手中赎回已然是不能了。丢失的东西就是丢失了，我还能一宗一宗地捡回来吗？再看看我如今的写作，当我再次面对《追赶出租车的女人》那样的画，我还能再次流泪吗？重新回溯，倒回时光，一路检索，我要看看，究竟是在什么地方拐了弯。

缓缓的归途

——当我说出爱，那是告别的意思。

父亲打电话来，说村子拆迁的事定了，最迟明年年底要全部迁走。电话里，他其实说了一堆闲话，春风拂面，透着百事心安却又被逼无奈处处少不得要他操心的傲娇感——三月三，龙泉寺做法事，被请去写毛笔字写到全身酸痛，事后赢了老和尚几场麻将才见好；帮着你叔父家把半边空出的老宅子租给了一个养大闸蟹的江北人；中风卧床八年的小舅公过完年就去了，应邀写了篇碑文，想让你给看看……末了，他叹了口气说，家门口的香椿芽已打了几回，拌豆腐、炒鸡蛋轮着吃，眼看就要老了梗，你妈妈就想着你在广东是吃不上的。啊，如今哪里还有吃不上的东西呢？每一次的电话，最终会落到一个不言自明的滚烫意念：我跟你妈妈想你了。因为疫情的缘故，我有两个春节没能回家——这是最长的一次。长到让他们徒生了某种恐惧感：害怕有些事来不及。我连连应道，五月回，五月回。微信突然响起了视频邀请的铃声，这是第一次跟父亲视频电话。我哆哆嗦嗦地接通，屏幕里伸进来两张满是沟壑的脸，紧紧挨着，这是我至亲的两个人。我想伸手抚屏，不知为何手却僵在那里。两年未见，他们更老了，满目霜雪。我从未如此近距离地面对这样两张脸，他们也同样如此近地看着我。只觉得心脏被烙了一下。先是巨大的沉默凝在那里，而后母亲开了口，她的嘴唇几乎贴着屏幕，直直地喊出我的名字：红啊！那声音异常地大，惊雷一般，吓得我一下子把脸弹开，无非是一堆反反复复的叮咛，屏幕有点晃，父亲的声音隐着极大的克制……我说不出话，一连嗯了几声后，只得草草地说要工作了便匆匆挂断。

仿佛被硬生生捉住，脸对脸，避无可避，任凭真情无蔽流露，这样的时刻我无论如何都不想去面对。甚至是，连文字也痉挛起来，卷起了触角，不愿意去碰。但父亲说了一件重要的事，拆迁。他几乎是以雀跃的语气向我宣布这一消息，并没有丝毫惋惜，毕竟是盼了多年的事。他跟村里所有人一样，都沉浸在补偿金和搬至还建楼，即将迎来全新生活的眩晕里。最重要的是，祖祖辈辈的农民，到了这一辈，终于都成了真正的城市人。

只有我，听到“拆迁的事定了”之后就开始不安起来。这种不安无法说出，它矫情，不合时宜。我是一个不合时宜的逆行者。从此以后，对我们来说，“耕作”这件事将一去不复返，“田园”这个词将消逝在未来的命运里。啊，我记得村志上写的是明末清初从江西修水迁过来的吧，长江滨畔，黄村，四百多年了，还有一年，所有的一切将被时光的尘埃掩埋。一个疯狂的念头闪过心际：辞掉工作，回黄村，陪着年迈的父母度过它最后的一年。我要守着它，守着这最后的时光，看着它一天天变短，我要慢慢地告别。让时光回溯到三十年前，回到我离开它去外地读书之前，我要让往事一帧帧还原，让一些人、一些久远的故事重新拼合，回到那里，让长江在清晨重新醒来，让一片固堤的杉林在风涛中层层返绿，让落日再次照着极静的四野，让一个村庄顶着我的姓氏回到生命的源头，回到我的人格最初形成的地方，那个最初我意识到有“我”的时刻。在楚剧凄怆的唱词里，应和着黄昏老祖母哭一般的招魂腔，穿越无数个梦境的雾霭，抵达澄澈而又忧郁的少年时期。我所恋的，并非所谓逝去的乡村文明，以及渐行渐远的楚巫文化，这些，留给我们的早已是迅不可捉的空漠背影。留存在血脉中的某种天真、热烈、敞亮与忧伤，正是我再次回望这小小乡村时最隐秘的深情。

四百多年，也只有我能够为它留下这一鳞半爪的文字了，然而微渺如尘。在中国，这样的乡村太多太多，拆迁，人们都搬进楼房，门对门地关起门过日子。但那些乡村都不是湖北省黄石市西塞山区石磊山村这一个。都不是。这一个，是我在那里生活了二十七年，然后又用二十年不断回来又离开的地方。这一个，占了半个我的生命却能支撑起我整个的人生。这一个，是出生地，是家园，是我喊出第一声爹娘的地方。我想起后来的那些新鲜的生长，那些痛哭，那些无畏、挣扎，还有不计后果的坚持与守望。终究，它们都是来自沉入血液底层的某种特质。浓稠、烈性而又充满铁质和盐的气息。我是如何成为我的？我如何能写出它？就像，一湾逝水，如何截取它曾经的模样？再也没有比此刻更完整的打量了，此刻它俨然是一具就要成形的尸体。四十七年，我惊叹我竟活得如此之久，仿佛四百年那么久，那么久远的人和事，我竟身在其中，比如太祖母，她是我经历的第一个死者。四十多年了吧，我记得她那地狱般阴郁的声音，因久久不肯死去而变形狰狞的那张脸。她紧拽着我们每一个活人不松手，像是给家族施下古老的咒语。她的死有一种远古的黑色气息，溯及生命之源，我感受到了这种不祥的气息。而今，我俨然到了送走一个又一个故人的年纪了。在这暮色四起的归途，生命凋零抑或再生，我将走走停停，或哭或唱，用文字留存一些人、一些事，还有最初的我自己。

一

我坐在一棵高大的苦楝树上，用一块碎镜片去照婶娘的脸，她正在院子里剥麻。强光落在她的脸上，她睁不开眼，只得闪躲，用手驱赶，可那强光紧盯着她照。最后，她站起身昂起头来骂我。骂完，她忽然柔声唤道，我的儿，快快下来吧，锅里有煎好的米肠，等你哥哥回来可就没了。我刚捉到一条翠绿色镶金边的小蛇，把它绕在手腕上当镯子，它因舔了我的汗液，小小的扁脑袋肿得近乎透明，晕乎乎的，非常可爱。对于蛇，人的体液也是有毒的吧。可我婶娘说，那只是你有毒罢了。我的婶娘已死去多年了。啊，此刻我正沉浸在对往事的回溯中，记忆的阀门一打开，第一个走进来的人竟是婶娘。时光的倒带，最残忍的莫过于发现太多的温柔已被轻易辜负了。即使是亲生母亲也从未唤过我一声：我的儿啊。

我刻录了米肠的味道，精确到一种近乎完美的数字概念，以至于我后来在别处吃过的所有米肠都无法对上那一串密码。那是一种在浑然不觉中会连舌根一起吞掉的美味。干荷叶垫着，用拇指和食指拈起，整块入口，吃完，唇上就是一圈莹莹的油光。这大肠，是祖母带我去驼子木匠家接生，那家人打发给我们的回礼。我在心里刻录了所有那个时候人和物件的影像，包括它们灵魂的气息。现在抖开它，像是仰望着浩瀚的星空，它们都在各自的位置上，那些在记忆深处发光的星星，是我珍藏一生的宝藏。

祖母推门进来了，光柱斜打在她的身上，她看上去神采奕奕，梳着平整的矮髻，穿靛蓝大襟褂，肩上搭着洗干净的素色麻袋。她往上拉了拉袖套，低腰下去换了双浅口布鞋，然后回过脸来跟婶娘说着话，驼子木匠过来报信，老婆要生了，打算带着红（也就是我）去接生。祖母独宠我，用她的话说，红是最像她的人呢。主家会准备很多好吃的，炒花生，煮鸡蛋，炸面果，还会打豆腐花花。我是祖母指定给她暖脚的人。整整一个冬天，我这个小火团子给我的祖母暖脚。祖母身上的味道真好闻啊，有锯末烟熏过的木头香，她常抓上一把锯末灰放进手中的火篮沤火（锯末灰的作用在于可以使火篮中的木炭烧得慢一些），漫长的冬日，那些烟环绕着她，蒸着她，使她的头发、衣服、皮肤都是这种烟熏的木头香气，甚至渗进了她的灵魂。即使此刻是夏天，早已不用火篮，这股锯末烟熏的气味还在。细细的，幽香。我婶娘身上的气味也非常好闻，她人生得白胖，那是一股蒸熟的白馍的香气，软软的，从她的胳肢窝那里散发出来，我经常傻傻地追上去嗅。我母亲身上是一股寒冷的樟脑的气味，她的衣服都有笔直的折痕，一散开就是那股味。我不喜欢。那是一种把人隔开的味道。因为我是女孩，头胎，母亲一直对我不冷不热。我没有母亲抚摸过我的记忆。只是多年后，她好像对我苏醒了一种母爱，那种唯有女人彼此懂得的怜惜。

驼子木匠是村里的杂姓，姓明，他们十几户人家，沿着龙泉河而居。一路柳树成荫，鸡鸣犬吠，有大水牛伏在树脚安详地吃草。

不过几百米就到了，驼子木匠在门口迎着祖母。几个婆子上前寒暄了几句，她们就进了里屋。驼子木匠三十好几了，娶了个外乡的聋哑女人，这是头胎，他看上去非常紧张，说话语无伦次。前来帮忙的妇人在烧水，猪已杀好，白白净净，破膛剖开，倒挂在门口的樟树杈上。地上的血水、猪毛，混着脚印，一片泥泞，还未散尽的腥膻，淡淡地，笼在这欲明未明的某种快要哭出来的喜悦当中。

一群孩子早早地来到了他的家门口，拍着手，围着木匠讨要煮熟的红鸡蛋吃。那驼子一连声地说，都有，都有，在煮，在煮哪。他搓着双手显得无措又慌张，踮着脚向前，往里面的房间张望，被女人们推着赶了出来，他只得低着头，一个人往旁边的小木屋走。我跟了上去。

这就是驼子木匠干活的地方了。一张被剁得满是伤痕的大板桌摆在正中，上面有一个漂亮的黑色木马。这个木马跟我所见过的所有木马都不同，这是一匹身姿俊美凌空飞翔的天马，昂头长啸，四肢雄健。驼子居然给它安上了一双翅膀，它的鬃毛和甩起的尾巴很有神采，那种奔赴，像是远远地去向内心所期待的某个地方。我后来才懂得，它大概就叫梦想。翅膀精美，苍劲有力，像鹞子那样张开，正在扇动体内积聚的力量。我一下子就挪不开眼睛了。这是驼子送给儿子的礼物。此刻，只剩下打蜡抛光这最后一道工序了。驼子拿着涂了蜡的绒布轻快地蹭着它的全身，每一个细部，来回摩挲，反复擦拭。他的样子深沉，虔诚，仿佛在侍弄着一个高等的瓷器。

这马太漂亮了，我从来没有见过长着翅膀的马。它能飞上天吧？我好奇地问。

驼子没有抬头，好像没打算回应我的话，他自顾自地说，戏文里唱的，西楚霸王项羽兵败，在乌江自刎，他的坐骑乌骓因悲伤过度而跳进乌江殉主。乌骓是天下第一宝马，它有情有义，不事二主。这个戏，我是明了的，唱霸王的人正是我的小祖父。他突然停下手中的活，抬起头来看着我说，我准备给儿子取名叫“明骓”。话说完，他竟满脸通红。见我惊愕，他又慌忙拿出墨斗，找了根细木棍在地上写了一个大大的“骓”字。因笔画太多，他蘸了几次墨才将它写清楚。

然而，我还是不认识这个字。驼子木匠因人称“小秀才”的我没能跟他产生共鸣而表现出重重的失落感。啊，我何等聪明，忙说，好名字，天下第一宝马的名字从此它就跟咱姓明了。

驼子木匠这才满脸欣慰地笑了笑，他拿起绒布继续着手上的活儿，接着往下说。他本就是一个特别会谈古的人，而且常讲一些不正经的，尤其他讲的牛郎织女，有一个说法是我在别的版本里没听到过的，当然，那是我成年之后才理解的一个秘密，大意是，织女动了凡心其实是指觉醒了女人的天性，于是她深陷在与一个凡人的性欲中不能自拔。此刻，这个驼子却没有半点不正经，他仿佛沉浸在一个梦境里。

那乌骓的魂就在长江里。等明骓出生后，我就让他骑上这匹天马，你看，它驮着小明骓一路跑啊，一直跑到了西塞山的山顶，这时一条彩虹横在江面上，只有长了翅膀的乌骓才能飞过彩虹桥进入江底，那里供着乌骓的神殿，你只要对着它许愿，许最高的那个愿——不能贪心，去许发财、长命百岁的那种愿——诚心就能如愿。

等到麦子收割后的第一场雷雨，红色的木槿蓄足了一夜的精气在清晨开花，它开成一片花海。雨后，那条最明艳的彩虹跨在江面上。小明骓要赶上那个好时候，骑着他那黑缎一样发光的天马纵身跨过那道彩虹桥。那样的话，他就有如愿的一天。

我听得如痴如醉，满眼都是星星。可是，我的父亲为什么就没有给我准备一个如愿的礼物呢？我不禁羡慕起这个还未出世的小明骓了，这么好的日子已经稳当地摆在这里了，只等着他出生。

我的父亲他什么也没有留给我。我委屈地嘟哝着。

哈？驼子木匠突然笑出声来，他的丑脸笑得变了形：红么，是世上顶顶聪明的姑娘啦，你看看你，顶顶聪明的脑袋，人家说你能把书倒着背回去，又能顺着背回来，这是任谁都比不过的呢。

我更沮丧了，因为这个聪明我都让人讨厌了。正说着话，忽听得祖母的声音急切地从窗边传来，生啦，明驼子，大喜啊，是儿子呢。那驼子一下站起了身，冲着我大声喊，红啊，明骓他来啦。一瞬间，这个大男人竟当着我和祖母的面失声痛哭起来。一种从未有过的感觉镇住了我。那一年，我十一岁，我见证了一个叫明骓的男孩的诞生。我第一次意识到，对于一个生命的诞生，我那个地方的人，是如此朴素地满怀着祝福，如此虔诚地等待一个彩虹般的希望。

二

我并不清楚铁路是几时修到我们那里的，两列，并排着，一直蜿蜒着伸向远方的厂房。钢铁厂运煤、运废铁都是由一个车头钩着十几箱车皮一路呼啸而过，它吐出一串串浓浓的黑烟，伴着远去的长鸣，像一个怪兽那样孤独而忧伤。出村，去上学，去集市，去供销社，我们都要沿着铁轨一路走过去。

我喜欢踩着窄窄的铁轨笔直地往前走，挥舞双臂平衡着身体，一路尖叫，那是一种展翅欲飞的感觉。设想着左边是浩瀚的水，右边是猛烈的火，无论掉到哪边都会死掉。然而，我从未顺利地走完那段铁轨，要么是掉进深水里淹死，要么就是掉进火海里烧死。每一次都是沮丧收场。有一回我碰到了倔子（本名叫李昌隆，因脾气倔，宁愿被打死也不告饶，所以大家叫他倔子），在铁轨上迎面向我走来，不一会儿，我们俩就在窄窄的铁轨上抵住了。

你下吧，我左边是水，右边是火，下了就死了。我几乎是命令的语气。

对面的小子答：我左边是饿虎，右边是狼群，我下也死了。语气里没有一丝退让的意愿。

我愣住了，这个小游戏除了我之外，居然还有另一个人也这么玩。但我素来是霸蛮惯了的，父亲是大队书记，祖母是村里德高望重的老太太，很多人是经了她的手来到这人世间的。我自小备受宠爱，谁也不怵。更何况，这个倔子在村子里常被人欺负，谁都瞧不起他，而且，他那么瘦弱，就几根骨头撑起一个小小身板。于是我强硬地重申：你必须下。

那男孩穿一身破旧的蓝布衫，头发很长，直遮了双眼，这时，他抬起头看着我，我从未如此清晰地看过那张脸，眉是眉，眼是眼，明亮干净，额头透着安详，他笑起来的样子有一种柔和的氛围，眼睛亮晶晶的，对于我的傲慢，他一点也不恼。我听见他轻声地说，其实我们可以都不用下的。他向我伸出了一只手。

我被那样的笑容打动了。不，我被一种温柔的力量攫住了。依他言，我把左脚往后滑了一步，他拉着我的一只手，一只脚踏进我的双脚之间，另一只脚悬空做了一个旋转，他想把彼此的身体交换到相反的位置，然而铁轨太窄了，我们都没有站稳，双双跌落。所以我们俩都死了。死了的我们倒在地上望着天大笑不已。

这个倔子，果然是不会轻易屈从于谁的霸蛮。

就这样，我跟倔子成了朋友，有的时候，你无意中打开一个人，你会惊喜地发现，他是一个宝藏。倔子跟我同年级但不在一个班，他父母早逝，跟着哥哥姐姐过活，哥哥娶了嫂子，嫂子很刻薄。倔子的日子不好过。

但是，你在他的身上从来就看不见“日子不好过”这几个字。相反，他的姿态是：我的快活你们根本不懂。人们讨厌他嘴贱，爱占口头上的便宜。他以贫穷和高傲自诩，并把这种贫穷说成是一种美德，应该要受到人们的尊敬。我因为时常能吃上鱼肉，老是被他瞧不起，他还说，红，你应该为自己感到羞愧，你这个寄生虫。倔子每天有做不完的事，放学要打猪草，放牛，割柴，还要去田里浇水，松地。对着无所事事的我，他翻着白眼鄙夷地强调：你活着应该感到羞愧。我正要追上去打他，他突然跳到一米远之外，对着我做了一个制止的手势说，你不能过来，现在，你跟我隔着万丈冰崖，你要上前，会掉下去被冰锥刺死。这是我跟他两个人之间的游戏，我不能无视规则肆意践踏。我无奈地看着他笑，因为，我知道在别人眼里，除了高傲之外他什么也没有。但我知道，高傲是他的全部。如果我像其他人那样嘲笑他的高傲，我就会失去倔子。他身上秉承了一种很高级的审美，虽然那个时候我不太懂，但我已经感受到这种审美散发出一种磊落、敞亮的气息，让我敬畏。

有一回，倔子放牛不小心让牛走丢了，等找到牛时，牛糟蹋了人家的庄稼，人家找上门要赔偿，倔子的哥哥气得把他打了个半死。倔子认打，跟我说，这回是活该。我看他挨了打，还被饿了一天，眼窝陷得更深了，就邀请他去我家吃饭。刚巧祖母炖了排骨藕汤。他一听就不乐意了：我凭什么去你家吃饭啊？

就凭我求你去啊。我深知该如何跟这样的人相处。

是你求我的，那我只好去喽。

我们村有三个姓，主要姓黄，明姓就十几户人家，这李姓才七八户，他们住在水库堤脚下，种了大片的柑橘。跟明姓一样，几百年了，我们之间从来没有嫌隙，虽然我们供的祖宗不同。祖母看见孩子身上的伤，咬牙切齿地把他哥这个天杀的骂个狗血淋头。下得去狠手哇，亲弟啵，不晓得轻重的小畜生。祖母把排骨码在倔子的碗上，满满当当，催着他吃，我怕倔子不好意思当我的面吃，于是就端着碗走到屋外。

那个夜晚，我懂得了一个道理，当一个人拿你当朋友，他就会在你面前露出他的弱。我们吃完饭，并排坐在铁轨上，夜空晴朗，满天星子，有软软的风吹在我们脸上。我把准备好的一盒夹心饼干送给了他。他马上要拆开跟我分享。

不是刚吃过饭了吗？你留着自己吃吧。

这是我第一次吃饼干，所以要跟你一起吃啊。你看，我一个人偷偷地吃饼干，快乐无人知晓，那样不是太可惜了吗？他看了我一眼，说道，我跟红，一起经历了好多个第一次呢。

我很好奇，忙问，还有哪些第一次。

你是第一个面对我的不顺从却又不恼的人。你这个人呢，人家顺从，你反而会瞧不上眼。所以啊，我找到了让你高看我一眼的秘密。我第一次觉得活着这件事还挺有意思的。实际上，我过的日子真是糟糕透了，牛马都比我强。啊，饼干真是太好吃了，太好吃了。又甜又脆，这世间怎么能有这么好吃的东西呢，能吃上这样的好东西，那些苦日子又算得了什么呢？

我惊讶地说不出话，这个人在我面前卸掉了那高傲的硬壳，径直把他的脆弱展现出来。他居然说，相比饼干的美味，苦日子根本不算什么。在一块饼干面前，尊严和节操统统不值一提。

可是，听了他的这番话，我丝毫没有嘲笑他的想法，我竟难过地想去拥抱他。

我读不了初中啦。明年，我哥让我去建筑队挑泥灰桶。先当学徒。

这话，我接不了。我只能沉默。因为以我的立场，我所说的每一句安慰都会显得别扭，即使我是顶真诚地说，也会不合时宜地别扭。我皱着眉头，一筹莫展。他见我这副表情就笑了起来：我本来就不是一个会读书的人，跟你比不了。不如早些去赚钱养活自己。

一阵风吹来，我听着这话腔调有些走音，不似平常。不，我分明听出这笑声里的哽咽。这个话题太沉重了，我们陷入了巨大的沉默。

哎，红，我跟你说一个秘密。你要保证千万不能说出去。

好的，我起誓。我拿天上的星星起誓。

星星不行，你必须拿你的心起誓。

那我就拿我的心起誓！

你知道老骗匠家关着个姑娘吧。老两口把姑娘关在屋里，不让她出来玩。她常趴在竹篱墙上往外面看，泪水涟涟的，真可怜，就是那个长着大黑眼睛，被关在屋里的姑娘。

我当然知道，那姑娘叫莉丫。是我黄家另一房的外孙女。我的一个堂姑不检点，没结婚跟野男人生下了莉丫，她把孩子扔给了父母，然后嫁到了外地，几乎没回来看过她。只是，倔子为何要提起她呢？

倔子继续说，她跟我一样是没有爹娘的，她跟我一样经常挨骂，人家骂她野种，她跟我一样是被人瞧不起的。所以啊我跟她是天生的一对。天生的。红，你知道为什么别人总是骂我和她那样的人吗？是因为他们知道，我跟莉丫是一家人，是一样的人。我们天生是一对儿。

于我，这真是一个惊天的秘密。可是，它竟让我如此难受。身体如同被万蚁咬啮，一时间快要撑不住，整个人就快要炸开。我的脸在抽搐。跟我共同有着诸多第一次的男孩，居然认定别的姑娘跟他是天生的一对。然而，他对我的表情竟毫无察觉，继续往下说。

我太心疼这个姑娘了。我甚至没有这么心疼过我自己，我把她放在心尖尖上，每一天都炙炙地痛着。如果不是那两个老东西总打她，不给她吃饱，如果不是她娘狠心不要她，如果不是有那么多恶人冲她吐口水，如果她不是这么悲惨，我是不会喜欢上她的。我才不会稀罕一个富贵的姑娘呢。我跟她都是一条腿走路的人，只要在一起了，那我们就变成两条腿走路的人啦。第一次听到如此痴傻而又赤诚的表白。我震惊得一句话也说不出来。他回过头来叮嘱我，这事儿你可千万不能对别人说啊。

我意识到，我对他的喜欢跟他对莉丫的喜欢根本不是一个层次的事。可是，我不甘心啊。于是我厚着脸皮追问了一句：如果我也跟莉丫一样悲惨，你会喜欢上我吗？

他愣住了，继而爆笑：红啊，你是个好命的姑娘，喜欢你的人会多得不得了。你也不差我这样的人去喜欢啊。末了，他敛住笑，神色黯然地说，可是莉丫，除了我，这世上肯定是没有第二个人去喜欢她的。

那一年我十二岁，我弄清楚了爱情，它是一种灵魂高度契合的东西。虽然那个时候，我还不知道这东西叫作爱情。它只关乎灵魂的质地。我了解它带来的痛苦，无解，像一个黑洞——你无法取代那个人，不是因为输赢，而是因为不同。当你觉得跟一个人会有共同的命运时，才是爱情的开始。

我第一次因为有好命而被人嫌弃了。因为这个好命，我感受到某种歧视和美学上代表丑陋的那一面。我在倔子赤裸而热烈的表白里感受到了一种高级的朴素美学，那就是人作为弱者的美以及苦难命运的凄美，这跟他先前自诩的清贫之美如出一辙。很多年之后，我感叹，这是生而为人多么稀缺的品质。在我漫长的成长岁月里，像倔子这样的人，我是第一次遇到。虽然在后来，我再也没有遇到第二个。

这里提到了莉丫，我还是想把她的故事一口气说完。有的人出现在你记忆中，她的故事就是一口气可以说完的。对这个喝了很多打胎药硬是没有打掉硬是要出生的孩子，我们都知之甚少。她趴在竹篱那里，眼泪汪汪地看着过往的行人。她很少出来，五岁才勉强能说清楚话，又瘦又小，像只猫。看着你时，一双小鹿般湿润的大眼睛，视网膜仿佛在微微地震颤。但她似乎什么都不害怕，她就这么安静地注视着这人世间，那是一双即使你把她塞进虎口它都不会感到恐惧的眼睛。

因为一次极偶然的机会，我被她的外祖母要求照看她一个下午，她要赶着去看戏。她把一个九岁的孩子塞给我：作孽，这恶讨债的，折磨我这个老太婆。不许哭！她怒睁双眼，扬起手作势要打人，我转身用肩膀一隔，把孩子护住。老太婆放手，捡起地上的小板凳看戏去了。

孩子很轻很轻，像一团棉花绒一样轻。她不太说话。但分明叫了我一声姐姐，非常清晰。低头吃我给的红番茄，她啃得满脸满手都是汁液。我拿毛巾给她擦，想逗她说话，问道，你是喜欢公公还是喜欢婆婆？

公公。她木木地喊出。

为什么是公公？

婆婆打我，掐我这里。她指了指手臂，我把她的袖子往上撸，看到手臂有乌青的印。

公公摸我这里就给糖吃，好多糖吃。她指了指下体。

十二岁，我意识到这是一件很不妥当的事情，虽然很模糊，说不出个所以然来，但我觉得应该告诉大人。我连忙去找母亲，却没找到，只看见婶娘在院子里筛豆子，就跟她说了这件事。婶娘的脸一瞬间变得很吓人，她叮嘱我，这事千万别说出去。千万。她赶紧到我屋里，蹲下来，把孩子紧紧抱在怀里。

后面的细节我全然不知道。这事是闷声进行的，没有声张。祖母参与了，她跑进跑出的，附耳跟一些人说着悄悄话。半个月后，我的堂姑回来把莉丫接走了。再见到她时，已是十年后，美丽的姑娘，正跟同伴说着话，长发飞扬，笑声清亮。人家指给我看：老骗匠家的外孙女儿，长成大姑娘了。啊，平安长大就好啊，总算长大了。只是她永远不知道有一个小小少年曾那么深深地爱过她。

三

我们那个地方的人啊，各种各样，都是喝洪武井水长大的人，怎么就那么不同呢？有的人悲伤，你却看到他笑，有的人笑，但他眼角里有泪花花。后来，这些人的哭哭笑笑，个中的滋味我都是一一尝遍了。无数个人的悲喜最终凝成了一个我，无数个梦境叠加最终定格成一张漶漫而松弛的脸，我相信，一些过往的人和事都会在这张脸上留下印记。我之所以会慢慢地衰老，是因为在一步一步的归途中，我释放了影子、声音还有泪水，还有那曾紧贴长江之堤的最初元气。不论我青年时期在异乡如何驰骋腾挪、淋漓泼洒，依托我的，还是那些个满目含泪唱着楚剧，翩跹着碎步，在酡红的醉意里一声一声唱出人间悲喜的人。在家庭的微信群里，不时有丧报传来。近几年，越发密集。当我回溯至时光的深处，那些活过的人，他们不知道，留给我的是怎样的回响，我成了一个这样的人，跟他们每一个都有关。

收废品的长子叔也走了。我们那地方叫瘦高个儿的人长子。长子矮子，癞子麻子，不避讳，大家都这样叫。我长子叔挑着担子四处收废品，他吆喝着走村串巷。有时在傍晚时分，他看见我和弟弟还在村外野，冲啊跑啊的，天黑了也不肯回家，他着急地喊，快回去，姆妈要喊吃饭啦。我们哪里肯听，他就放下担子，像捉小鸡一样把我们捉进筐，一路挑回家。箩筐打着转，扁担一颠一颠的，长子叔一路唱着楚戏，哼着胡琴，头上顶着微弱的星光，把我们挑回家。我长子叔啊，他有时收不到废品，空着筐挑回来。

他的鼻尖常年有一滴没有滴落的水，擦了还有。那一滴水，多像他的命运，单薄，孱弱，还有清澈见底的悲伤。几年前，长子婶从屋顶晒台上摔下来，折了腿，她大多躺在床上。他们生了一窝孩子。

祖母攒了一堆水泥纸袋，还有老木柜子上拆下来的紫铜，足有三斤多重，搭锁，拉襻，铆钉，还有四角的镶边。祖母说，换了钱给我买冰棒吃。她用一个镐头把捆好的水泥纸袋挑上肩，我捧着纸包的紫铜，祖孙二人一前一后往长子叔家走。长子叔远远地看我们来了，忙进屋把凳子、小桌子搬了出来。他向祖母问了日安，说道，三婶娘（祖父在大家族排行老三，所以祖母被下辈人统称为三婶娘），屋里乱，孩子们怕生，三婶娘在外面说话敞亮些。

祖母坐定，往屋里瞟了一眼问道，你屋里人能下地了？

前两日变天，那腿只怕又痛得狠了。长子叔摇摇头，他声音很低，说，孩子妈怕花钱诊病，嘴上从不说腿痛的，可是我都看见了，她那腿痛得打战。祖母忙说，你先别急，我回头让钱老中医过来看看侄媳，你别急啊。说着，她接过我手上的紫铜，摊开来放到桌子上。长子叔一把捂住紫铜，往怀里一拢，抬眼跟祖母乞求道：三婶娘，这回是真的没有现钱兑给你了，我打个欠条，等年底卖了猪……

我说长子……祖母打断他的话，她站起身，环顾了一下这破败的小院，你六个娃都要读书啊，供得起啵？两个大娃能去建筑队挑灰桶了吧？

那不能啊，不能的。那怎么能？长子叔顶撞祖母：我熬死了血也要让娃读书的，六个，一个不能少。他依然低着头，但这话口气很绝，没有商量的余地。

祖母叹了口气，但她笑了。长子啊，你倒是个有志气的人，看得远，你是有出头的那一天的。

一阵风，他鼻尖的一滴水滴到桌上，又有一滴迅速续到那个位置上，浊浊的，正欲滴落。长子叔朝屋里喊了一句：幺儿。一会儿，一个穿开裆裤的光脑壳小子赤脚踉跄跑出来，他望着祖母笑嘻嘻地喊了一句，三奶奶好。祖母应了声：乖。长子叔对着孩子的耳朵说了句什么，一会儿，长子婶扶着门框出现了。

祖母忙站起了身，上前去扶那个生病的人，几个月不见，长子婶瘦得就剩一把骨头，嘴唇发白，两眼是深陷的黑洞，祖母大吃一惊，忙让她回屋躺着。长子婶虚弱地笑了笑说，三婶娘来了，我怎么好躺在床上啊。

祖母站在那里一动不动。她是识人的，这个面相，只怕大限将至了。她转过身，把脸靠近长子叔：长子，多久没听你唱《百日缘》了，今天就唱来听听吧。

《百日缘》是多么不祥啊，祖母居然要听这个戏，这是夫妻离别的戏啊。他忙不迭地说，好，好，三婶娘要听我的戏，真是给了面子，今天管够。他站起身，把桌椅移到边上，腾出场地。祖母叠手坐好，敛声静气，等着长子叔的戏。

长子叔年轻时唱小生、武生，如今快四十岁的人了，筋斗翻不动，腰也下不去，叉也劈不开，想来，这几年分田到户，他一个人种几亩地，不眠不休，身体已经快垮了。祖母曾说，你长子叔年轻时在台上唱戏，人家是用真银圆往台上砸的。姑娘小媳妇看着他迈不开腿。

突然，一声“呸”开了场。长子叔用手一指，那是一声悲愤、凄怆的喊叫，一股长长的、充盈胸腔的哀鸣，一时间，我们三个人笼在一种“入戏”的氛围里。

李长庚……李……长庚……

看起来天上的神仙也无情

恨槐荫不该为媒证

太白不该来主婚

活活逼死小董永

如今不如碰死在槐荫……

我第一次感受到这高亢的唱腔里，有一种气贯如虹的悲壮。那挑眉，怒目圆睁；颤抖的手指；疾走的碎步，像是踩在刀尖上。董永与七仙女生离死别的痛，让人肝肠寸断。祖母由衷地喝了声彩，她眼里含泪，跟长子叔说，董永和七仙女不管天上地下是从来没有分开过的。

她问，可还记得《访友》的那一折？长子叔说记得。祖母说，我今天戏瘾犯了，咱娘俩就唱这出《访友》吧。这是《梁山伯与祝英台》访友的一折，因我家是唱戏的，祖父、叔伯、堂姐、婶娘大多上过台，所以这出戏，我也熟。我堂姐祝生唱得极好。

长子叔应道：嗯，咱唱。他转过头去揩鼻尖的泪水。

祝英台：梁兄施全礼弟不敢承当，叫人看香茶快到书房。

梁山伯：弟在杭州啊，读书时是男子穿戴，回家来变了裙钗，哎呀，叫兄难解猜呀。

祝英台：在东楼与嫂嫂一场争论，为的是啊，女扮男装到杭州读文，儒巾头上戴，蓝衫穿在身，打扮多齐整，行到了十里凉亭歇马观景，偶遇着梁大哥你驾到凉亭……

梁山伯：弟兄们同拜先生哪。

祝英台：先生在上面坐，啊呵，师娘她发笑声……

梁山伯：师娘她笑什么啊？

祝英台：她笑你连一个男女都分不清……

梁山伯：哎呀，我的贤弟，你晓得愚兄我是一个老实人哪……

很意外，祖母竟唱得如此俏皮。声韵娇羞，眉梢含春。真是祝英台附了体，像是换了个人，完全不是家族中威严的祖母。我一回头，发现长子叔家的木窗上挤着三个小脑袋。被发现后就全都缩了回去。

祖母弯下身把水泥纸袋上的镐头抽了出来，转身对我说，红，这一趟我们赚啦，我们回家。长子叔待在那里，正要上前说什么，祖母伸出手堵住了他：长子，今天是我们赚了你的。你吃亏喽，回头我叫红再收些水泥纸袋替你补上，还有煤渣里有一些废铁，也补给你。祖母拉着我往外走，把那个说不出话的人留在院子里发呆。

出了院门，祖母难过地低声啜泣。

冬天将至，我家后院的柴垛上码着两堆锯好的枞树干，那是有人在夜晚偷偷用板车拉过来的。等你循声去看，只听得一阵慌乱的脚步声和几个躲躲闪闪的小脑袋。

四

我似乎不止一次地在梦中哭过。然后在哭声中醒来。我哭，不为别的，只为有人打翻了我手中的鱼丸。腊月二十几，我们就开始筹备在祠堂祭祖，先是把池塘的水抽干，捞鱼上来打鱼丸，祭祖的供品不能没有鱼丸。祭祖就要舞狮，家族的叔伯聚在祠堂排演狮舞。舞狮，打占山拳，游街，是要闹年的。我们家的狮子也四百岁了。有十几年未出窠了吧，狮子睡在祠堂的阁楼里，积满了灰。

正月里，拜年的客人来，主家端出一桌菜，独这碗鱼丸是看菜。所谓看菜是指主家待客的诚意，客人要礼让，按规矩顶多只能吃两粒，然后要夸赞：好丸子，顶好的丸子。这是赞主妇的。只有鱼丸才配得上做看菜。多年之后，这丸子不稀罕了，规矩也跟着改。于是主家不停地催促说，都吃了吧，不兴留，锅里还有。

我得说一说这让人魂牵梦绕的鱼丸了。我发明了一种豪横的吃法，像糖葫芦那样，用打毛线的竹针串起丸子，拿着几串一路招摇地在人群中走过，一口两粒，在孩子们垂涎的目光中残忍地吃光。有一回被祖母看见了，她狠狠地训斥了我，说我不该炫耀食物。我吃独食，还欣赏着别人对美味食物眼馋的丑态，祖母说了一句很重的话：这是贱格的品性。这句话像刀子一样落在我身上，我的无地自容，我的羞愧，一瞬间自我意识苏醒——实际上，我是一个道德感极强的人啊。即使三十多年过去了，我依然没有办法彻底从那句话中走出来——贱格。它伴着我多少年了啊，它怎么就洗不掉呢？真可怕。

从塘底捞起来的花鲢只能用来打丸子。它身上除了一个头，就没有叫人稀罕的地方。拿来腌，在太阳底下晒，它就不停地往下滴油，滴完油后就剩下干干瘦瘦的一片，看着晦气。夸我那个地方的女人，有这么一条：打得一手好丸子，粒粒圆。这粒粒圆说的不仅是丸子，还意指这女人好手法，做事有板眼。

打鱼丸，鲩、鲤皆不及花鲢。花鲢白，细嫩，厚肉，多油。要不是没有鱼丸不成宴，要不是不拼鱼丸就瞧不出哪家女人出息，还有谁会愿意做这磨人的劳什子呢。

把花鲢去头、尾，平铺，用刀从鱼背部往下划，得两块长条净肉。鱼骨处，用刀下锋将骨缝的肉一一剔出，直至一副完美骨架现形。把它跟鱼头和肥尾一起炖，那个味道此处不表。皮下的红、黑一律刮掉。刀要是钝，那是边刮边骂。

花鲢的肉细刺密布。每一根刺都要挑出来。拿两把菜刀，用刀背在鱼肉上交替敲打，敲出浆，敲成蓉，鱼刺就脱了。一根根拣出来，总有丁点肉丝连在刺上面，掐住，用指甲刮。到剁纯肉沫时一下子就畅快了，难免哼起戏来。好比是，走了大半天崎岖山路总算到了宽敞的大马路上了。

对着光看，肉沫要细腻温润，用手指捻，没有丝连，纯沫。用刀反复掀开一片一片地看，细细撇抹，把手打湿，抓一把看，不沾手就剁好了。最磨人的还在后头。一想起就手臂发麻，腹诽不已。

多年后，我吃过江浙的鱼丸，纯鱼肉。鲜甜，入口即化。入口即化差不多是词穷的表达，以至于它非常抽象，毫无特色。我们的鱼丸如果从盘中滚落到地上，它会做临死前的挣扎，弹上一弹。它在嘴里是不会化掉的，要嚼，夹在齿间轻咬，牙齿能够感受到绵绵的弹力。

婶娘教给我一个独家的秘法——关于加红薯粉的比例——这是历经无数次失败后的精准配方。粉轻了，丸子没有质感，粉重了，那就是一坨面疙瘩。婶娘教我把肉沫平铺在一个盆里，划十字平分四块，然后抠出其中一块，往里面填平红薯粉。

魔鬼般的业障终于来了。往盆里打进一个蛋清，撒一花花盐。然后开始漫漫的搅拌生涯。我习惯逆时针旋转。它需要力气、耐性和好心情，伴随某种惯性而来的甩头节奏，一二三四，一二三四。不行，太慢了，把盆抵在桌上，旋转整个身体，旋转整个世界，任两眼一黑，一口气到底，接着一发又一发。直到手掌融在盆里，成为肉浆的一部分。手抽出来，带出一大片黏体，还发出一种声音，类似于脚深陷进泥田，拔出来时那个暧昧的声响。腰酸，手臂麻。最后是如释重负般地吐着长长的气。

试水了。虎口挤出一个丸，用汤匙取出放进锅里的冷水里。好丸子，生的就能浮起来。如果粉重了，它就沉了底，那个懊恼无以言表，只能打娃发泄。等它煮开，丸子全浮在锅面上，细沫翻滚，一个个白白嫩嫩，很乖的样子。好丸子，生丸与熟丸差不多大，粉轻了，丸子就会胀大。

咬开，有一点点蜂窝状。汤水鲜甜。吃丸子不放油，撒点葱花。它这么磨人，只能生在味蕾的云端。平常少有人打丸子的，待到年关要祭祖，全村的丸子都在那一天打完。女人倾巢出动，男人劈柴，好大阵仗，有仪式感。祖母烧火，大铁锅炖着鱼头豆腐汤，热气腾腾的，女人们撸起袖管，在雾气缭绕的祠堂别院里用菜刀在案板上敲敲打打，笃笃笃，笃笃笃，声音此起彼伏，她们说说笑笑，雾气打湿了她们的脸，亮晶晶的，像是被山雨淋过。娃们冲进冲出，追鸡逐猫，谁要是哭了，那做娘的，就从竹箕上拈起一粒鱼丸子去堵他的嘴。

我记得，老祠堂翻新那年，有一个离乡近二十年的人突然回来了。我的小堂叔，他跟着村里的小寡妇跑了的。我的小堂叔原先真是个响亮的人啊，就因为那件事的污点，一时间成为一个说不得的人，一说他的名字，仿佛这名字都是一件秽物，脏，碰不得。然而有些人、有些恨，是经不起时光的淘洗的，像他那样响亮的人，时间长了，人们提起他会说起那些发光的过往，像传颂一个英雄那样赞叹。我们迷恋旧时光，只是迷恋那时的人和那时的自己。无情的只是时光啊。

我们家的狮子也有四百多岁了吧。腊月就要扎好，整整一个腊月，我们在祠堂排演，舞狮、打拳，还有各种兵器的演练。到了正月初五，狮子出窠，我们就要去村外的庄子巡游、表演，让这欢腾的狮子给人们带来喜庆与祝福。狮子进了村庄，家家户户都要摆上香烛，奉上供品，爆竹声响，把狮子迎进屋里转上一圈，那狮子跳上供桌，仰头，抖动身体，大嘴噏合，像喃喃细语，仿佛在接通福祉的神灵。锣鼓喧天，人声鼎沸，持狮球的童子对着主家说一堆吉祥话，狮子直立、打滚、首追尾、翻筋斗，应和着辞章的韵脚，最后童子跨上狮身，在密集的锣鼓声中威武地走到屋外。

一阵伤感涌上来。我流下眼泪。在异乡多年，我看见很多地方的龙狮舞、麒麟舞、土家拳都申请了国家非物质文化遗产，而我家的，已然寂灭了。唯有我的文字，这些零散的碎片，打捞一个人，拼起一段往事，而后，让记忆的火烧掉它。埋葬。它就只属于我一个人的了。

小堂叔是那个舞狮头的人。他一纵，能纵到两张叠起的桌子上。狮子直立时，狮尾的小伙子坐在他肩头，脚下，小堂叔能踩稳狮球。他之后，就没有人能做到了。狮子刚扎好时真漂亮啊，金纸剪成的流苏层层披在身上、脚上，细密精梳，狮头像火红的焰，怒睁着墨汁画的圆眼睛，黑色的长长的睫毛贴在眼睑上，可以眨动。张着大嘴，里面贴着红绒布剪成的长舌头。金色和火红，本就是特别耀眼的颜色，一抖擞，腾挪跳踉，似有万道祥光，那是真正的神兽。关于胡子，是有说法的。祖辈们说，四百年，我们的狮子不敢称老，所以染的是黑胡子，但我们也不会染成红色妄自作小，或者染成白色自诩为爷，在人前托大。

有一年的正月十五，外乡有一头狮子来我们村里贺岁，我们以最高的礼遇迎接了这头狮子——在村口摆上整只小乳猪和糯米酒作为供品。然而这是一头染了白胡子的狮子。族长、叔伯们面上不悦，但人家是客，所以没好发作。待客人表演完，就带着他们入席吃饭去了。等他们出来，发现狮子的白胡子被人泼了墨汁。客人瞬间就翻了脸，叫嚣着要揍扁我家的狮子，让我们家狮子跪地赔礼。

啊，这真是一个被我们家传颂了一遍又一遍的故事啊，每个人讲的都不同，每一个人都讲得比前一个人要好，这样，一个比一个讲得好，时间久了，最好的那一个已经好到云端上了。如今我再讲已然是无法超越。但是，成长中最初的关于尊严的意识，关于性格中坚毅的那部分，关于荣耀、勇气、血性、人格的雏形，这一切，就在那个时候，开始面目清晰。而这些，在我多年之后的生命历程中，它们易折的特质，使我处处碰壁。我性格里，一直保有那种澄澈的深情，即使是在满心风雪的中年。你是一个什么样的人，你人格的质地，又是什么样的人格赋予你的呢？我的黄村。

我们家的狮子终于爆发了。

十九岁的小堂叔走上前，拍着胸脯说，墨汁是他泼的。想要揍扁我家的狮子，那就请求一战。

对方老者看着眼前的年轻人：双手抱胸，气质俊朗，目光镇静，虽没有挑衅的意思，却有毫无畏惧的坚定。族长也发话了，客家，你们上门称爷，失礼在先。谁是爷，我们比了再说。我们不以多欺少，一对一。

对方无法退却，只得应战。他们定了规则，以谁先抢到对方狮口中的珠子为胜。胜者是爷。

所有的孩子都能把这一段讲得绘声绘色，精彩纷呈，他们手脚并用，眉飞色舞，还在口中自伴锣鼓，咣起咣起，咣咣咣起，咚咚咚咚，咚咚起，呛呛起。占山拳中的扫堂腿，飞踢，几次踢中对方，小堂叔根本不急着抢珠子，几番戏弄，游走，让对方的狮子出尽洋相。他纵身跃上叠起的两张桌子——足有两米高，任下面那只无能狂怒，随后，他又找准时机稳稳跃下，径直跨在对方狮子的身上，用双腿夹紧身下的两人，使他们不能动弹。小堂叔够野，竟把对方的狮头生生拆掉，露出里面舞狮人那张满头大汗的脸。小堂叔和他的狮尾，两个年轻人，狠狠地用屁股往下坐，最后逼着对方趴在地上。毕竟年少，终归是淘气了些。

面子赢回来了。最后到了认爷的环节，族长、叔伯在那里等着输家的承诺。我小堂叔说了一句很帅气的话：当人家的爷有什么意思呢？得饶人处且饶人。族长气得直翻白眼。

我的小堂叔一夜之间红遍十里八乡。四百多年，我们家的狮子从未如此扬眉吐气过。这也是他这个人一生中最高光的时刻了。人们只记得他舞狮的样子，在记忆中，他就是那头神兽，能够给我们带来福祉和吉祥的神兽。他走之后，狮子就萎顿了，再也找不到一个能舞好狮头的人，后来的人只是勉强上阵。因为有了前者的比较，有了一个无法取代的人曾立在那里，所以那个位置一直是空置着的。他多么像孤傲的狮子，做世人眼中离经叛道的逆子，在诅咒中坚持自己的人生。他可真是一个响亮的人啊。因为重建祠堂回来了，到底心里还是认祖宗的。多少年了，人们最终发现，那么多的恨与咒骂却变成一个可怕的事实——我们失去了他，也失去了狮子。对于家人来说，失去儿子、失去兄弟要比死守那种狭隘的道德、家族的脸面痛心得多。

只是，那狮子，小堂叔如今也是舞不动了。能舞动狮头的人，得有一个多么轻盈的灵魂啊。世事，人生，每一个人都是负重前行，谁的命运背后不是千疮百孔？

我听见寂灭的声音，在心里，它轰的一声断掉了，如此干净。我看见一些渐行渐远的背影。我也身在其中，时光消逝迅不可捉，我也终将步其后尘，归于尘土。

五

一个村庄的消失是缓慢的，像落日那样缓慢。最初是工业的进驻，它圈走了我们的土地，裸身的农人就这样农转非进入了工厂，成为有终身铁饭碗的工人。现在的孩子们也许不懂这意味着什么，这是人性的毒药，炸弹，直指毁灭。这是要出人命的。每一个家庭只有一到两个入职指标，按长幼顺序来。残酷的是，嫁出去的女儿是没有资格享有指标的。而且，姑娘争不过嫂子。那个时候父亲是村支书，掌握着全部指标的分配。这是一个可怕的权力，他的铁腕，使得家里每一天都鸡犬不宁。有妇人拿着农药，扬言要死我家里；有七旬老者给父亲下跪，磕头如捣蒜；更有甚者，有人抬一口黑色的棺木堵着我家的大门……

人性的参差我不想多说。临时改年龄的，突然娶亲的，父子反目，手足相残……不一而足。那时我已经是高中生了，从窗口望去，人们在争吵、诅咒，哭天抢地。这其中人性的酷烈、狰狞，已让我不寒而栗。而我也是有私心的。比如我的傻子堂妹淑兰，再比如倔子。我也是有求于父亲的。可是，每个家庭都自己决定了把指标给谁。外人管不了。

一种既亢奋又绝望的情绪笼罩着我们。

我家没有合适的人拿指标。白白浪费了太可惜。我跟父亲说，我要改年龄，改大一岁。父亲何等精明，他忙问道，你想把指标让给谁？父亲从来就不相信我会辍学进工厂。

我要给淑兰。

胡闹！你给了她，她也过不了体检那一关啊。

那你先别管，给我弄一个。

我的堂妹跟我同年，她五岁那年得脑膜炎打针伤了脑子，从此，原本聪慧可爱的姑娘就变成一个傻子了。看着慢慢长大的淑兰，她那么好看，那么温顺，真让人心碎，我婶娘经常一个人偷偷地哭泣。我家淑兰并不完全是一个傻子，她会割柴、剥麻、喂猪、洗衣服，她把自己收拾得干干净净的，看上去体面得很，不像个傻子。她叫我姐，无事一遍一遍地叫，我就一遍一遍地应着她，一点也不烦。我跟她一起长大，一路护着她，不让别人欺负。我的宝贝妹妹啊。

婶娘听说我给淑兰弄到了指标，她又哭又笑，又哭又笑，最后抱住我连连叫唤，我的儿啊，就知道你会操心你妹妹，我就知道啊。

然而，我妹妹终究是没过体检那一关。我就是头铁，不听劝，执意要把指标给妹妹。父亲的一堆话，我一句也听不进去。那个时候，我的血液降到冰点，我不知道等待她的会是怎样的命运。有些人，你能看见她往深渊里坠落，你向她伸出手，可是，你够不着她。你跟她，在某一瞬间就经历了生离死别。两年后，我伯父收了四千块钱彩礼，把我妹妹嫁给了一个养鸭的中年鳏夫。我家姑娘十八岁，出嫁那天，她把脚紧紧缩着，不肯着地，人也往婶娘身上缩着，但还是被人硬生生拉走了。我的伯父是这样一个人，在生活极其艰难的那几年，他把生产队过年分的两斤肉提进深山，一个人生火把肉烤着吃完才回家；他出工偷懒，喝了酒就骂人，要是打牌输了，连我婶娘都打。堂姐祝生初中没读完，就被他从学里拉回家了。他就是这样一个人啊。祖母口中的孽障，他人命运中的劫数。读过我的散文《悲迓》和《羊》的人都知道，我的祝生姐姐和淑兰妹妹都死了。

我想把指标给倔子。他家的那个已给嫂子了。

倔子没有读中学，他很早就去建筑工地挑泥灰桶。后来他四处打零工，骑一辆飞鸽牌自行车，风一样疾驰而过。见到我，他还是很皮，嬉笑着问我愿不愿意晚上跟他去林场偷梨。

有时你注视一个人，在他身上，完全看不到一丝苦难的痕迹。他跟你说着你闻所未闻的新鲜事，你一脸蒙，他哈哈大笑，他笑得直拍大腿。而你，只想流泪。你了解他敞亮的性格，那种视苦难的命运为尊严的审美，那种灵魂的质地，一笑起来，就会露出柔和的氛围，仿佛在说，哪怕仅仅只是活着也是很好的事情啊。

十七岁，他看着我，表情严肃。他当然知道这是一个天大的福祉。然而他却跟我说，红，如果我把指标让给我姐姐，你会同意吗？

我怔住了。慢慢缓过来——我大致是了解的，他的姐姐嫁到邻村，生了两个女儿，娘家又无父无母没有根底，所以备受欺凌。如果姐姐能成为一个有铁饭碗的工人，那不言而喻。

所以，这个整天笑嘻嘻的少年，其实……他的世界早已满目疮痍，却哀而不伤。我是不愿意去细看他这个人的。更不可以试探性地问及缘由。我们还是潦草些好。还是维持他所给出的样子就好。

行啊。怎么都行。我潦草地应着。

可是，隔了一段时间，我琢磨了一下个中的滋味：即使不为姐姐，倔子大概也不会要这个指标的。不，是肯定。对他来说，那更像是嗟来之食。有些人是不适合靠近的，你一进，他就往后大大地退一步。因为尊严。

但他永远不知道，我成为我，成为一个感伤而又温柔的人，成为一个注视着苦难命运就会默默流泪的人，这些是跟他有关的。我还因此懂得了笑的含义。

六

啊，我这一路竟一下子走到了成年。而后的一些年，工厂慢慢地推向村庄的腹地，不用吵，不必闹，适龄的人都可以进工厂了。再后来，竞岗，合同工，跳槽。成为一个工人，似乎并没有那么了不起。而我们都成为住在村庄里的工人，甚至手里还有少量的耕地。很多人开始往外搬，去城市买房，老屋租给外乡人。孩子们都说普通话，家里的院子里都停着小轿车，关着门，不相往来。外乡人竟占了一半，他们在工厂附近打零工、做生意、开养殖厂，在这里也有十多年了。村口有超市，出门有小吃街，每天送快递的三轮车跑进跑出，晚上广场舞散后有夜宵摊，麻将室彻夜明灯。这是我的出生地，它如此熟悉又如此陌生，一些人故去，一些人新生。新的姓氏涌进来，我们不共一个祠堂。他们带来了好笑的口音，带来了我们同样熟悉的人性，烦恼和喜乐，冲突和亲睦。我看到寥落，同时我又看到繁兴，这里已经繁衍出一种全新的人文生态。然而，即使是这样，它也要走向消失了。

我还是回来了。这漫长而缓慢的归途。我忆起最初“我是如何成为我的”，那些往事和那些人，它们因我的记忆一一活过来。洪武井犹在，我的父亲母亲已经老去。我听有人叫我红，那声音明晃晃地从长长的记忆甬道传来，哐啷一声响，仿佛打开了旧时光。一种迅疾回到过往的意念流遍全身，所谓相逢，就是忆起，就是永不遗忘。在我孤独的喃喃自语里，那种情难自抑的失声痛哭久久地将我淹没。

即使雪落满舱

那天，我跟父亲驱车两百多公里去乡村祭拜一位亡故的老者。天空飘着细雪，如萤乱舞。我们把车停在村口的小广场边，一路走进村庄。父亲的头发、肩头沾着雪粒，他垮着脸，表情凝重。他是头一天意外得知老者已于半月前就过世的消息，所以我们来晚了，没有赶上葬礼（后来知道并没有葬礼）。我们来到一户破旧、低矮的红砖房前，房前墙根堆着两垄黑瓦，底下一层有干枯的苔印，仿佛长在那里很多年。屋旁的旱厕墙垛倒塌了，像是被长年累月的风雨侵蚀塌的。左侧的菜地撂荒已久，满是枯死的杂草与乱石，几个空塑料袋嵌在杂草间被风灌满。冷风贴地吹过，裹挟着寒气，我环顾着村庄周遭林立的青砖小楼，墙体随处可见电商广告，听到不远处传来一阵阵摩托车呜呜的鸣叫，几个稚童在小超市前追逐嬉闹。这村庄远在郊外，正值初雪，乡村的寂寥笼在一层厚重的灰色阴郁里，仿佛在酝酿一场更大的雪。而这间屋子俨然死去很久了，就像一座旧坟墓，完全没有人居住过的痕迹与气息。屋子的木门中间横着一把生锈的搭锁，父亲用手扣了扣搭锁，又把头探向门缝里，我也凑近伸长脖子往里看，一片漆黑，阒寂无声。一时间，我和父亲陷入了一种不可名状的无措里。我们在屋门口转着圈，看上去荒诞极了。

死者七十岁，名叫李运强，三十年前因参与抢劫杀人案被判了死缓，五年前被释放，一个人回到乡下老家，半个月前脑溢血突发身亡。他跟我父亲有过五个月的铁窗之情。在这五年里，父亲偶尔会独自一人去看望他，离上一次他来到这里不足半年时间。我知道，死者的妻儿自从他入狱那天起就跟他断了关系，他们从未探监，直到他死的时候都没有现身。听说尸体火化的钱是同族的几家分摊的，骨灰还摆在家里，至今没有下葬。

父亲突然剧烈地咳嗽起来，他弓下身去，身体在颤抖。我赶紧去搀他，他倔强地挣脱了我的手，一下站直了身子，然后说了句，我们回家吧。雪下得大了，他在前面越走越快，带着愤怒与悲伤，带着对荒凉人生的巨大虚无，他把渐行渐远的背影留给了我。我站在他身后，百感交集。祭拜未果，但此行本身也算是尽到了心意，我们原本可以拜访一下他邻近的族人，但父亲放弃了。他就这么粗暴地、自顾自地走了。他难过得说不出一句话。

我是惯于看着他的背影、站在他身后的那个人。作为父亲为数不多的朋友，这个人死了，没有亲人到场，骨灰没法入土。落得这样的下场，人们通常会说，这是杀人犯该有的报应。但这是一个可怕的报应。这个报应要比坐牢更可怕。从死缓到无期，从无期到有期二十五年，最终，死刑还是没有放过他。

……

那他岂不是万念俱灰地活过了这三十年？我忍不住问父亲。

不。在接受死缓的那一天，他就朝着生的方向做最大的努力，所以他的每一天，是怀着希望和光亮的。只是，这人世间太寒冷了，没有给他一丝机会。

两天之后，父亲轻度中风，一时下不了床。他几乎不说话。从医院回来，他已康复得差不多了。我半个月的年假所剩无几，即将返回广东，他突然叫住我，我见他脸上有未干的泪迹，他微微地想掩饰一下尴尬，然而却又用一种罕见的郑重语气说，红，谢谢你，辛苦你了。

一时间，我意识到，父亲的这声谢并不是指这几天没日没夜的医院陪护，而是他内心深处三十年来对这一切的一切的最终凝结。我怔住了，我知道这个字的分量。我们都有情感上的表达障碍，有些话从来都羞于出口，它太烫了，以至于会把我们稍稍地弹开一会儿。父亲一定知道它在我心里引起的风暴。我流下眼泪。

我给了父亲那样的机会。温暖与光，还有重生。

一

我时常在梦里听到一双钉了铁掌的靴子发出“噔噔噔”的声音，那声音由远及近，它伴着恐惧、压迫，一声逼近一声，最后踩进我的额头，踏破梦境。睁眼，手握成死死的拳头，心跳急促，而梦境清晰依旧，在它刚刚消逝的瞬间，留下一串渐次减弱的震颤使我眩晕。等到灵台清明，我还是要花很长一段时间费力地去绕开它，为的是遏止恶劣的情绪蔓延。无法诉说，没有人能从精神的内部来慰藉我。漫长压抑的童年，寂郁的少女时代，最终，我在阅读中找到了消解。我似乎很早就意识到，人可以依赖冥想活着，构建一个属于自己的世界，然后整个儿地缩在里面。我希望它能够阻挡门外热水瓶摔在地上炸碎的声音，暴烈的父亲，他的怒吼，母亲瑟缩着的啜泣，年幼的弟弟，他扯着喉咙发出的尖厉哭号……全部，把它们挡在我的世界之外。在那样的年纪，我是如何练就了一副冷心肠的？一个人的自尊在长期对抗自我的脆弱时，内心就会结出一种类似盔甲的硬壳，看上去冷酷、麻木，不顾他人死活。这是我青春的叛逆。很多年之后，我再看那个时期的照片，很多张，我，撇着嘴角，空漠的眼从来不看镜头，鼻孔发出轻蔑的一哼，脸，厌倦着一切。我曾尝试用文字去面对它，或者说去面对尘封在内心角落的那个自己，可我疑心，一旦付诸文字，最后呈现出来的是另一个模样。很本能地，文字会朝着情绪化、自我辩解、自我粉饰的方向靠近。篡改，无非是遮蔽的另一种形式。然而，很长时间以来，我竟自发觉，即使是遮蔽，那也是真实的一部分。包括，即使我虚构的是另一个自己，那也是我心里希望的样子。

那双钉了铁掌的靴子是我父亲的，那是一双长筒牛皮靴。它的材质有天然的光泽与质感，锃亮、漆黑、沉默。摆放在那里，竟有轩昂的不凡气度，类似于有某种品格的男人：伟岸的将军，不朽的战神，抑或心怀天下的英雄豪杰。那个时候，父亲跟那一代的年轻人一样，喜欢一个日本电影明星，他叫高仓健，那一代人，喜欢他，皆因那部叫《追捕》的电影。我想，父亲在穿上那双长筒靴的时候一定是有了杜丘的代入感，他时常穿着它，铁掌发出的声音让他萌生了凌驾他人的意志。父亲是一个身材矮小的人，刚及一米六。矮，是他终生的忌讳，逆鳞，不让人碰的。自卑与狂妄，不加掩饰。我相信父亲是一个痛苦的人。他仅穿三十七码的鞋子，然而那靴子最小也有三十九码，明显大了，前面空出一截。在八十年代中期，一双一百多块钱的靴子，父亲眼睛都不眨地买下了。他把长裤扎进长筒靴，那靴子竟没过了他的膝头，快要到达大腿的部位，远远看着，他的下半身，仿佛是从靴子开始的，看上去丑陋而怪异。父亲趾高气扬地穿上它就脱不下来了。那么多的日子，伴着他说着凶狠的话。变形的脸，目眦欲裂，他愤怒地在屋子里来来回回地踱着步子，铁掌在水泥地发出声音。那声音，于我，真像是一场噩梦——他打了母亲。我用双手捂住弟弟的眼睛，缩成一团。

我最后看到那双靴子是很多年后的事情，它被扔在废弃的阁楼里，跟一堆缺腿的桌椅、旧自行车、不再使用的缸和有裂纹的陶罐们待在一起。那靴子的脚脖子扭得面目全非，像两只畸形的老树根。左边的一只，鞋尖处斜昂着头，没法着地，右边的那只，右侧严重磨损，脚背处折痕太深，快要断了。它们都无法站立，铁掌已锈。这是一双备受摧残的靴子，它承载着父亲太多的乖张、暴戾和喜怒无常。在我所能忆起的有关这双靴子的岁月里，父亲折磨着我们所有的人。

这双靴子仿佛为我找到了一种叙述的调门。写作十五年，关于父亲，这个离我生命最近的人，我却迟迟落不下一个字。起先缘于家丑不可外扬，讳莫如深。毕竟父亲有牢狱的经历。而后，我却又始终没有准备好去面对那个时候的父亲和自己。一想到，或者一梦到，我就会极力去绕开，拼命往里缩。长期以来，我以为这个往里缩的空间还很大。然而，三十年过去了，人世沧桑，几遭起起落落，一生飘零异乡，最终也只落得浮生寄流年，虚掷了光阴。一切外在的、俗世的荣辱、毁誉，于我，皆已是风中之物。而今，我之所以去写它，除了一种佛性的释然之外，我还认为，不论是父亲还是我，对于他入狱这个事件，皆不能以一个丑（即耻辱）字去定义。相反，四十岁的父亲和十六岁的我，在那个事件中认识了彼此，我们重新建立了一种人世间最宝贵的关系：父女。我最终没有抛弃父亲，我向他伸出了手，并抓紧了他。那件事不再是我们人生的污点和耻辱，而是一次重生的艰辛历程。我想起杜拉斯的《情人》，她写这个小说时已进入生命的暮年，而这个她在十六岁就遇到的男人，是她终生难忘的情人，她为什么要挨到古稀之年才去写这个让她终生难忘的人？之前，我对此很疑惑，现在懂了。她应该找到了一种合适的表达，赋予这个故事她生命中无可取代的光与不朽，要做到这一点，需要时空的距离，需要那种历尽世事沧桑之后仿佛又回到原点，重新对过往的打量，以及日日积累的情绪等待临界喷涌而出的那一刻。现在，这双靴子，这个破败而又衰老的实物，我在心里攥着它，眼前浮现出父亲中风初愈时的那张歪斜的脸，那张写满现世已然走到尽头的哀绝的脸。惶惶然，竟莫名想到“大限”二字，一阵心惊过后，泪腺犹如受了暴击一般，泪水滂沱不止。

二

父亲是幼子，备受祖母溺爱。我们家世代农民，每一个人都是要下地耕种的，然而父亲吸血式读书，竟自读到高中，直到那个运动席卷全国时，他才辍了学。他只得背着一个网兜从城里回来，那兜里只装了一个铝饭盒、一个磕了瓷的搪瓷茶缸、一双旧解放鞋和几件换洗衣服。人皆纳罕：这个读书人从学堂回来，竟没有带回一本书，这到底是读了个什么书啊。父亲只是笑了笑。祖母满心欢喜：这小儿子算盘（珠算）打得好，十里八乡的人都赞，还能写一手漂亮的毛笔字，为他下的血本总算不亏。那个年代，在我们那里，看一个人是不是有文化，第一宗就看算盘打得怎么样；第二宗就是要看这毛笔字了。有这两样，你就有可能摆脱耕种的命运，去生产队当会计、当记工员，最不济，也能去民办小学做个教书先生。他小小身板，没有吃过一天苦，喜欢仰着脸说大话，性格偏激好斗，然而为人却大方爽快，村子里有人家穷急需要钱，父亲只要有，定会倾囊相赠，也不计较人家会不会还。有天资不错的孩子，他从来不吝赐教，竭力劝说其家长一定要舍得下本钱让他读书。他好动，笑得很大声，一副天底下没有什么事能难倒他的样子。父亲所学，远远不止这两宗。他能写文章，文采不凡，擅长复杂的数学演算，记忆力惊人。他还有一副迷人的男中音嗓子，能把《草原之夜》这首歌唱得深沉低回，孤独苍凉。

就这么个小小的人，进了生产队当起小会计。指尖的算盘珠子拨得飞快，如同他迅速爬升的命运。第二年年末，他因在公社会议上的一次惊艳的表现而受到领导的关注。我的父亲，十九岁，从容不迫、胸有成竹地报出生产队两年来粮食、蔬菜、牲畜、工时、人力的所有数据，包括百分比，上升、下跌原因分析，他还补充了个人的相关建议。那种自信，那种踌躇满志，那种台下鸦雀无声的个人秀，父亲，在命运最初的高光时刻，一个牛犊子，尽管青涩，但终归也还是可爱的。紧接着，父亲就进了大队部当会计，做八个生产队的账。他彻底地摆脱了耕种的命运，成了吃公家饭的人，一路顺风顺水，随后又做了大队队长、村支书，最后，他做到了乡镇建筑公司的总经理。二十年间，他从那个青涩的少年变成了一个傲慢、自负、冷酷而又喜怒无常的人。从我记事起，父亲像一个陌生人，这个陌生包括他对我突如其来的热情。比如，周末他让单位司机去学校接我回家，引起同学围观；再比如，他时常塞给我厚厚的一沓钱，扔下一句“拿着”，就没有了别的言语。我跟父亲几乎没有交流。但我知道，他在关注我。他从来没有漏过关于我的任何重要日子：生日，升学考试，毕业典礼。他知道我在学校的所有荣誉，并与班主任有频繁接触。在一次家长会上，父亲竟然给我所有的任课老师都准备了礼物，会后，还高调地请老师去酒店吃饭、唱歌。这些都令我反感，让我觉得他行事粗鄙，像一个小丑，让我蒙羞。在我的视线外，我能隐约感受到有父亲的身影。关于父亲对我的重视，我后面还会专门讲到一个事件。

可是，我却能从外面的言论中听到别样的父亲。那是一种看见我走来就会戛然而止的声音。残酷的是，我一字不落地听见了，像是被风吹落到地上的声音，人皆散尽，就等着我来捡起。那些话里有诅咒、嘲讽，更多的是看客的泄愤和谩骂。在他们嘴里我父亲是一个不得好死的人，迟早要遭到报应，只是时候未到。我很小就是一个心事重重的人了。我听到了很多关于父亲的可怕的事：

建筑工地上有人从脚手架上掉下来摔死了，赔家属五千块钱私了。

所有的建筑项目从来没有招标，那个人垄断了。钢铁厂新区所有的厂房、围墙，包括公路，他想给谁做就给谁做。

听说他是乡镇领导一把手的钱袋子。

前几年新盖的教学楼，墙体都裂开了，垮了一边，至今没人管。连建学校都搞豆腐渣……

跟黑道的人搞在一起。听说打伤了外乡一个建筑队的头头，至今人还躺在医院。

然而有一宗八卦应该是真的。父亲在担任村支书的时候，有一次接待市领导——那是父亲第一次接待市级领导，所以他特地挑了一套灰格子西装，梳了一个锃亮的大背头，意气风发地带着村干部一行人候在村委会门口。一辆黑色的轿车开过来，里面下来四个人，一个领导模样的人，环顾了一下人群，然后向父亲身边的书记员伸出了双手。那书记员戴着黑框眼镜，中山装，背着手，身型挺拔，气质沉稳。人们这么形容我的父亲：他看上去像一个小痦子。

只有我知道，这种事对我父亲的伤害是致命的。我甚至能想象得到，当时他那张变形的脸。我认为，他后来的种种狂妄、嚣张，都有一种表演的成分。那种扭曲激发出的恶，往往是毁灭性的。

我后来翻看了父亲案件的所有卷宗，那些触目惊心、恐怖而又不可思议的事情远不是这些风言风语比得了的。然而那个时候，人们对我的态度非常微妙。直到父亲入狱，那种人情冷暖的露骨表现让我在一夜之间长大。无论我在外面听到了什么，我从来都没有向父亲求证过。我对父亲的无视、鄙薄皆与这些毫无关系。

我恨这个矮个子男人是因为他醉酒之后打我的母亲。直到我慢慢长大，敢用自己的身体去挡，父亲的拳脚落到我的身上时，他就会倏地缩回去。我护住母亲，怒眼圆睁。与父亲凶狠地对视几秒后，他就萎顿下去。

一家人坐在一张桌子上吃饭的日子很少，即使一年中有那么几回，也是我和弟弟端了饭碗回各自的房间，母亲一个人默默地陪着他，给他添饭。起先他们小声地争吵，继而父亲摔碗、摔椅子，最终他会摔门而去。父亲在家，总有一种奇怪的氛围笼罩着我们，他像一股特别刺耳的岔音，让我们不自在，有令人窒息的压抑感。他在家从来不笑，他的脸有一股暴戾的力量，不知道什么时候发作。有时我们娘仨有说有笑的时候，父亲突然推门而入，空气在那一瞬间仿佛凝固了一般，我和弟弟心照不宣，一言不发，小心翼翼地各自散去。我们从来都没有喊过他“爸”。“爸”这个字太奇怪了，它需要一个人无条件承认对另一个人有一种先天的情感，我时常盯着这个字看，直盯得它被无限放大，大至虚无，最后陌生得我不认识了。

上初中起我就住校了，那种逃亡窃喜的心理仿佛是，一大片干净明媚的阳光照进来，照亮内心那些已经生病的角角落落。那个家太阴暗了，可怜的母亲，她像一个智者，深信会有一个崭新的父亲回归。而我在那么长的时间里，认为母亲愚不可及。我读不懂她的爱与慈悲，多年后读到张爱玲的那句话:“因为懂得，所以慈悲”，瞬间在脑海中，母亲这个人一下子对应到位。

父亲经常一个人坐在客厅的沙发上直到深夜。电视的蓝光映在他的脸上。从门缝里，我偷偷地看着。他是一个怎样的人？我有时问自己。面对这个问题时我会有一种巨大的障碍，像一个黑洞，无从下手，他从来都没有在我和弟弟面前表现出温情，更多的是不满和暴躁，即使我们在学校有不错的表现，他也只是不屑：跟我那会比，你们都差远了。很多年前，他的床头曾经有《静静的顿河》《悲惨世界》这样的小说，而现在则是金庸的《倚天屠龙记》。有一点，我是可以肯定的，父亲他懂得人性的美好，这世间的善与真，他都懂。只是他好像关闭了。

母亲的态度耐人寻味。对我父亲这个人，她从来没有一句恶语。她微笑着，仿佛掌握着绝对的真理，她似乎在等待着什么，即使是在父亲四面楚歌的日子，那些汹涌地唱衰他迟早要出大事的日子。父亲被带走的那一天，她像一个先知那样说道，这个时候被抓起来是最好的了，再晚些就反而不妙了。

跟所有的人一样，我们都认为父亲被抓是迟早的事。

那个时候，小城突然刮起了跳舞风，城里、乡镇都开了许多家舞厅，一到晚上，整条街霓虹闪烁，迪斯科的舞曲响起。父亲彻夜不归，在舞厅包场子打牌赌钱，听人说，父亲在外面有了女人。我直接的反应是，这绝对是真的。虽然我没跟他有过真正的交流，但我了解父亲。涉及他的信息，我能瞬间判断真伪。我深信，父亲太需要情人这东西来匹配他作为当地一个人物所该有的那种身份。那女人，堂姐指给我看了，是乡政府旁边庆丰餐馆的老板娘，一笑就花枝乱颤的那种女人，她有丰满的臀部和胖膀子。我原本没想去招惹她。

弟弟突然发了高烧，我只得在深夜去舞厅寻父亲，让他派车把弟弟送进医院。穿过震耳欲聋的舞池，我被一个认识的小哥领着，径直来到那间包厢。踹开门，怒气冲冲地出现在父亲面前。烟雾缭绕的空间，灯光昏暗，几个人在诈金花，桌面下注的大额纸钞扔得狼藉一片。那女人蛇样攀缠在父亲身上。父亲抬头惊愕地看着我。

回家。我只扔出两个字，语气没有商量的余地。

这谁啊？那女人口吐烟圈。

我，我家姑娘。父亲显得有点惊慌失措。

哎哟，你是红吧。女人的脸微微一变，立马从我父亲身上站起来，上下打量我。

黄江，你给我马上回家。我直呼父亲名讳。

那女人拉扯我，说道，红啊，什么事这么急，你爸这不忙着呢吗？

一个响亮的耳光打在她的脸上。我龇着牙狠狠地说：你给我滚。

父亲一下子震住了。众人见情况不妙，把牌一推。父亲站起身突然大笑起来，他说了一句：果真虎父无犬女啊，不错。然后他把那女人扒拉到一边就往外走。

从那以后，父亲就跟这女人断了。我相信理由只有一个，他已经感受到他快要失去我了。从那以后，父亲甚至一度罕见地对我赔着笑脸，我知道，在他心里我很重要。

三

我之前从来没有设想过父亲真入狱了我会做何反应。

那个时候我在市里读高中，住校。有一天傍晚，一个同学带话，说总机有我的一个电话。是我母亲打来的，她说你父亲被破门而入的警察铐走了。母亲的声音很镇定，她只是告诉我这个消息，别的什么都没有说。放下电话，我才真正感受到五雷轰顶，双脚灌铅。我的全部，整个的肉身，意志，我这个人的物理存在，全都化为一片虚无。生命仿佛停顿了一下。这时我才真正感受到，父亲是一直融入我生命的那个人。他突然被生生拆走，我就裂开了。这本是意料中的事，可当它真正降临的时候，依然是一个晴天霹雳。

原来恨，倾注的也是一种热情，它炽烈的程度远在爱之上。或者说，它们本来就是同一种情感的两个面。

没有请假，我径自坐车回家。一路上，我回想父亲的过往，林林总总。恨意又占据我全部的身心：他活该。见到母亲之后，我大吃一惊，才几个小时的工夫，她已憔悴得厉害，脸寡白，唇青紫。看见我，她有一点发抖。我赶紧上前扶住她。弟弟蜷缩在她的身边，像一只受到惊吓的小羊羔。我们娘仨拥成一团。这就是一个家没有父亲的样子，这就是一个家就要垮掉的样子。我第一次感觉到，父亲这么重要。现在，他生死未卜，失联，与我们隔着一个未知的世界。恐惧，像一口悬着的深井，时刻害怕有一个小小的石子扔进来打破死寂而荡起狂澜。

我和母亲一夜未睡着。稍稍平复之后，母亲告诉我，前几年一个算命先生跟她说，父亲需要历一次劫，脱胎换骨之后，他会重新回来的。我的母亲，除了自己的名字，她大字不识。在她的世界里，总有一种奇妙的说法能阐释自己的命运，并最终获得心理的圆满。此时，类似这样的话无疑是一种暗示，我愿意顺着这个意思去相信它。相信一个算命先生。长久的沉默之后，母亲又说，他只有九十几斤，这小身板可要受点罪了，他得多害怕啊。我心里一紧，连忙攥住她的手。我跟母亲说，如果父亲坐牢了，我们就等，等他回来。母亲“嗯”了一声，把头靠在我肩上。

那两个一直害怕说出口的字：坐牢，就这样被我轻易说出了。十六岁，我第一次感受到母亲与幼弟对我的依赖，那么重，那么悲凉。我必须要先说出它。我不能被击垮。

仿佛一下子云开雾散。最坏的结果都预料到了，我们稍稍不那么害怕。然而除了接受父亲要坐牢这个现实，我需要面对的是一个更可怕的事实：我是一个罪犯的女儿。这像一千根钢针扎到身上，一万只蚂蚁啃咬骨肉。那些看我的目光，那些背着我的窃窃私语，让我想遁地，想隐身，可是这个世界太亮了，我像被剥光了衣服曝于众人的视野之下，无处躲藏。那些坊间的谣言和议论在耳边嘈杂一片，嗡嗡作响，怎么也甩不掉，甚至会追进梦中。他们的笑声刺进我心里：

被带走的时候，吓得两腿瘫软，尿裤子了。拖着走的。哈哈。

民警在他家院子里挖出来好几十万。

听说在看守所被吊起来打，跪在地上磕头求饶。

至少判五年。

可怕的是，相比我的尊严和高傲，父亲的处境和命运竟然不是最大的困扰。“父亲坐牢”和“我是一个罪犯的女儿”这两个事实，后者更让我难以忍受。那些被照见的陌生的自我，那些黑暗的真实面目，此刻都凸显出它本来的样子。我不知道要如何穿越这内心的地狱而抵达澄明，无人可以诉说。

没有一个亲戚来家里安慰。这本是意料中的。我并不是小小年纪就有了一副看透世态的老成模样。三天过去了，实在是因为父亲那边没有一丝一毫的消息传出来，又谣言四起，我们的心都悬着，哪里有心思去计较人情的冷暖。然而，却有这么一个人撞进来。

一个挺促狭的场面。在村口街道菜市场，几个人见我走来纷纷散去，人群中有我堂婶，她假装没有看见我，想借机混在人群中溜掉。我的堂兄没少拿我父亲下面工程队的活去做，平日巴结我母亲如同亲娘一般。可我径直就站在堂婶面前了。

哎哟红啊，买菜呢。她讪讪地说。我“嗯”了一声，说了一句婶娘好。我直视着她，那句“民警在他家院子里挖出来好几十万”的屁话就是她说的。

那个，我昨儿去庙里烧香了，求菩萨保佑你爸平安呢。出这样的事，我也是挺同情你们家的……

我爸这个人最怕死了，一挨打什么都招，说不定，堂兄跟他有点不干净都会被供出来的，所以……

她的脸瞬间变了，那是一种恐惧。嘴里依然絮叨，骂骂咧咧，什么自己死就算了还拉侄儿做垫背，死矮子，活该遭报应，一边骂一边落荒而逃。我站在那里，满街的人来来往往，夹着嘈杂与风声，眼前仿佛都混沌起来，只有影子在晃动，最后觉得只剩下我一个了，大日头底下，阳光是冷的。她这样的人，我是不会去计较的。只是，我那么难过。

四

我只得返校。班长李伟超已经替我在老师那里请假了。一连几天，我成了一个魂不守舍的人，坐着出神，同学从后面轻轻地拍背能把我吓到惊慌失措。先前已打听到看守所的位置，坐几路车，我决定中午放学去探一探。

看守所很远，在郊区的一个山脚下，旁边有一个磁带厂，从学校过去要转一趟车。下了车，往里，是居民的棚户区，有一条长长的脏巷子直通磁带厂门口，往左，就是看守所大门，几棵高大的悬铃木在天空环拱相抱，落叶纷纷，地上打着卷的枯叶被风吹得不停翻滚。大门的岗亭有一个小小的窗口，十二月，天已经很凉了，一个红色的热水瓶正挡着窗口，里面有人走动，看不真切。我的父亲失踪一周了，他就关在我眼前这个四面都是围墙的建筑里。

近在咫尺，我就这样离开吗？如果我此刻离开，那么我就会把同样的难题推给下一次。我不能等到下一次了，我必须正面接受父亲已被关进看守所这一事实。在过去十六年的生命里，耻辱，颜面扫地，难以启齿、举足不前的犹疑，同时又被一种力量驱使的压迫感，在那几分钟里，我全都感受到了。那是一秒接着另一秒的煎熬。

探出头来的是一个三十多岁的警员，锁着眉头，脸有愠色。他问我什么事，连问两遍，我说不出话，只是泪水涟涟地看着他。这光景，他大概也猜出大半，问我是什么人关在里面。我回答说是父亲。他拿出一张探视登记表，我依次填上日期、探访人、人物关系、家庭住址等相关信息。他拿着表，看了看我说，判决前是不能见面的。我小心翼翼地问他，能否转交给我父亲一百块钱。他说这个可以。我环顾了四周，说了句稍等，就跑开了。我一路小跑到附近的一家小卖部，买了两盒精装红塔山香烟送过来。啊，我只是衷心地拜托这个人能把钱如实转给我父亲，看在这两包香烟的诚意上，千万不要做出不好的事情来。千万。我流着眼泪。那人推了一推，在我的坚持下收了。他忽然松开眉头，吞吞吐吐地说，周日你来吧，带上两桶黄油漆过来，你或许能见到你父亲了。周日，也就是四天后，我就可以见到消失了十一天的父亲。

我轻盈得像一阵风，几乎是一路飘着回学校的。

母亲把鸡汤放进保温瓶让我带上，天冷了，换洗的秋衣秋裤、外套、毛衣，我都打包在一个大大的牛仔包里，准备了五百块钱。一大早，我跟母亲就坐车去市里买好油漆，然后叫上一辆电动三轮车，径直赶往看守所。一路上，我跟母亲都没有说话。十一天，家里没有父亲这个人十一天了。真要见面，我会说什么呢？我跟父亲向来是没有交流的，甚至是陌生的，这样的见面，我如何面对？还是那个脸有愠色的警察出来了，他首先就叫人过来把油漆抬走。我急切地望着他，等来的却是一句：今天见不了，要干活。铁青的脸，没有任何解释。我气得正要上前理论，被母亲拦住。那人从抽屉里拿出一个牛皮信封说，这是你父亲给你写的信。我一把抢过，眼泪又出来了。那警察看我这个样子，顿时语气缓和了不少，许是对自己失信的补偿，当即许诺道，东西放这里吧，会转交的，不会丢失。

这是父亲写给我的第一封信。一封长长的信。

五

父亲显然是得知我去探视过之后才给我写的信。信中详细地写了我出生的那一刻，1974年4月30日的深夜。那一天，他成为一个父亲。信的内容让我惊讶，只字未提案子、看守所的生活和他此刻的心情。写了四张纸，圆珠笔写的，力透纸背，仿佛是一笔一画刻上去的。我能感受到他要对我说的还有很多，只是眼下，我急切想要知道的相关信息，一个字也没有。信中没有提及母亲和弟弟，只是对我一个人说的。

这几乎是一封无用的信，没有暗示我们应该怎么做。太匪夷所思了。

我读到第二遍、第三遍才略略看懂其中滋味。在我出生之前，母亲掉了一胎。眼看着我一天天大了起来，就要落地，父亲应该是紧张和满怀期待的吧。他写到，那天晚上八点，母亲就开始阵痛，天已黑透，他急着去请接生婆，谁知村里的老接生婆病了，动不了。父亲要走十几里路去另一个村请一位经验丰富的接生婆，跟小舅两个人去的。“满天繁星，手电筒昏黄的光圈摇晃着脚下的路”，父亲竟写出这样的句子。他一路小跑，经过成片的稻田和几个小山岗，把小舅远远甩在身后。抄近路蹚过一条河，那时正要入夏，河水还没有涨起来。入夜，水已经很凉了，他把鞋提在手上涉水过河。起先没过大腿，最深处齐腰。他们不到半小时就赶到了。父亲回忆这段往事，不吝笔墨，甚至提到赶到接生婆家时，喘作一团。我细细读着，忽然觉得身体里有一根肋骨被轻轻地牵动了一下，隐隐作痛，仿佛是唤醒了一种被封印的记忆。

母亲难产，我是脚先出来的，其间还有一只脚卡住了，折腾了很久。最终，我在半夜十一点四十分落了地，洪亮的啼哭沐着血被一双手托了出来，那是一团蠕动的活着的血肉。父亲说，那一刻他痛哭流涕。我特别注意到他用了“活着”这两个字，可以想见，产房外，他分分秒秒的煎熬，以及最后爆出的泄洪般的痛哭。

在信的结尾，父亲让我送两套金庸的小说过来，说阅读能让他平静。

我承认这封信打动了我，但并非是这字里行间透着的那股陌生的深情，而是父女这种显性的关系，其诞生的过程有一种百转千回的私密性，它定义了我是一个人的女儿、他是一个人的父亲这一轨迹。这封信潜意识里似乎还藏有一种隐隐的恐惧，这种恐惧不是因为要面对坐牢的判决，而是，他害怕——彻底失去我。没错，是这个意思。十一天，父亲经历了什么，我一无所知，但从这封信来分析，他似乎并没有把会不会坐牢这件事看得那么重，或者说，父亲对自己的案子已有了判断。我极力地想读出弦外之音，然而还是一筹莫展。

一放学，我的脚就鬼使神差不听使唤，径直往看守所跑。来来回回好几趟，我依然没有见着父亲，但跟岗亭那愠着脸的警员混熟了。他拿到我送来的金庸小说，把书翻得哗哗响，还往下抖了抖，这是想看我有没有在书里夹带纸条。判决前，父亲跟我通信的内容全部都要过审，一旦涉及案情皆要扣留没收。终于得到一个确切的消息，本周日上午，父亲跟其他羁押的犯人一起去对面江北农场劳动，一大早从江边码头坐轮渡过去。那门卫还提醒了一句：你最好在七点半之前赶到码头哦。

我竟毫无察觉已缺了三个下午的课。

一夜没睡踏实，翻来覆去漏了风，被子是冷的。起床看着窗外，下雪了，纷纷扬扬，风声如诉如泣。天还未大亮，雪光把天地映成黛青色，路上有行人了，听得见有人咳嗽。我顾不上吃早餐，穿上厚厚的棉服，用围巾把头和脸包住，拿了把雨伞，匆匆往码头赶。

大雪如席，雪花像是被一双巨手往头顶的雨伞抛撒，扑扑作响。公共汽车到站后还要步行二十分钟才能到码头，我已走得一身细汗。七点二十分，我到了码头，江天一色，雪落在江面上，来不及化，形成一大片稠稠的絮垫子。江对面的散花洲隐在薄雾中，父亲要去那里的农场劳动。岸边泊着一排挖沙船，乌篷里，没有灯光，看不到人影。一艘掉了漆的蓝白色旧渡轮停在那里，它没有篷，是敞式的，两边扶手的漆全掉了，露出黑色的氧化铁，雪落满舱，它泊在风雪中飘摇，底下的水一荡一荡，它就一晃一晃。一个中年男人缩头缩脑地在船头完成匆忙的洗漱。一会儿，驾驶室的收音机打开了，我听见在播报早间新闻。

陆续有人往码头来，人们在大雪中边走边吃着手中热气腾腾的早餐。七点四十分，七八个警察持枪押着二十多个犯人往这边走，我远远看见了一个矮小的身影，踉踉跄跄。十八天未见，待到人群走到跟前，我大吃一惊。

父亲的头被剃成极短的板寸，仅比光头多一层发晕而已。他的脸发青，明显浮肿，眼睑处有鼓鼓的眼袋，眼神黯淡无神，穿着一套深蓝色囚服，行动迟缓，垂着无力的手，脚底仿佛有千斤重。我从未见过这样的父亲，他看上去苍老得像一截枯木，似乎已放弃了自己，麻木，任人宰割，灵魂已死。他被彻底击垮了。我不知道父亲是否如外面传言的那样挨过毒打。此刻，他俨然是一个真正的罪犯。一个只剩下皮囊的罪犯。

太可怕了，这是一个死去的父亲。我从未想到会是这样的结局。我还没有完全接受父亲入狱坐牢的事实，他就直接跳进了死亡的画面。太突然了，强烈的悲痛攫住我，我失声痛哭。我突然间意识到，所有的，所有的这一切都不重要了。我的所谓尊严和面子，罪犯的女儿，这些都不重要了。此刻，我唯一需要的，是一个活着的父亲回来。

我想起了那封信，那封信如同溺水之人向水面伸出的一只手。我不能远远地看着人群从我身边走过，我径直追上去冲到他面前。可是，我从未叫过爸爸，叫不出口，这个字卡在喉管里，迟迟喊不出来，情急中我脱口而出——黄江。

父亲回过头来看见了我。他愣在那里一动不动。我们对视，天地万物静止无声，时间也瞬间停摆。我看见两行长泪从他眼眶中涌出，槁木般的面庞如同被唤醒了一般活了过来，他的瞳仁注入了一丝光亮。警察过来推搡他，他只得往前走，却又频频回头，拿袖口拭泪。我只得大声喊：黄江，加油，我们等你回来。

上船了，渡轮发出长长的鸣鸣。大雪纷飞，父亲看着岸上的我，直直地站着，没有说一句话。我对他做着加油的手势。这艘破败的渡轮，多么像父亲此刻的命运，眨眼就驶进水中央了。中年，雪落满舱，风雨飘摇，尽显出下半世的光景来。我已然坐在了那艘船上，去跟他共这相同的命运。我不能让父亲一个人面对这一切。如果这是人生的劫难，即使是坠入修罗场，我也愿意毫无保留地参与其中，我不能缺席这盛大的炼狱，最终，我们会回归成宁静安详的良人。

我们彼此拯救。我放出一个至关重要的信息：我们还在。父亲准确地收到了。

回到学校，班长把我拉到一边，告诉我，你父亲入狱的事全年级的同学都知道了，如果有人在你面前说了什么不好的话，你可千万不要冲动做出过激的行为。于我，这原本是一个天大的禁忌，一碰就会炸毛的话题，我是一个多清高多要脸面的人啊。然而我竟释然了，我已然接受自己是一个罪犯的女儿。我笑着对班长说，放心吧，我不会的。我的同学，自始至终，高中三年，没有一个人在我面前提过这件事。连背后的窃窃私语也没有，即使是平日常有龃龉的赵晓静同学。仿佛什么都没有发生过。

六

律师告诉我，这个案子父亲是从犯，主要罪行是行贿、受贿及以权谋私，还有一宗是涉嫌不正当竞争，转包工程。我问他最终的结果会如何，他笑而不语。我忽然觉得法律太有意思了，默念着这几宗罪，只觉得陌生，完全没有切肤感。为什么法律认定的罪行跟我的不一样呢？父亲难道不是因为打了母亲、在外面找女人、聚众赌钱、唆使他人打架这样的事入狱的吗？他性格跋扈，专横，肆意践踏他人尊严，当众掴人耳光，为一点小事端人饭碗，没钓到鱼就毁人鱼塘，睚眦必报，跑到我学校做出种种丢脸的暴发户行径……他应该是因为这些事入狱才对啊。可是，律师跟我说的这几宗罪，我仔细比照了一下，觉得比我认知的那些琐碎要严重得多，光是字面上，就透着一股条款的威严感。

隐隐地担忧。

再见到父亲是开庭的时候了。将近年关，与上次匆匆一别已有两个月，我多次来看守所传递生活用品，也夹带给他鼓劲的纸条。他的头发长成直竖的硬茬桩，看上去精神了很多。因是从犯，所以庭审的内容是关乎另一个人的案子。审判庭很像一个舞台，背景是酒红色金丝绒垂幕，像是在演话剧，父亲一上台就看见我们了，即使只是淡淡一瞥。我跟母亲并排坐着，我紧紧地攥着她的手。她的手冰凉冰凉的。

面对每一项指控，父亲都条理清晰地供诉，陈述事情原委。他的语调平缓，气息从容。他没有丝毫辩解，大体是认罪的，只有两处金额上有出入。法官是一位女性，她的声音尖细，显得咄咄逼人，两次打断父亲的陈词。但父亲在那两处表现得斩钉截铁，没有一丝妥协。他要求主犯当场对质，连说了三遍。主犯不在场，接下来要审另一个从犯，似乎最终也没有得出一个结果。

我不知道如果底下没有坐着我和母亲，父亲在台上的表现会不会有所不同。结束了，我们在门口等他出来，快要走到跟前的时候，父亲的头是低着的，他在我们面前站定，依然没有抬头，几秒钟后，我分明听见他清晰地说出，对不起。这三个字，我知道是说给母亲的。母亲的手开始抖起来，这是黄江第一次跟她说这样的话吧。他径直出了门，两个警察跟在他的身后，阳光像突然帘子被掀开那样无蔽地洒在他身上，他的腰挺得很直，脚步稳健。都结束了。父亲看上去能坦然面对最终的结果。

等待判决书的日子是漫长的。然而家里的气氛似乎轻松了许多。我的母亲，在她的世界里，最终的解释是，她所受的业，终于得来了福报，她等到了那个属于她的良人。俗语的“浪子回头”皆可以由业报和果因来阐释。我看着她，三十八岁的母亲，她不识字，长着一张略带苦相的刮骨脸，寡白，几乎没有眉毛，但有一双清亮的大眼睛，微微往里凹，她看着你的时候，你会觉得整个世界都亏欠了她，我想，这也许是父亲对她不耐烦的原因。我忽然觉得她的世界很美好，有一种静穆的宗教感，一切的解释都是安慰与慈悲。我们安静地等待一个全新的父亲归来。

眺望星空，澄澈的夜，天空像倒悬的大海铺在屋顶。新年的礼炮响起了，这是父亲第一次不在家里过年。在祈祷的钟声里，我们不念过往，也不畏惧未来。

我又收到父亲写给我的一封信。鼓胀的信封里是厚厚的一沓，似有一万句话在等着我。

七

应该算是两封信。第一封，父亲为我展现了不为人知的过往。在他春风得意进了大队部当会计的第三年，就被暗示要求做假账。那个时候，他还是一个踌躇满志、充满理想的年轻人。清高、自负、眼高于顶，自然不屑做假。然后入党的事就此一拖再拖，他也由主会计变成一个小小的助理。喜欢的姑娘突然跟另一个人好了。父亲说，如果跌入谷底的人有机会重新登上高处，那代价就是变成跟他们一样的人，时间一久，极少有人能够扛得住。而在外人看来，变成跟他们一样的人是你的本事，是你混得开。全世界的人都这么看，没有例外。最后，你发现，你对抗的不是那个让你做假的人，而是这庞大的致密的世俗道德价值体系。他写道，即使是像约翰·克利斯朵夫那样的人最终也放弃了反抗精神，变成了一个彻底的俗人。

这是一封很深刻的信。尽管我不认可他对这个世界的描述与定义。对于十六岁的我来说，父亲的真正意图像是在为自己辩白，然而更多的是，他想让我了解他这个人，他的人生是在什么地方开始拐的弯。我还感知到，父亲把我当成了一个可以真正倾诉的朋友。所涉之事如此私密，正如他所说，如果像一个异类那样活着，你就会被这个世界抛弃。

他举了一个例子，祖母开始冷言冷语，觉得家里的希望因为他的不懂变通全都化成了泡影，终日唠叨不停，指着痛处戳，埋怨自己命苦，一生辛劳付之东流，闹着要喝药上吊。

也许我低估了亲人冷语的伤害程度。我在父亲辩白的语境里读出了一种自我安慰的正当性。从他选择做假的那一天起，接踵而来的人生把他重新送到了高处。过了那一道坎，崩塌的世界在废墟中重建。父亲在信中写道，最后悔的事情是，他在高处的时候本可以终止这一切，掉转当初射出的错误箭头，回归他最初的理想世界。然而，一切都已在深渊中了，无法回头。他类比道，就像岳不群（金庸小说《笑傲江湖》中的大反派）贪恋辟邪剑谱，越走越远，永远也回不去了。

也许，让坐牢终止这一切，重新为人生洗牌，就是最好的安排。父亲在信中还花了大量的笔墨写了自己的几桩功绩，那也仅仅只是强颜对我暗示：你父亲这个人并非一无是处。我莞尔一笑。信里，辩白是真的，然而忏悔也是真的。黄江，一切都不晚，你可以回归最初的那个少年，意气风发，纯净而美好地活着。

八

在此之前，我以为父亲之所以能振作起来是因为我们没有放弃他。我们彼此给了对方机会。在我读到这封信之前，我甚至以为，是我拯救了父亲。这封信中提到一个叫李运强的人，就是那个因抢劫杀人而被判了死缓却使父亲的人生拨雾见月的重要人物。李运强与父亲年纪相仿，他们在看守所一起度过了五个月的时光。

父亲在信中讲到这个对“活着”充满渴求的人，那种震撼的力量让人不得不珍视拥有的生命本身。因为是死囚，犯人们要轮流看守他，以防他自虐、自残、自杀。就在这个时候，槁木死灰、行尸走肉般的父亲与这样一个人相遇了。

你睡吧，我才不会自残呢。我一定会在二十五年之后出狱去开始新的生活。父亲注视着这个人，从死缓到无期，再到有期二十五年，他说得如此轻描淡写，仿佛只是跨过一个小小的沟坎。要知道，这一轨迹需要付出巨大的努力，还要有坚定的信念，二十五年，时光的灰也会让人的心灵蒙尘，太漫长了，漫长到足以冲淡最执着的初心。这世上真的有饮冰十年难凉热血的人？父亲觉得这个人太独特了，他的精神世界独立于俗世之外，这正是父亲最欣赏的。在那样的地狱生涯里，他活得像一团火。于是父亲主动提出由他一个人来看守他，每天晚上跟他讲两个小时的金庸小说。他问父亲，为什么鸠摩智要在武功尽失、走火入魔的时候才大彻大悟？他的问题很像自己的处境，父亲给他的解释是，一切恶的极致都预示着善。这个解释太玄乎，李运强听不懂，他做了这样一番理解：武功全没了，他也没法再作恶了吧，这个时候选择做一个好人不就洗白了过去的人生吗？父亲无奈地笑笑，但又承认他讲得其实很有道理。

读到这里，我会心一笑，你们在看守所的日子也没有外界传闻的那样不堪吧。我父亲这个人，至今没有一个朋友，他唯一的朋友居然是在看守所里结识的。正是这个朋友，让父亲走出了绝望。

他有专业的汽车修理技术，能画机械图纸，干活卖力，寻找一切机会立功减刑。父亲跟他讲了自己的案子，他不屑地说，就你犯的那点事，至于吓成这样？也许两个人的命运对比太强烈了，所以父亲开始珍视自己的人生和身边的人？父亲知道李运强的心病是他妻儿自他入狱至被判死缓，一年多时间从未来探视。

而我，在父亲进看守所的第七天就去探视了。父亲把这个消息分享给了李运强，所以才有了他写给我的第一封信，恰到好处地煽情，我果然被打动了。

在信的最后，父亲有一个请求，他希望我去看望李运强的家人，给他们带去他的消息，说他一定会回来的。

我按照信上的地址，一个人坐了四小时的车找到了郊外的那个村庄。

村口的一位少妇指着旁边的一块稻田跟我说，看那儿，李运强的老婆在田里干活呢。我提着几斤水果，连忙走到稻田边，看见一个中年女人埋头整理田上的沟垄。已是正午，我又冷又饿。上前打招呼。

李婶婶好。李运强叔叔托我来看望你。

谁？那妇人猛地抬头。深深的抬头纹爬满她干瘦的额头。

李运强叔叔。

他死了。妇人丢下这句话继续着手上的活。

李叔叔让我来告诉……

我说了，他死了，别来烦我。你是谁啊，走开走开，别耽误我干活。她冲我瞪圆了眼睛，一副极度厌烦的表情，然后她又对我摆了摆手示意我赶快滚，仿佛我是一只令人讨厌的臭虫。

我连李运强的家门都没能跨进。一路上，我想了很久，我恨过父亲，那么李运强的妻儿更恨这个杀人犯似乎是可以理解的。有一种说法是，对于某一种人，唯有死才能解救一家人。

我不能对此评判什么。我既不能低估曾经李运强给家人造成灾难的程度，也不能因为父亲过度地褒扬他对重生的执着与热情而对他心生好感。我只能遗憾。

在一次探视中，我把这事的经过与结果写成纸条传给了父亲。父亲没有任何回复，他一定非常难过。

九

判决书总算下来了，判一缓二。一个月后，父亲回来了。很多村民围观，父亲没有躲避任何人的目光，他微笑着，谦逊地与人打着招呼，得体，有礼。我知道，他已经跃过了一种心理的瓶颈，打通了精神上的任督二脉。他摊平了一切的过往，任踩任嘲，他只是微笑。

两年之后，父亲成了一名炉前工。

清早起床扫马路，给隔壁寡居的王奶奶家担满一缸水。长期坚持，从未间断。我们那个地方的人，从来就不会把一个人看死，人们笃信浪子回头有福报。偶有人挑衅，父亲只是沉默，不着一语。我听说他在外面被人当众掌掴了一次，那感觉就是，被掌掴的是我自己。所有的余毒、后遗症，都等着我们默默承受。那是一种慢火细细炙烤的煎熬。我不知道父亲是如何度过那些个漫漫长夜的。

一次父亲醉酒，他哭得悲伤欲绝，捶着胸口，泪流不止。我年幼的弟弟像只小猫那样无声无息向他怀里靠过去，父亲搂紧儿子战栗不已。我的弟弟从小惧怕父亲，从来都是战战兢兢的。父亲回来后，他乖得让人心疼。我赶紧伏下身抱住他们，都过去了，黄江，都过去了。我们重头来过。

李运强后来从看守所转去了监狱，父亲经常去看望他，直到他出狱。三十年，我回想那个大雪纷飞的清晨，江面上的渡轮雪落满舱。我在那里见到了濒死的父亲。那一刻，很本能地，我需要的仅仅是一个活着的人。这是触底的生命线。没有经过最绝望的时刻，也许我根本不知道自己到底在意的是什么。三十年，李运强没有等来他妻儿的回头，抱憾而死。在他人悲壮而又凄凉的人生里，我和父亲照见了彼此，读懂了人生的珍贵。他常跟我说，其实在欧阳克死的时候，欧阳锋也死了，是杨过让他重新活了过来。啊，杨过，他是一个什么样的人间小天使呢？那些在我们的生命中，给予我们新的生机和希望的人，那些让我们战胜绝望，不再害怕黑夜与寒冷，活成了别人心中一枚银亮灯盏般的人，他们都是人间天使。即使看清了生活的全部真相，即使是一路的荆棘与荒凉，人生依然值得付出所有的热情与爱。

黄村，黄村

我再一次把目光投向这里。故乡，是一个被月夜与思念渲染得过于沧桑的词，隔着遥远的时光，犹如一个人对着深井喊了一嗓子，声声回荡，它在身体的阵阵痉挛把一个人带到岁月深处，对着曾经盛着明月的深井，慨叹朱颜辞镜。微波荡到一个人的少年，那里，最初的笑容，最清澈的眉眼，干净的小身体、蓝天与星空，从胸腔伸出翅膀，飞翔。大段大段的岁月，它们去向不明。因为沉重，我不太愿意正视故乡这个词，每每写到它，先是一阵挥之不去的伤感凝在胸口，或是黑压压的情绪罩在头顶。然后眼前就浮现一些人的面孔，有的死去，有的陌路，还有的反目，更多的已渐渐模糊。这些脸交错着，密密麻麻地说着话，像嘈叽虫那样一直在脑子里，在梦境里，在我日益颓丧、庸碌、麻木的中年里。在创作关于故乡的文字时，无一例外地，我被某种热烈而绝望的情感灼烧，这种情感让痛开出花来。即使是笑，那也是对着未来，对着微光。二十七岁，我一个人南下广东，绿皮火车上，我只有简单的行李，身上只有两千块钱，一路的泪水，从此就是一个背井离乡的人，从此就是一个人，从此只剩下自己。未来无着，去一个陌生的城市。二十七岁，一个在故乡被逼到边缘的人，爱情死去，工作也没了，接下来，等着我的会是铺天盖地的嘲讽与幸灾乐祸的嘴脸，唯有妥协，接受另一种人生，让过往从此寂灭。离开故乡，准确地说，是逃离故乡，那种仓促、狼狈，伴着去到一个陌生地方重新开始的隐隐期望，像一个人离岸踏船那一瞬间，狠命蹬腿用力一划，驶向新生的大海。到了广东，除了家人，我断了跟故乡的所有联系，一个人就这样消失了。十年之后，当再次回到故乡人的视线时，我已是一个作家。互联网加快了这一进程，家乡的媒体约我做采访，晚报做了整版的报道，配了大幅的照片，标题抢眼。一时间，从父母那里反馈过来的信息络绎不绝。于是，那些逝去的面孔，再一次出现在我的面前。我在好几篇文章中写过那种会面，陌生的热情，隔断的十年光阴，无措，无从说起的过往，在广东跌宕、漂泊的生涯，全都含在一种无从说起的无措中。

我发现，回到故乡，我处在一种无法与人亲近的局促里。想来，我是被看作一个有成就的文化人了，故乡能给我的只能是礼遇。可怕的礼遇。

写给故乡的文字是沉郁的。因为青春太寂寞和荒芜，在那里生活二十七年，我落魄离场。我太需要彼此相知的灵魂，需要被鼓励，被照亮，是的，我需要赞美，还有鲜花和诗，我需要有人跟我说起文学和梦，那些被放逐的远方和星光般闪耀在天空的伟大灵魂。而故乡留给我的记忆只有灰暗的江堤、料场，潮湿的木枕铁轨，泥泞的路，钢铁厂的大烟囱，昏黄的路灯下迟缓而来的4路车，一个人开宿舍的门，浸在脸盆里的脏衣服，滴水的水龙头，勾头吃泡面，写诗。那是无论怎么努力都不会得到注视的世界，关了门，窒息就向人围拢。贫乏与孤寂，清高与激越，敏感与自尊，没有朋友，无望的爱情，灰色的二十七岁，忽然接到通知，你被报社炒掉了。

中国人的故乡大抵是属于乡土的。那些写故乡的文字无一例外地会写到村庄，田野，清澈的河，湛蓝的星空，乡音，乳名，家族，还有天底下都一样的父亲母亲，为着儿女辛劳，一样的感动，细节，不一而足。这些，我一样有，可是，我却没有写下一个字。还有一些人写故乡的小吃、习俗、农具、乡村游戏、传说，有些人写民间手艺人、田间地头的艳事。这些，我也有，可我依然没能写出它。究其根本，我发现这类文字有一种生命的轻，从审美上，它讲究一个趣味、俏皮，和一种把玩的闲致。显然，我的苍凉、生痛、咯血以及那种任谁也听不见的绝望之喊叫，我的不甘，我的破碎、尖锐，为了成为自己成为人的种种挣扎——我细瘦的身子骨，有着过于沉重的灵魂。那种闲情的、好看的、有趣的文字，我如何能写出？

曾经在一个访谈上说，不写，是因为觉得它不配被写出。我原先以为是太看重它的意义，现在看来，面对故乡，我缺乏一个轻灵而有趣的灵魂。或者说，我习惯了以这样的方式与故乡相处，我沉浸在它过往带给我的灰色、阴郁的岁月里，没能走出来。

可这次，我再次把目光投到了这里。我的故乡。中年，很大程度上，我已与太多的人与事和解。和解不是妥协，而是走向另一种开阔。我想，关于故乡的文字，也许我能够呈现出另一种样子来。忽然听到一个老者的死，快二十年了吧，他曾经对我那样刻薄，为了三百块钱。一时间觉得自己才刻薄，这种事情居然二十年了还没能忘记，想必如若有机会，我是不会放弃去报复的吧。摇摇头笑道，我怎么可以这么面目狰狞地活着？

也许，我总是不满足于文字的记录功能，像个照相机似的，把角落、暗沟的苔藓、蛛网也一一描摹出来。先前，还原一件事，一个人，还原整个的故乡，在我看来，不是一件困难的事情。然而，故乡不是静止不变的，二十年间，它变得陌生、复杂，我的文字恐怕是探不到底了，它变得浑浊、未知，勾连着广阔的外部世界，背景是这个时代宏大的城市化进程。最后的收尾，我的故乡，最后的乡土，在飘摇的孤舟上。

最后的村庄

上个世纪八十年代初，我们那里开始征用耕地办厂，有造纸厂、食品厂、橡胶厂，最大的是钢铁厂，很早，我们就是工人了，户口农转非。但拆迁，是近十来年的事情，新建的钢铁厂厂房、工业园开始把人们往外赶，政府盖了成片的新楼用来补偿，但是，我住的那个村庄在一个山脚下，往里走，很深，它还没有拆。那里有两百多户人家，黄姓为主。钢铁厂修了一条漂亮的水泥路一直通到外面的公交站，从黄村走出来要半个小时。一路的绿化带，栽了两排桂花树，树影婆娑。

因为大家都是工人，国营单位，所以，我们那个地方很少有人外出打工，有的小炼钢厂效益特别好，工人每个月拿到手的有七八千块钱。先前征的耕地并非全部，每个家庭都有自己的自留地，有菜园子。有的人还有鱼塘、稻田、果园，这真是一个特别的存在，是工人，却享有农民的一切。有天然水库，干净的山泉、溪流。如果勤快，你依然可以烧柴火，自己种菜，自己榨油。有顺丰快递、网购便捷的今天，在黄村，你依然可以过那种传统的农耕生活。我曾带一个画家朋友来家里玩，他四处看了之后连连夸赞好地方，说是想在黄村建一个工作室。我说，等退了休，我就从广东回到这里养老。

我特别喜欢我的村庄，每年春节，我都从广东赶回来过年，要赖到正月十五才走，有时，国庆节也会回来一次。那里留存着最后的乡村文明，祭祀，送灶，扫尘，年夜饭，贴对联，祠堂守夜，初一、十五去庙里敬香这些都完好地保留着。出生地，方言，根植于我最初的记忆中。无论走到哪里，经历过什么，永远无法抹去的还是年少的记忆。一回到那里，我就还原成最真实的自我，整个人摊开，不必化妆，成天穿着睡衣家居服，趿着棉拖，大声说话，吃饭，端着碗，游遍半个村庄，挨家蹭菜，父母兄弟，随便吼。一个人，也只有回到出生地才敢于这么赤裸吧。然而，那些靠拆迁富起来的人已经成为城里人，他们住楼房，还获得了一两百万人民币的补偿，相对而言，黄村人是贫穷的，人们做梦都想着有一天拆迁能拆到自家门口。年年春节回家都会听到大家兴奋地传递消息：快了，要拆到我们这里了，上头下文件了，最迟明年底。快了，快了，我们也要住进楼房了。听，这一个个的，都那么迫不及待地要成为城里人。

我知道那一天迟早会到来，这神仙般的田园生活，不过是数日子罢了。唯有我是个矫情的人，从来对成为城里人、获高额补偿不上心。我的母亲尤其急切，话里话外，都透着“明天就要搬走，眼下的日子不过是先混着罢了”的潜意识。然而，年年念叨的拆迁，望穿秋水，竟也拖了十来年了吧。就是这十来年，黄村的生活真的是很有意思。我说有意思，是因为它掺杂了太多新的东西，这些猝不及防的新，竟顺理成章地跟黄村融合在一起，闻所未闻的人和事，相继粉墨登场。

周边的村庄都拆迁走了，那些人住进了政府给盖的楼房，也不远，楼房在街道办事处的边上，骑自行车进黄村十来分钟，摩托车，一溜烟就到了。听说，他们当初选房的时候是几个村庄的人合在一起抽签决定的。这意味着，你的邻居，你的生活状态全改变了。年纪大的人，住不惯楼房，尤其没有电梯，抽到高楼的，极不便。不像当年的村庄，一出门，就是开阔的天地，是泥土、青草和溪流的气息。楼房是一格一格的，一进屋就关门，天、地，全都切断了，人悬在半空，困在格子里。出来，也寻不到以前的邻居，所有的人家门紧闭。串门，这重要的生活习惯，一旦没了，哪个都受不住。前几年，隔壁村的李婶，常来我家串门，向我妈数落她儿媳妇爱乱花钱、好吃懒做、不孝顺。据说，当初大家的农具没地方放，一楼的楼梯间成了被争夺的宝地，经常有人为此大打出手。可是，粪桶、板车、磨盘、水缸，不比锄具，是很占地方的，要想扔掉它们，需要跨过一个思想的鸿沟，这一点，基本没有人能做到。然而，更可怕的是，人突然闲了起来，地没了，无所事事，能去哪儿呢，只能去黄村了。

很多人干脆在黄村搭了简易的平房来住，带上农具，去种黄村人不种的菜地。我每次回来，看到这种平房都在逐年增加，一户挨着一户，放眼一看，竟有好几十家。新楼房，年轻人是喜欢的，精心装修，老人和他们一起住，总会跟儿媳妇闹矛盾，于是，在黄村建平房自住倒落得自由、舒心。而黄村，很多人在市里买了房，宅基地的老屋就租给外乡人。这外乡人，就是自湖北各地乡村来钢铁厂打零工的外地人，他们拖家带口，生一堆孩子，住进了黄村的老屋，操着外地口音。我们那里有个说法，屋不能老空着，空屋显得阴森，败人气，屋子要有人住着才好。有人住，就有烟火生气，就旺财风水好。即使白菜价，租给人住也是好的。

有一个武穴人租了我堂兄的老屋，一家人在那里酿高粱酒。有一次我探头进去想看个究竟，进门就闻到酒香。屋里走出来一个三十多岁的妇人，笑着问我是哪个，我心里想，这是我哥家，你问我是哪个。还有两个阳新人租了一家老屋的连屋，一人占一边，他们来这里养螃蟹。以前春节回家，我经常碰到陌生人，十年了，这些陌生人成了常住人口，他们的孩子在我的家乡长大，竟能说一口我家乡的方言。如今，大的，有些已在外地读大学了。

黄村的田地，年轻人是不种的，老人又种不了太多，于是，大多都荒着。有人想种，只需跟主家打声招呼，不要钱。外乡人，倒是勤快，种了不少我们的地，他们养猪，种了大片的红薯和南瓜。我家，父亲只种了一小块，用来活动他的筋骨，小园子满眼碧翠，菜蔬瓜果鲜亮莹透。鱼塘，过年捞一次，平常，他就坐钓，打发时光。走到外面的公交车站要半小时，于是，骑电动三轮车拉客载人就成了一门生计。我父亲的手机里，存有三五个拉客人的电话，他们多是外乡人，年纪大了，工厂不要了才来跑车。我印象最深的是一个叫古子的黄冈人，有点口吃，驼背，五十多岁，死了老婆，两个儿子都不管他，他就靠跑车维持生计。父亲总照顾他的生意，每次我回家在进村的站口，父亲就打电话叫古子来接我，三块钱。古子把车停在黄村麻将馆的门口，边看人打麻将，边等人给他打电话拉客。

古子的车没有办证，被派出所的人扣了一回，要他拿钱去取，这激怒了黄村的人。古子住在黄村一家废弃的柴屋里，没收他租金，这么些年，黄村人早把他当成了自己人。那一次，几个族长出动，去派出所，硬是把古子的车要了回来，从那以后，派出所就再也没有扣古子的车。

古子爱喝酒，酒也是人家请他喝的。他喝了酒，就找个有太阳的地方打盹，生意来了，手机在他身上响，他也不接。这时，总有人上去用脚踢他：死驼子，还做不做生意呀。踢不醒，用手去摇他，古子嘴里嘟哝着，不理，只顾睡。电话那头的人，也知道古子喝醉了，大概也只能挂电话，狠狠骂上一句。这酒，人家也不常请，他就这一个嗜好。

古子来接我总不肯收我钱，这哪里使得。我硬把钱塞给他，他就咧开嘴笑，最终把钱收下。因他是个驼子，孩子们常拍着手围着他喊：驼子驼，挑担箩，摔一跤，仰躺哦。古子从不恼，咧开嘴朝着孩子们笑。今年春节回家，看到古子老了很多，说是病了一场，一副老态龙钟的模样，走路，脚跟擦着地，很吃力很慢。听家里人说，一个村妓骗走了古子的钱，他没有钱诊病，车舍不得卖。人们都在叹气。等逢春了，天暖和起来，古子的病就会慢慢好起来的。都这么说，那一定是错不了的。可是今年冬天实在太冷了，暴雪持续了一个星期，古子终究没挨过去，腊月二十七，古子就死了。

黄村的人现在有一半不姓黄。这地方的生活倒是热气腾腾的，早上，有三家早点铺子在雾气缭绕、路灯昏黄的凌晨四点开门，天蒙蒙亮，油条、热干面、蛋酒、面窝、馄饨、稀饭都有供应。年轻人不爱吃家里做的，都喜欢在外面吃早点。超市、小卖部，隔几十米就有一个，有的挂着代收京东快递、顺丰快递的牌子。趁着人们吃早点，旁边有一个冯姓老头支了一个肉案，天没亮，他就骑电动车去外面拿半边猪肉，个把小时，太阳刚升起，冯老头的猪肉就卖个精光。接孩子上幼儿园、上小学的校车也陆续开进村庄，广场上音乐响起来，有跳广场舞的娘们、打拳的大叔，还有人喊两嗓子楚剧。每一天，黄村就这么响亮开启。人家都这么说，乡里人如今过城市日子。这乡村，如今只有一个黄村了。黄村，乡村最后的退守之地，它一直在往后缩，一萤豆光，却意外地，在它的弥留之际迎来了空前的繁盛。我知道，它不会长久。

麻将馆

如果说我春节回家只是为了麻将，那是不是有点可耻？我素来认为，牌桌上可以显露真实的人性，兄弟姐妹、父子、爱情、友情，通通见鬼。在牌桌上，可以六亲不认，不必矫情。每年春节，我都会在牌桌上输几千块钱，然后痛痛快快地、了无遗憾地回广东。广东麻将太单调了，和法简单，结局清澈见底。最要命的是，起手的一把牌，变数不大，基本就定死了这把牌的命运，你的智慧、野心毫无用武之地。它难以激起人的贪欲，难以有意外的兴奋点，它没有需要你横下心、冒着输光的风险去博更大的和法。在广东这么些年，我始终没能爱上广东麻将，即使麻将瘾发作，去打几场，甚至赢了钱，都没能让我真正享受到那种因冒险、刺激、狂欢、悔恨而带给我的巅峰快意。广东的麻将桌子，不可能出现尖叫、使劲敲打自己的头颅、拍桌子、爆粗口问候你祖宗十八代，以及在打出“金顶大满贯”之后冲出麻将室去小卖部见人就买一大瓶可乐的豪放之举。

湖北麻将，即使起手一把“臭屎”，也依然有打出全场“大满贯”的可能性。这就是它无可比拟的魅力所在。在麻将中，我看清自己，一切毁灭的东西对我都有致命的吸引力。即使是短暂的人生，我也希望它是燃烧的。即使是沉寂的，我也一直是在等待被点燃。输赢，我没那么在意。

跟所有写故乡的文字一样，面对麻将馆，下笔的踌躇还在于，作为人的精神意志，故乡似乎没有值得书写的价值。这是长期以来我不愿意面对的真实，这也是我个人的真实。这地方，没有出现一个英雄，一个高尚的人，一件值得赞颂的壮举，甚至，没有朝着那种理想方向转变的迹象。写作，很大程度上，我们会选择表现人的精神层面。它应该是诸如理想、热情、抗争、努力、高迈、美好的样子，而不是去选择表现平庸、混沌、无聊、丑陋、麻木，甚至是罪与恶的一面。面对故乡，我先前是失语的，认为故乡的人只会沉溺于感官的快乐，除了活着之外，没有其他任何精神层面的追求。真是可笑啊，对凭着劳动干净活着的人们，我居然站在道德的制高点上，认为他们只是麻木地活着。

黄村有两个麻将馆，是当地派出所认可的。为了划清娱乐跟赌博的区别，派出所专门设定了一个额度。平常巡警骑着边三轮进村，发现超出了这个额度，不仅会缴光所有人身上的钱，麻将馆也会受到警告。当然，巡警有时也会忍不住坐上桌子玩上几把。

麻将馆一般在下午两点开张，一直到晚上十二点关门。一场牌下来，一个人输赢的额度在三五百元以内。我婶娘家开了一间，另一间是外姓的租客开的。麻将馆是村里的信息传播中心，八卦、趣闻、谣言都是从这里传播出去的。这里每天都挤满了人，看牌的、带娃的、凑热闹的都来这里蹭空调和Wi-Fi。冬天，老人们都怕冷，我婶娘专门在角落里给他们准备了一张小桌子，备着茶水。孩子们冲进冲出，喊打喊杀，在地上打滚。牌桌上的啸叫、争吵、怒吼，跟孩子的哭喊、父母的责骂声搅在一起，震耳欲聋。麻将室的空气混浊，男人抽烟，灯光罩着一层雾气。只打一场牌，我从头发根直至内裤就都充斥着肮脏的烟臭了。

牌桌上，爱欠钱的人，人缘就不好。建强就是这么个人，输了钱就赖，据说，他老婆把每个月给他打牌的钱控死了，若他月头输光，那个月就没钱打牌。他牌品不好，人家都不爱跟他打，他就死皮赖脸地求人家。大概是体恤他确实是个爱牌的人，蛮可怜，没得治，每回都还是让他上了场。有回又要输了，他老婆站在他背后，从他头顶伸出手把他手上的八筒扔出去：傻货，打这张，这么蠢，你不输谁输？建强扭头，见老婆来了，忙起身，把老婆往位子上塞，你来，你来，我快输光了。说来也怪，每回那女人上桌，总能扭转局面，要么打平，要么略赢。有时，建强快输光了，就趁上厕所之机打电话给老婆叫她来顶场。如今，只要他一上厕所，大家伙就笑他：这人叫老婆去了。男人输了钱，桌上人就会这么开玩笑，你小子这是昨晚跟媳妇在床上败了火啊。伙计，想要赢钱，就要净身哦。

伟坤娶的新媳妇也爱打牌，牌桌上，她化着浓妆，挑着眉毛，说话嗲声嗲气，赢了钱，笑得花枝乱颤。她是读了大学的，在银行上班。晚餐，她婆婆把饭送到麻将室，端到她手上。她常年愠着脸，仿佛全世界的人都欠她钱；从来不爱笑的四叔赢了钱也骂人，他向来赢了只说打个平手，输了无限夸大；养螃蟹的武穴佬摸牌的时候喜欢把牌往胯下一拽，用拇指一搓，翻开，仿佛这样能够起到好牌；我堂姐牌相最丑，三盘不和牌从头骂到尾，唾沫横飞，生殖器不离口；往村里小卖部送货的小伙计染着黄发，两个耳朵钉一排耳钉，他摸到一张好牌就从椅子上弹起来，然后把牌放嘴上亲一口再坐下。牌桌上，众生百态，黄段子一茬接一茬，头天吵了恶架，相互问候了祖宗的人，第二天在牌桌上又好了。我常想，麻将真是个神奇的东西，它能消解太多的恩怨、是非与爱恨，在它面前，过往的一切都不作数。我们那里的人说麻将包治百病，谁得病不舒服了，就说，叫他去打麻将，谁被烦心事愁住了，还是那句话，叫他去打麻将。庙里的老和尚也是麻将馆的常客，他要输了，就替菩萨放话，绝不保佑你家儿子上大学。第二天他要是赢了，就会说，他替菩萨收回昨天的话。

平常日子，麻将只能开两桌，大家都要上班。但春节期间，开四桌，还得提前占位子。打牌的女人很是凶残，牌桌上个个打得披头散发，面目狰狞，满嘴脏话，输了钱，脾气不好，扬手打娃，吼老公，德行大多如此。但有一个极其可爱之人，人人都爱她。她是我婶娘的妹妹，我们喊她梅姨。她嫁在隔壁村，拆迁后在市里买了房子，做建材生意，发了财，经常一个人开着车来黄村打牌。梅姨在牌桌上好脾气，不骂人，不欠钱，即使是手气背到整场不开和。她一旦打了人家“金顶”，就会请客，打电话给隔壁的小卖部，给在座的每人来一罐饮料。她一般不和“屁和”，盘盘往大里整，所以她总是输。输光钱的梅姨，把牌一推，起身扬长而去。梅姨似乎不太在乎输赢。每次开车回来按着喇叭，进门，哈哈一笑，我来了，我又送钱来啦。她就这么豪气。

有一次，牌桌上坐上来一个高中生，寒假嘛，孩子们都从学校里回来了，梅姨把他往下赶：哪家的娃，滚开，这不是你玩的地方。那孩子硬是不下去，梅姨上前一把把他拽下来，叫旁边的一个后生坐上去。她嘴里嘟囔着，哪家的娃，小小年纪不学好。啊，你自己都不好，凭什么管我啊？那孩子反问她。啊，我，我是得了坏病，无可救药了，我都坏掉了。梅姨对那孩子连推带赶，把他推出门外。

打了两个钟头后，梅姨上了个厕所。她突然怒气冲冲地叫来我婶娘，把她拉到隔壁房间，斥责道，你就这么想赚钱啊，连个未成年的孩子都许他上桌，你今天不把那桌端掉，我以后不来你家打牌。

你不让他打，他一样会去别家打的。我婶娘无奈地辩解道。

反正咱家一律不准接待未成年人。你糊涂啊姐。梅姨说，咱赚这钱算是为大家图个乐，但也是个业，你平常还去庙里敬香吃素，这个理也不晓得？

我婶娘深信业报，连连点头，因为赚了这个钱，她是诚惶诚恐的。自此，婶娘没让学生上过桌子。婶娘有时帮打牌的女人带孩子。那些女人上桌穿件大大的夹克，把孩子放怀里，然后拉上拉链，孩子只露个脸在外面。有时孩子哭，她就抖几下，然而，还是没能止住孩子哭闹。婶娘看不过，就接过孩子，把他哄睡，然后把孩子放在自家的床上。因为打牌，有时女人们误了做晚饭，婶娘开始为打牌的人提供晚餐，她用柴火做大锅饭，炒一大桌菜，有鱼有肉，打牌的人，连同孩子，近二十人，桌子坐不下，大家蹲在墙根吃饭，热闹非凡。这么多人吃一个锅里的饭，这种感觉很特别。柴火饭用的是糙米，煮出来的饭蓬松、香醇，婶娘还在饭锅边蒸了虾皮鸡蛋羹、豆豉腊肉，但凡她做了饭，我就不回家吃了。要知道，这都是我多年未吃到的家乡美味。

因她提供晚餐，所以生意比另一家要好得多。去那家打牌往往是因为我家已经客满了。梅姨每次来，都会从车的后备厢里拿出猪肉、咸鱼还有青菜。有一回梅姨来晚了，位子被占，她说，晚餐我们包饺子吧。我一下子来了兴致，许久没有吃到传统的饺子了。我们娘儿三个，从午饭后开始张罗。手擀饺子皮，摊一张大面皮，用玻璃杯的边缘往上印，一个一个圆圆的饺子皮就出来了。调皮的孩子上前捣蛋，他们把面粉撒得到处都是，黑黑的小肉爪子印在白白的面皮上，点点污迹。肉馅是在砧板上剁的，韭菜猪肉馅，拌了藕丁。开始包饺子，梅姨说，家里只有叔叔跟她两个人了，孩子们都成了家，忙，很少回。两个人吃饭，没兴致，她什么也不想做。年纪大了，就怕冷清。我一下子怔住了，年纪大了就怕冷清。谁不是呢，这麻将馆，聚拢的这么些人，说到底是嗜赌还是怕冷清？

那顿饺子包了五百多个，竟吃个精光。我没问婶娘，提供晚餐是为了平衡赚这钱的业障还是为了持续这人人都赖以取暖的热闹？也许，两者皆有吧。

有这样一群人，怕输钱，从不上桌打，但是天天赖在麻将馆里，围坐在桌旁看牌，直到晚上十二点散场才走。看牌也是有瘾的，据说有人曾趴在门缝看了一夜牌。他们的情绪也跟场上的人一起起伏着，号叫，兴奋，癫狂，痛心疾首，仿佛输赢也跟他们息息相关似的。他们推波助澜地营造气氛，跟着起哄。看牌，难免多嘴、暗示，于是，看牌的人也是输钱人的发泄对象，争吵，咒骂，混在一起。我看着这热闹的场面，忽然间感到人间的寂冷。最喧闹的地方有极致的孤独。每一个人都那么害怕孤独，害怕黑暗，看到有人的地方，不约而同地，就向那个地方靠拢。可是，我在城市没有找到那样的地方。广东麻将，于我，终究不是打法不适应的问题，而是，我根本融不进去。

散场了，老人们在角落睡着了，纸箱摊平垫地上，三两个老人相互倚靠着。婶娘要关空调，她去挨个把老人摇醒：他爷，散场了，你回吧。有时叫不醒，她就打电话叫老人家的孩子们来接。一地的狼藉，烟头、果皮、纸巾、瓜子壳、包装袋、矿泉水瓶、痰迹，多像热闹后的灰烬，冷了，让人伤感。我帮着收拾残局，胸中涌起悲凉：哪天这黄村也拆了，这世上，便再也没有这么好的麻将馆了。

尤　香

当我说出“嫖”这个字的时候，其实是躲闪的。因为不太确定为什么我要念出这个字。生长在黄村的人，世世代代，与黄土、水稻为伍，即使后来做了工人，也是与钢铁为伍。花钱，就可以跟女人睡觉，这天大的秘闻，令人血脉偾张，发狂，小声说出来得环顾四周，怕有人听见了。村妓，于黄村，绝对是外来物种。且，她们没有天敌。杀伤力，破坏力，可想而知。一直蒙在鼓里的意识突然大白于天下，过去只是用来骂人的“婊子”，现如今就站在你面前了。可以调笑，可以摸，还可以……

城市里有好多女人做这个。黄村的老人都知道了。

这个病毒最早入侵大概是在十几年前吧。随着拆迁，工业化规模扩大，从外地转到我们这里打零工的是最早的那一批外来者。好些年前，有人指给我看，当时有两个，皆是四十几岁的妇人，举家迁到黄村，租了村里的老屋，男人在钢铁厂打零工，女人在小炼钢厂帮人煮饭或者在家种种地、养养猪。从那半掩的大门往里看，他们大概有三个孩子，都大了，最大的成家了，不在跟前，只看到最小的两个读中学，住校。黄村这地方，不在外面找事做都饿不死人，即使打零工，也相当稳定，而且工作的报酬是计件式的，所以，这里的村妓并不是我们平常想的那样，因为穷，孤儿寡母，要供孩子读书，为生活所迫才做的皮肉生意。一想到从妓，人们总是会自动脑补：被迫。

从外地来我们这里谋生，只能是，她们那个地方比我们这里要差很远。显然，黄村所有的一切，对她们有着很大的吸引力。她们很快就有样学样，描上眉毛，擦上口红，染发，穿紧身裤，束出细腰和饱满的乳房。跟男人眉来眼去，调笑，嗔怒，眼角含情。我仔细打量过这两个女人，都稍有姿色，四十几岁的人，还是很有水头，果然，风骚是骨子里的，眉目、唇、身姿都是春色。自家的那个土山炮肯定是吃不住她的，也管不住。

那个叫尤香的女人四十六岁，白净，有丰泽的膀子。很好的性子，见人就叫，他叔，进屋喝杯酒再回哦，细娘，莫只顾忙，歇歇去。开口笑，人收拾得干净，化淡妆，穿素净的碎花褂，系蜡染围裙，烧得一手好菜，回锅肉、酱板鸭、红烧鱼、芹菜香干、卤肘子、炝黄豆芽、蒸茄子，满满一桌，有酒，有轻声款语的声音陪劝，谁坐进她的屋子，都是出不来的。

最先下水的是退休的老校长。老校长不到六十的样子，精瘦，腿脚利索，气色很好，喜欢穿牛仔裤，动不动就仰天哈哈大笑。

他每天早上在广场打拳；成天端个保温杯，找人抹字牌；或者戴个草帽夹个折叠皮凳，提着鱼竿往村外的鱼塘里走。老校长跟我父亲是棋友，两人水平臭得相当，都爱悔棋，一盘棋下一天都下不完。他是可爱的，总跟我父亲说，咱太祖黄庭坚那点风水全被你家占了，你家燕子又出新书了吧？他是德高望重的，春节，他给全村写对联；大年夜，他守祠堂；谁家新生了娃，总找他取名字。谁能想到呢，就这么个人，这有辱门楣、伤风败俗的丑事竟落到他身上。无他，一定是那狐狸精烂货勾引的他老人家。老校长的老婆经人报信，把老头子堵在尤香床上捉了个现形。

接下来就是标准的中国式妻子发难——揪着那女人的头发，脚往她下部踢。校长夫人骨架高大，有蛮力，把那烂货往外拖，要当众脱光她的衣服。黄村的女人齐声赞同，围观的人冲她吐口水，扔石头。这老校长还真是个男人，把尤香拉起来，往屋里推，以免她当众受辱。可想而知，这举动直接让校长夫人炸了，她甩开众人，一屁股坐在地上号啕大哭，用手捶着地，嘴里骂着最下流最恶毒的话。

我父亲对此从头到尾没有说一句话，任凭母亲在耳边指责那不要脸的臭婊子，生生毁了人家的家庭。但这件事的发展方向让人目瞪口呆，老校长居然不要脸了，继续跟那个女人来往。校长夫人气病了，整个黄村的舆论是一边倒。但凡尤香出门遇到人，定遭白眼，人们当她的面，把痰吐在地上，以示鄙视。事情怪就怪在，这尤香毫不避人，走路，挺着个胸，笑容满面。女人们暗地里把她咒烂了，但是，男人们却显出一种微妙来，总有人时不时地看到男人往她屋里跑。

我们那个地方，老一辈的人，没有一个离婚的。即使出了这样的事，他们也绝不会离婚。大活人，怎么管？关住？最终只能是疲惫，打也打了，吵也吵了，日子还得过，只能任由它去吧。听女人们说，尤香一次收一百块钱，所以，不能让自家男人身上有超过一百块的钱。

一晃，这么多年过去了，黄村的人慢慢接受了村妓的存在。思想也放开了，据说，现在暗地里有更年轻的女人在市里做，好几个。黄村的女人也没有如临大敌，话放出来了，我家那位要是去嫖，就一个字，离。我一直对这个尤香很有兴趣。这种兴趣来自一个作家的敏感，虽然，它满怀恶意。很多时候，我不喜欢自己因写作的内因去靠近某个人，或者某件事，这是非常粗暴的。动机本身，没有尊重，只有猎奇和某种窥视的私欲。

尤香五十多岁了，应该还在接客。她是个闲不住的人，一大早就开始忙碌。中午她就骑上电动车去钢铁厂，在厂区的那一排法桐树荫下摊开她的大餐巾，把各式小菜摆在餐巾上，秘制的小牛肉、烤鸡翅、小炒肉、五香干、煎鲫鱼、辣腐乳、腌黄瓜、扣肉……近二十个菜式，她一一摊开，等待买主。钢铁厂的工人陆续下班了，拿着饭盒去食堂吃饭，打完饭后，他们就会光顾尤香的小摊。尤香摆这个摊好几年了吧，不到一个小时，她的菜就会全部卖完。食堂大锅菜想来不好吃，尤香的小炒看起来干净，味道比餐馆的好，也不贵，两条三四两的鲫鱼才五块钱。我吃过她的菜，是那种有个人经验的厨子做出的味道。她非常熟悉食材的特性，精致、讲究。记得有一个细节是，她用手从盘子里拈菜让你尝，那个感觉就像，手就是道具本身，类似于筷子了。晚上，尤香在村子广场边摆起了夜宵摊，卖扎啤、麻辣烫、炒粉、炒田螺、小龙虾、毛豆、盐水花生，她老公陪她守着摊，帮着递菜也一直忙到深夜。午夜，麻将散了场，人们就会坐在她的摊前消夜。我常常在她摊前坐到午夜，甚至更晚，始终开不了口，这种事情，我如何开口问。

最终还是她先开的口。她知道我没有半点看不起她的意思。只是，我不知道，她为什么愿意跟我聊起这个。你知道吗？当初我要是贪钱，老校长有多少钱他都愿意给我的。

我怔住了，心想，你不贪钱，那图什么呢？她又说，你们有谁知道呢，老校长是个多么可怜的人。哦，不仅是他，这村子里大部分的老人都可怜。

那个时候，老校长跟他老婆就有七八年没有性生活了。而且他是那样健康的一个人，他的夫人认为年纪这么老了还过性生活，是不正经的事。这村子里，六十岁以上的老人几乎没有正常的性生活。都是人啵，谁知道谁的苦。

言尽于此。再往下，涉及具体的人、具体的细节就唐突了。猛然醒悟，这就是笼罩在中国广袤乡村的老人的性问题，这一直是一个难以解决的问题，当道德与生理机能相冲，大多数人会选择隐忍，尤其是乡村的伦理压制，以及可供老人们解决问题的办法也极其有限。当我们强烈谴责人之兽性时，却总是忘记，困扰着乡村老人的性焦虑是广泛而真实地存在的。最好的结局是，人们带着这样的焦虑与渴望痛苦而体面地死去。

消 失

黄村早已不是二十年前的黄村了。我听见一切的过往在内心崩塌的声音。而新生的那部分让我心生疑惑。在广东十七年，我的黄村在慢慢将我埋葬。我曾逃离过那里，而今，我已然记不清它的模样了。我的名字、姓氏依旧，如果我一直未婚，最终还可以葬在自家黄姓的祖坟山上，甚至可以挨着我的祖母。现在，我要努力地记起，那漫长漫长的童年、少女时代，从最初最清澈的眼神开始，从最早的黑白记忆开始，我要回溯，我要画下最后那片未落的叶子，我要如何写出消失，写出曾经的告别。

我曾郑重其事地写过《悲迓》了，楚人最古老的抒情，那最后的告别。今年除夕夜去祠堂守夜，在阁楼里，我看见积满灰尘的狮头和全套的狮拳兵器、锣鼓。黄村有多少年没有舞狮了？有二十年了吧。下一辈的人，没人教过，是没人会的。我忽然起了意，忙跟一旁的伯父说，伯父，你就在大堂给我们打一套占山拳吧。我们家这套拳开篇就是占山拳，但我印象十分模糊了，只依稀记得有漂亮的扫堂腿，有刚劲的劈山掌，我叫来孩子们，让他们都来看看大祖父打的这套占山拳。

我的大伯父七十多岁了，身体挺硬朗，只是这拳，怕是也生了。他见我提起占山拳，一时间也来了兴致，他撸起袖管，拉开架势，准备要打了。

可是我的印象还停在他二十多年前打拳的样子。那个时候的他，一头黑发，胸膛饱满，拳力所到之处，呼呼生风。而今，年过古稀，他跃跃欲试，要在儿孙面前打一套家里的土拳。然而他的气息明显衰弱了，敬礼的时候，膝盖都不能弯到位。他倔强地重做了一遍，勉强刚刚好。最终，大伯父只是完成了拳路，扫堂腿、凌空飞踢皆一一省去了。但他的招式做得很足，韵味保留了几分，总算没有在儿孙面前丢脸。我知道，对于这种效果，他的心里一定非常难过。

谁能不难过呢，已逝的青春岁月。

而这舞狮，那套拳，那套十八般兵器，注定也将埋葬在岁月深处。少女时，我选中的是一柄单刀，因为喜欢刀柄上的那块红绸，它舞动起来的样子非常帅气。母亲曾描述我舞刀的样子，咬着粗辫，瞪着个大眼睛，很是吓人。我那一辈的孩子，每人都认领学了一样兵器，我想，应该没有人记得招数了。往昔，归于尘土，不必挽留。

孩子们皆说普通话，我们的方言，也将归于尘土。在家过年，唯有祭祀的大礼保留了，终究，祖宗是不能忘的。庙里的和尚，也只是初一、十五吃斋。年饭，已有不少的人家在市里的酒楼订了席位，不必操劳三更起床，五更吃饭了。糍粑和腊肠去超市买，不再有人愿意听楚戏。拜年，微信视频，压岁钱，微信红包。即使是这最后的村庄，黄村，旧迹也在层层剥落。依然还有人不断地迁进来，那是不适应城市生活的人最后的退守，人们聚集在此，挥别最后的乡村文明，这最后的繁华、喧闹正像是一首挽歌，它把时光越唱越短，前方，城市高楼之阴影正碾压过来。

悲迓

一

那些久远的时光被岁月的尘埃覆盖，往事已矣，还有谁愿意去回忆西塞，还有谁会唱起悲迓？我的西塞，钢铁取代了水稻，工业和城市，开启了它的时代。偶尔午夜梦回，我依稀记得有人站在梦境的甬道深处唱。如诉如泣，激越，哀婉，百转千回，有咯血般的痛楚。梦的可怕就在于，醒来之后，它还在持续，我认出了那个女子，楚剧的青衣，当她跟我一对视，梦就倏然醒了，她的脸碎裂般地消失，迅不可捉，临去甩袖一瞥，桃花带泪，留存在我的记忆里。多少年了，我身上潜伏了一种奇怪的性情，每当欣喜或大悲，我必发声，我发出楚剧的悲迓，自编唱词，拈着手指，媚眼如丝，婉转身段，一个人用湖北楚地的悲腔抒发我如痴的癫狂。很本能地，我还会发出锣鼓的引子，咣起咣起咣起咣起，咣咣切——小旦急促的碎步，比手一亮相，充沛的中气，开大口，高亢地、裂帛般地哭诉这属于我人生中极为难得的狂欢。这样的淋漓难以言表，但它有强烈的排他性，无法与人分享。然而，今天我要说，不光我，在我的出生地西塞，那个地方的人们，多少年来一直传承着这古怪的性情特质。它像一个胎记，烙在我们身上。有时，我仔细地端详它，像凝视祖辈们那古老的魂灵，是因了什么，一定要用哭一般的悲迓来表达这人生的喜悦与哀愁？

离开西塞十几年，在广东，我说一口乡音浓厚的普通话。一些字的发音，是普通话所没有的。悲迓的迓，楚地发音并不念yà，而是一种略带鼻音，舌尖顶上颚，果断发出的喉音，去声，短促，没有商量的余地。我先前疑心没有这个字，但觉得不可能，只要有关于湖北楚剧的文字，就一定会涉及“悲迓”二字，没有悲迓，楚剧就没有了灵魂。我在网上找到了这“悲迓”二字，关于它的说明却非常让人遗憾：“楚剧唱腔的一种，主要表达人物内心悲伤凄凉的情感。”这样的说明是一个说话机器发出的，它不相干地附在“悲迓”的面上，捂住了它的灵魂那炽热的战栗与剧烈的抖动，蒙着它所有的光，把它与其他四类唱腔并列，没有赋予它应有的尊贵与华彩。对于一个楚人来说，长歌当哭，我无须为悲迓争辩，它无可争议地成为楚剧最美的部分。然而，当我写下悲讶，却并不是想对外省人做一个普及，更不是为了拯救渐行渐远、已走向没落与衰败的楚剧。当我朝着越来越深的岁月走去，一路上，丢失的东西太多，而固执留存在生命里的东西让我心存疑惑，虽然这里面没有刻意的成分，当某种性情特质病疴一般地存在，我深信我对它的依赖程度。我先是丢掉了工人出身的质朴本原，接着丢掉了来自小地方的那种特有的怯懦与卑微感，最终我丢掉了楚人的血性与狂狷，包括骨头的铁质和言辞的气壮。为什么这悲迓却伴我至今，它为什么没有被丢掉？我想起十几年前，南下的火车，闷热的车厢里，一个人只身去广州谋生，在两头切断的时空里，未来无着，孤独伶仃的感觉浸透了那样一个夜晚，我抱紧自己，心里反复有悲迓在唱："从此就是一个背井离乡的人，从此就是一个人……"悲迓的颤音，字字泣泪，犹在耳边，想来竟一语成谶。一路走来我毫无察觉，仿佛生来便如此。当我再次审视一直伴我多年的悲迓，我才突然意识到，这条隐藏在性情暗处的特质，是一个人最真实的表情，带着酡红的醉意，蹁跹在隐秘的世界里，完成一个人的自恋与抒情，以及我耻于提及的孤独感。是不是可以认为，我后来开始的写作生涯是悲迓的另一种存在？唯一的一次，我居然在醉后当众唱了这悲迓。"塞壬，昨晚你唱的是什么？那么怪异的腔调，像是哭诉一般……"有人事后这么问。我素来在公开场合不多话，给人的印象是拘谨而怯懦，这样的失态实为罕见，我全然不知道人家敛声静气地听我唱："春天过去了，又一个春天过去了，亲爱的，等你老了没人要的时候，你就是我的了，就是我的了……"这个非著名的事件，成了朋友圈中的一个笑料。然而，我深信，只要听我唱过悲迓的人，面对那种从灵魂发出的声音，一定会为之动容，那是怎样的心如刀割啊。去年端午节的一个晚上，这伴我多年的悲迓忽然在南方的某个时刻遭遇意想不到的应和，它在我内心迅速被擦亮，啊，这是一种隐秘的汇合，以至于我在那一瞬间有了轻微的眩晕感，那种从头顶一直往下浇灌的凛冽，那种逶迤而来顺着我的秘密气脉直抵内心深处的奇妙感，让我惊呼：啊，这是谁在那儿唱，这是谁在唱？

在南方遭遇悲迓，这是我从未想过的。端午节那天晚上，我去东莞一个工业园做采访——你的故乡如何过端午节？带着这样一个无聊且毫无新意的采访命题，我坐在了工业园广场的小舞台下面。主办方组织了一台晚会，来自全国各地的农民工在这小小的舞台上表演家乡过端午节时的节目，小品、戏曲、舞蹈、说唱，气氛非常好。在中场的光景，主持人没有报幕，帷幕忽然缓缓拉开，一身穿白色连衣裙的女子跌跌撞撞碎步奔到舞台中间。舞台苍白的灯光打在她清瘦的脸上，看不清眉目，但我看她形体的表情，已知道她满目含悲——长舒广袖的臂腕，一回头，一跺脚，又跌撞疾走半圈，启唇唱道：

列位君子啊，泪湿衣袖，赵琼瑶牵小弟跌跪街头，奴本是川东人书香之后，父母慈儿女孝欢度春秋，恨大伯赵炳南如同禽兽，为霸产施毒计把父的命谋，炳南贼他怕把阴谋泄露，将父尸抛下重台说是酒醉坠楼。乳妈娘知隐情如实倾吐，无奈何奔河南把青天来求，包大人遭革贬我又落虎口，含冤女反成了阶下之囚……

这是楚剧《四下河南》中著名的悲迓唱腔，我非常熟悉……我说熟悉，又一时间对这样的熟悉有一种一言难尽的复杂心理。台上这女子，她开腔那句“列位君子啊……”在瞬间就攫住了我，滥熟的剧情，让我对剧中赵琼瑶的故事毫无兴趣，那苦命含冤的美丽女子，于我，早已转化成对悲迓审美最精微的把玩。这个女子，她非常清楚这段悲迓应该表现什么，对于年年都唱的曲目，楚人对剧情不再关注，她要表现的当然不是剧中赵琼瑶的悲情命运，而是——她个人，作为女子应该表现出个人的女性魅力。楚人捧角，定捧悲迓的角，捧的是这个女子表现出怎样的个人气质。她开腔的那一句，在渗血的颤音里，是一种极尽妩媚的撒娇，她的眉眼、身段，是楚人已败坏或者说已偏离了的审美——在悲迓里迷恋风月、迷恋蚀骨的色情味道。我觉得很多国人在对《西厢记》《牡丹亭》这类戏曲的欣赏把玩中，也伴有这类颓艳的审美情愫。也许只有我才看得出来，台上的女子，她唱得很骚。也就是说，她深谙此道，把悲伤唱出一种甜味，去抚摸受众被惯坏的听觉味蕾。只是在广东，没有人了解这样的风情。她攫住我，是因为，她的唱腔、身段气质非常像我前面提到过的，在我梦中出现过的那个女子，我的堂姐祝生。以至于我恍惚间惊叫：那是谁在唱？

晚会散了，我顺利地约到了她，给她做一个简短的采访。我这才看清她的样子，一张清秀的刮骨脸，澄澈的单眼皮眼睛，鼻梁上撒有细密的淡雀斑，抿着的唇线稍微向下，略略的苦相，眼睛看生人，匆匆一瞥，就迅速耷拉下眼皮，想掩饰自己的拘谨。这气质毫无半点风骚风情的味道，我深知，这样的人，只要进入表演，她就是另一个人，她骨子里藏有一个妖魔。她是湖北老乡本是意料之中，如果说在东莞听到楚剧的悲迓让我吃惊，那么听完这女子的陈述后，我已激动地抓住了她的双手。在广东十一年，我从未遇到过如此近的老乡，她居然是我邻村肖姓家的姑娘，他们村跟我们村只隔着两三个橘园。啊，只是西塞的橘园在多年前就全被铲平了，那里，现在是一排排竖着烟囱的炼钢厂房。肖青衣，有意味的名字，二十七岁，在东莞一家五金机械厂打工。见我是故乡人，她也回应了同样的热情。我清楚的是，肖家是楚剧的世家，曾祖父是唱武生的，演白袍将薛仁贵得名，名噪一方。只是跟我家一样，现在几乎没有人再唱戏了。她的戏自然来自家族的传承，我问她，为什么还要坚持唱这楚剧的悲迓？回答让我很震惊：为了赚钱呀。这句话从她嘴里说出来竟那样理直气壮，还明显带有一股鄙夷的神气。唱悲迓赚钱？那是谁在花钱听楚剧呢？我印象里，悲迓已淡出人们的视野多年了。它现在以什么样的形式存在着？我丝毫不认为唱悲迓赚钱太过形而下，尽管这一回答已颠覆了我对她的那种诸如梦想、传承以及灵魂诉求之类的文艺期许，我在瞬间意识到，我跟她气息不对，是我太矫情了。采访变得索然无味起来，在得知她是邻村肖家的姑娘之后，我就用西塞方言跟她说话，这是我唯一在春节回家时才有机会讲的一种语言。在异乡，在那样一个夜晚，它的每一个音节都生涩得让人惊讶，这是从未有过的。果然，气氛一下子热络了，她兴奋地问东问西，做记者能赚很多钱吧，多少钱一个月，你在东莞买房了吗，你用的是苹果手机哦，把你的电话告诉我吧……我微笑地看着她，交谈已经被话多的她引到了这样的方向，虽然我已没有了兴趣跟她聊起西塞，更不愿意再跟她谈起悲迓，但仅仅凭她是会唱悲迓的肖家姑娘，就凭这个，我就愿意紧紧地拥抱她。

二

那晚之后，我再也没有肖青衣的音信了。直到年关的时候，我突然接到了她的一个电话，那边大口地喘气："大记者，我是肖青衣哪。"是西塞方言，这唯一的识别系统。"我还没有买到火车票，过年回不了家啦，你能帮我买到火车票吗？"因为报社每年有为员工团购火车票的福利，我一口应承下来。她一定没有想到我答应得那么爽快，这么迟打电话来求助，想必是对我不抱什么希望了吧，试探一下而已。我深知买一张火车票有多难，春运时，太多人回不了家，这让从不下雪的南方比冰天雪地的家乡更加寒冷。我们约好地点见面，我把票交给了她。谁知，她并没有开口道谢，只巴巴地望着我，劈头来一句：我答应了两个老乡，说我能帮她们买到火车票……大记者你……

我被噎得一句话说不出来。半年多过去了，她竟胖了些，两腮的咬肌丰满有力，向下垂的唇线显出一股蛮横的狠劲儿来，见我不作声，她突然大笑起来，那笑声很放肆，仿佛在说，要是你买不到，就当我没说过——这就是我们身在异乡的人常常说起的，那种专坑自己的老乡。一旦粘上，牛皮癣般甩不掉，一般来讲，被老乡在背后捅一刀并不是什么意外的事。显然，这个肖青衣是个顽劣的泼主。在此之前，我曾遭遇过湖北老乡借钱不还，在我住处落脚临走时顺便摸走我的现金和手机；还有一个老乡，我介绍她到我公司上班，不到两个月，她因抢别人的单被炒，不甘心，竟然在公司内部网群发邮件揭发我利用职务之便，介绍自己的亲戚和老乡到公司各部门就职，并在公司拉帮结派，形成所谓的湖北帮……这么多年，我在广东经历的事情凶险得太多，我已强大到对这类小小的绊子毫无戒心的境地，我知道这些都伤不了我，是啊，似乎是，越来越多的东西已经伤不了我了。比如……我的邻村的会唱悲迓的肖家姑娘，如果她真的在背后捅我一刀的话。

我是一定会让她达成所愿的。她乐得围着我转了一圈，双手打着拱，朗声用楚剧道白：青衣谢过了——那“了”字长长的拖音，无限柔媚，风情婉转，仿佛被另一个人附了身，我不禁一怔，正欲脱口说出一个名字，她已消失在人群中了。

四个人是在农历腊月二十九回的家。绿皮火车上一路的琐碎、无聊以及肖青衣其人的极品、奇葩特质暂且不表。但我获知了一个重要的信息，肖青衣说她将在大年初四去市文化广场唱戏，有专人请，说是春节这一趟可以赚足两万块钱。我非常好奇，楚剧现在以什么样的形式存在呢？到底是什么样的人在迷恋悲迓？回到家，我们的西塞早已改成了街道办事处。二十年前，我们的稻田被钢渣和煤灰填平，大片大片的橘园被推土机隆隆铲除，我们的土地和家园上盖起了一排排竖烟囱的厂房，那里夜以继日地在冶炼钢铁！我们裸身，一夜之间从农民变成了工人，住进了钢厂给盖的职工宿舍楼。这是一个伟大的事件——农转非，这具有魔力的三个字改变了我们的身份。在我的印象中，所有的人都陷入了难以言表的狂喜中，对农民的厌弃，对土地的厌弃是那样露骨——我的两个表哥几乎同时甩掉了农村户口的未婚妻。城市，城市，这几乎让人晕厥的天堂，梦想之舟载着我们向那里飞驰过去，没有一个人回望、眷恋或者伤感。为了成为城市的一部分，我们那样义无反顾，那样彻底和决绝。二十年过去了，当我审视“城市化进程”这个新名词，我发现，太多根植于记忆的东西已渐渐模糊起来，它们将被历史掩埋，甚至是，它们从未存在过。当我回望，乡村在汹涌的狂欢中崩塌，菜田、水稻还有橘林淡出了我们的视野，悲迓的声音也细瘦下去，渐行渐远。我们穿上蓝色的工装，扣上红色安全帽，脖上系着白色毛巾，与钢铁为伍，在炉前开启骄傲的人生。我记得搬进楼房的那一天，西塞唱了三天大戏，在大院搭的台，请的是省里的楚剧团。这样的时刻，西塞人需要在悲迓那哀怨、悲凄的婉转哭腔里感受一种精神的愉悦和抚弄，反复挑剔省剧团演员的一个眼神、一个转身、一个兰花指是否到位，精微、细致地把玩、宠溺着那已败坏的品位与审美。啊，唱秦香莲的，真是个妖精哪，小腰身扭得真好，那一声声的冤哪，直把人的骨头都喊酥、喊化了去。毕竟是省里的专业剧团，果然是比自家的草台班子好。印象中，那几乎是唱得最好的一场戏了，夜幕下，湛蓝的天空，月华如缎，星星眨着眼，清朗无风的夜，空气纯净得没有一丁点渣子。台下是一片痴迷的哑寂，男人女人伸长脖颈，张着嘴，灵魂出窍。那台上唱尽人世间悲欢离合、生死爱恋，一个个都疯了般，尽显魔态。那悲迓哭得足以裂石，长长的水袖，直舞得人肝肠寸断。“忽听得南天门鼓乐笙箫，午时不到就问斩，天罗地网逃也难，难舍董郎上御道……”。无人不晓的《天仙配》，唱了多少年，滥熟的唱腔，在那样一个夜晚，却如同第一次听闻。空气稀薄得让人窒息，人们紧紧屏住的呼吸被绷在一根极细的弦上，仿佛只要一断，人群的意志就会瘫软、崩溃。后来，我无数次地回忆起那场戏，我意识到，悲迓在向我们慢慢告别。那是最后盛大的谢幕，随着我们即将成为城市人，那一声声如诉如泣的悲迓为我们画上了句号。在以后的二十年里，我不知道，人们是如何强忍着不断发作的戏瘾，如何在梦里一遍又一遍回想唱悲迓的那些个小妖精。成为一个真正的城市人，需要漫长漫长的岁月，甚至需要几代人潜移默化的濡染和浸润，才能彻底洗净骨头里、血液里的泥土的气息。而悲迓就是卡在我们通往城市精神之路的一根鱼刺。在最初的时刻，每往前一步，它都会让人隐隐作痛。我知道，直到有一天，这样的痛会彻底消失。

我以为现在已接近消失了。大年初三晚，肖青衣来电说，明天上午十点在文化广场楚韵阁茶馆开唱，请我准时到达。啊，我有多少年没有看过楚剧了，十几年了吧。在广东，我倒是应邀去看了几场粤剧，但几乎每场都中途离开了，我进入不了，甚至连粤语，我都无法发出一个音节。面对我刻意拒绝广东话的指责，我只能沉默着，我知道我身体里关于楚人的气息与血性已越来越少，我什么也守不住。窗外开始下雪，祠堂的祭祀渐次散去，故乡的年味，在肃穆庄重的祝福声里反复将我熏染与濯洗，我的耳根与心眼，在此时愈发洁净。我精心地为肖青衣封了一个红包，明天她就要在台上释放她身体里的那个妖精了。唱的是《断桥》，开句应该是："小青妹慢举龙泉宝剑哪……" 恍惚间，我的脑中映出了我的堂姐祝生舞袖疾奔于台前的情景。祝生死了十几年了，在她那薄薄的命里，与我映照的，是一句很绝的话：小女子口吐鲜血，气绝身亡。这句话，是我不敢正视的。那是一双凌厉的、利剑般直慑灵魂深处的不死之眼，我时常能感受到它灼热的注视。

是的，我没有决绝之勇。我在妥协中苟安。

初四的那天早上，天放晴了，雪光刺得人睁不开眼，窗前有鸟弹落枝上的雪花。去看戏，得盛装，跟旧时女子一样，怀着小心事，去戏场相中如意郎君，少女时代。我印象中的戏场，从未缺席过后生们为姑娘打架的野事和艳事。但我此番去，似乎是出于好奇。我放下了狐皮大衣，换了件大红的羽绒服，驱车赶往文化广场。

楚韵阁装修得古色古香，木屏风半开，迎面的吧台站着两个着中式小袄的姑娘，盘着头，满目含春，对前来的每一个客人都点头问新年好，然后验票。我报出了姓名，两个姑娘笑着对我说，黄小姐请。我径直往里走，掀开一个珠帘，四下一看，开放式的茶座格局，四人围坐木几，茶点、水果装盘，人声喧哗，人们在笑声中道着新年好。我抬眼一看，好一个精致小巧的戏台，琴师与掌板已就座，他们调试着胡琴，或在耳语，暗红的长绒幕闭着，中间挂着一张不大的海报，写着今日演出的曲目。我无处落座，没有找到一个熟识的人。我一下子就发现，人群里，没有年轻的脸，没有青春的身姿。我看到了皱纹、白发和臃肿的体形，各种很偏的地方口音在这里交汇，我努力地寻找西塞口音，然而却没有。我忽然明白了，城市周边县、镇、区的戏迷都拥到了这里。他们的身上，依然有着浓厚的乡镇气息，很多人是大老远地赶来的，穿着丑陋而厚重的仿皮鞋，鞋底沾满了从乡村带来的黄色泥浆，口音很冲，无遮拦，大着嗓门拉家常，仿佛置身于集贸市场。为了看戏，刻意穿的新衣，裤子新烫的折痕笔直而僵硬，笑容里，有一种朽木逢春的欣喜，非常纯净。他们也只有在过年才奢侈一回，花钱看戏吧。即便此时有着这么好的人气，但楚剧的没落几乎是定局。这群步入老年的农民应该是楚剧最后的拥趸。我扫了一眼戏台，楚剧的命运本身就是一曲悲迓啊。

帷幕很快就拉开了，掌板急促地响起。这次肖青衣是扮上的，一身白衣，从侧边倒步背对观众踉跄到台中，原来是演《断桥》的全折，小青和许仙也上场。肖青衣转过脸来，半遮袖唱道：在金山只杀得心惊胆破——只消一句，我就知道她被妖魔附了体，口吐莺声，娇滴滴，身段婉转风流，字字带泪，顾盼间，早把那看戏的人魂魄都勾了去。进行这样的商业演出，她似乎更卖力了，把她的妖媚发挥得淋漓尽致。我确信，肖青衣受过专业的训练。然而，她却选择了去东莞的五金厂打工。

《断桥》本来是极好看的一折戏，当肖青衣的悲迓唱道：小青妹慢举龙泉宝剑哪，叫许郎你休害怕妻有话言。你妻不是凡间女，妻是峨嵋一蛇仙……掌声响起，我站了起来，忽然很感动，喉头耸动。我多么希望这是我姐姐祝生的舞台，祝生每每在唱“小青妹慢举龙泉宝剑哪”时，那个“哪”字，她都有仿佛因哽咽被呛住而中断，后用哭腔衔起的一种特殊处理，肖青衣这里没有，那应该是祝生自己独创的。戏唱完了，演员谢幕，下台来跟观众握手。我看到一些中老年男人拥了上去围住肖青衣，把一个一个的红包递到她手上，同时赞不绝口。此刻，她是明星，根本就没有注意到我，我看见她笑得完全没有教养，陶醉在赞美中。一个五十多岁的男人，看上去是乡村干部的模样，腆着肚子，满脸的横肉已松弛，眯缝的双眼却闪着异光，他居然伸手去拧肖青衣的脸蛋。这个动作猥琐极了，然而肖青衣一直未能收拢她的笑：干吗呀，你讨厌。接着，这个老男人把手搭在肖青衣的背上，众人簇拥着她走出茶楼。

人都散尽了，场子里一片狼藉。我的心荒芜得像一片废墟。忽然间，一股幽愤之气盈于胸中，我开口唱道：小青妹慢举龙泉宝剑哪，那“哪”字没上去，它突兀地断了，停在半空，四周寂然无声，我的眼泪流了出来。真是的，又不是意料之外的，我怎么还是抑制不住悲伤？

三

我的祖父年轻时在台上是落魄的书生，是卖身葬父的孝子董永，是辨不清祝英台女儿身的梁山伯……他摇着白扇，带着书童，在阳春三月之时赴京赶考，一路阅尽江南美景，风流无限。然而他总是能被天仙或者富家女看中，总是不可避免地要与之私订终身，然后上演各种恩怨情仇。如此拙劣的故事，恶俗的情节，他唱了一辈子，还无可争议地成为戏班的领头。文章写到这里，我开始抑制不住地一阵阵战栗。我即将开始写“那个时候”了，我要写到我的西塞，我的悲迓，我还将要写到一个女子。往事画卷般地铺开，因为激动，我看到的是，语言纷纷逃跑，而意象纷呈应接不暇。这一切如今都不在了，时过境迁，人们通常如何描画曾经的美好？人们通常如何写出消失？

我得从长江说起。西塞临江，著名的西塞山伸进长江，截面是峭立的峰竖在江面上，刘禹锡作诗说：“王濬楼船下益州，金陵王气黯然收。”西塞人是从来不叫长江的，我们叫河，去河里洗衫，去河里搬罾。这河每年有一大盛事，在农历五月十八日那天龙舟下水。楚国大诗人屈原投江，楚地老百姓扎了雄伟的大龙舟，载满食物，将龙舟推入河里，漂至下游。大意是，鱼儿啊，给你东西吃，你就别再吃屈原啦。原本简单的祭祀活动演变成盛大的农事祈福、驱瘟除恶、消灾许愿的古老习俗。楚地丰饶，龙舟盛会自然也是鲜衣美食、纵情声色的狂欢。啊，原谅我克制不住自己在此处着墨过多，我已经有十几年没有见过这个盛会了。五月初五一早，用公鸡的血开光，点上长明灯，打醮守夜，道士日夜唱颂，出宫，巡游，然后下水——戏就开锣了，七天七夜。但说到悲迓，却似乎更广泛地存在于民间的日常中。楚地素来巫气甚浓，招魂、哭丧、悲嫁唱的却是楚剧悲迓的腔，唯有哭，才能表达楚人决堤的情感。然而这是西塞一年中看戏的时节，又逢大端午节，大地的热气在翻涌蒸腾，盛夏的情欲像释放出的浓郁体味在空气里经久不散。潮涌般的人群，成堆的小贩挤在江堤脚下，叫卖糯米酒和清甜的黄李子，两百米的堤沿，一排泥炉子在傍晚燃起煤球，铝锅里煮着羊角粽子、盐水花生、紫香芋、绿豆汤，还有甜腻的藕粉糊。年轻女子发梢插着新鲜的艾叶或沾着露水的栀子，她们的眼睛很活泼，欣喜而慌乱，像被清水洗亮，她们成群结队地走过，身体里最隐秘的美，只为那一刻绽放。那时农事已歇，直等大戏看完下田抢收早稻。

家里自四月初就开始备戏，晚饭后，在祠堂门口的大院里，祖父就张罗演出的人排戏。八个村，八个姓，为了龙舟盛会的大戏聚在一起唱练到午夜。院墙边，殷紫的洗澡花开出墙头，香气氤氲流连，要是拿罐子封起来，大概可以酿酒吧，是要醉倒人的。蛙鸣鼓噪，月华如水。我和大我三岁的堂姐祝生赤脚爬到一棵高大的老樟树上，晃荡着腿，对着下面的行人吐痰，听大人们排戏。啊，我们无法无天的童年。小脚的祖母先炒香了大麦，磨细，把泡制好的大麦茶恭敬地递到年长的师傅手中，她穿绛色香云纱大襟褂，执长烟枪，这个老戏精，扭得一脚漂亮的蹒跚步，能唱高亢的老旦。我家黄姓每每都有七八个人上阵参演，叔父、婶娘、堂兄堂姐，而我最小的堂姐祝生在她十五岁那年就上了台。

祝生的戏是听来的。每每学会了一段，她就拉着我回房间唱给我听，手眼身法步像模像样。我吃惊地看着她，这个人，怎么一唱起戏来，像是变了个人，恍惚间，似乎有一道秘密追光在她头顶。那通身的气派是浑然天成的，她仿佛天生就会唱戏。祝生十四岁时忽然有了明艳的脸，眉眼渐开。那个夏季，她身上散发着一种古怪而好闻的气味，很像酵面发过了头，有点酸酸的甜腥味，从她身体某个隐秘部位散发出来，而且她的眼睛很有内容，就是这内容，让我再也看不懂姐姐了。戏班的行头、戏服全都由祖父保管，那些硕大、沉闷的黑箱子放在谷仓里，祝生偷来钥匙带着我进去，把黑木箱一个一个地打开，樟脑的气味迎面扑来。我姐姐兴奋地抱了我一下，箍得我骨头都痛了。这行头，祖父宝贝得要命，一年要晒多次，这些流淌着光的绸缎太金贵了，不好侍候，动不动就长霉点。每次扛到谷场去晒，场面很是壮观，拿竹竿撑开晒，五彩斑斓的锦缎绣花戏服迎风猎猎翻飞。我对每一件戏服都心生畏惧，它们是有灵的，它们经常窃窃私语，念着咒语。我从来不敢靠近，分明感受到它们身上有不可知的邪恶力量，尤其是那种深紫或漆黑的蟒袍，因为灵魂的厚重或者满腹心事，它们一动不动地挂在竿上，像一张愠怒的脸，我觉得它们有刻意吸走我魂魄的意图和居心。现在我们两个置身在这一堆复活的灵魂中，我吓得紧紧地抓着姐姐，哭喊着我们回去吧。我姐姐猛地甩开我：你这么个恶人，还有怕处？我怔住了，我跟我姐姐自小被大人称为“瘟神”，作恶无数，经常在外面打架惹祸，弄得一身伤回来，下手又狠，姐妹两个把人家打得遍体鳞伤。我们被大人捉住，双双放在谷场大太阳底下晒，小腿肚被麻条刷得血印子一道一道的。我们立在那里不告饶，不挪地，天黑了也不进屋，每次都是大人们妥协，把我们拖进屋里。是啊，我怕什么，黄祝生这恶人不是跟我在一起吗？

我姐姐挑了件白色绲蓝边的戏服套在身上，她抖抖水袖，然后正色对我说，红，你来看看，我是不是比陈 × × 唱得要好。陈 × × 是当时最红的正旦，唱得好，人很骚，一堆男人围着她。多少年了，我想起这句话，心里炙炙地痛着，在那样一个傍晚，我的姐姐身量未足，还未登过台，她说全西塞没有一个人比她唱得好。我看着她，只觉得那件白色绲蓝边的戏服活了过来，有了灵气，她被赵琼瑶附了体，在谷仓中间，她的身体开始密集地打旋，然后推开长袖，疾走，收拢，斜甩左肩，半掩面，低首颤音唱道：列位君子啊，泪湿衣袖，赵琼瑶牵小弟跌跪街头……这是楚剧《四下河南》中的悲迓部分，开句亮相太惊艳了，我姐姐的声音纯净，如莺初啼，然而却大气有沉淀感，丝毫没有初学者的稚拙。她借鉴了舞蹈手法，出场做、打是她独创的，营造出人物内心悲愤、无奈又无助的情感。我着迷地看着她，她是那样陌生，我们天天腻在一起，她如何具备了这一切？俯仰间，我发现她居然有了一个玲珑的身段，蓓蕾般，正以百合花的姿态开放。

我忽然一回头，竟看见祖父站在门背后，他来了多久了，我们全然不知晓。祝生唱的全是悲迓，她唱了《四下河南》、《宝莲灯》和《断桥》，我沉迷其中，帮着应和锣鼓，咣起咣起咣起，咣切咣切咣咣切——我惊讶得合不拢嘴。祖父带着意味深长的微笑朝我们走来，祝生收起长袖，挑衅地看着祖父，看这光景，祖父没有暴跳如雷，似乎不会责骂我们了。我们的祖父戏唱得好，一生被人捧着，有着可怕的坏脾气，但是素来溺爱我们姐妹，按他的说法是，这俩女娃心气高，任谁也买不动。我姐姐唱戏的天赋被祖父发现了，他如获至宝，在那个时候，祖父就已经感叹，楚剧后继乏人。年轻人开始迷恋喇叭裤和录音机，跳迪斯科。很多年之后，我做了记者，采访了市戏曲协会的会长。这位会长写了很多关于楚剧的论文，积极探讨楚剧的改革与发展。他长得白白净净，有点"娘娘腔"，一看就是一个戏里人，言谈举止有一种舞台的做派。他把楚剧的没落归结于政府的不够重视，没有拨下足够的资金来发展。他摊开手优雅而无奈地说，没有钱，能做什么呢。我笑了，摇摇头叹了口气，这般浅薄的言论竟然不如一个已死去多年的老农民。我的祖父很早就说，楚剧必将死于农村的城市化。不仅楚剧，还有流传几百年的习俗、审美，甚至包括西塞方言，所有这些都必将成为楚地的一曲悲迓！如今这个叫塞壬的女子，她过于细瘦的笔，如何能写出这份沉重与悲壮！

因为悲迓的异质植入童年，植入成长，我悲喜皆哭的性情缘于楚地，缘于那个叫西塞的地方。我咯血的书写里，所有的词根都指向那个叫红的女孩，那个时候，她只有西塞，只有乡村，也只有悲迓，然而却不知忧伤为何物，那些最好的时光只属于红。我不知道祖父发现了天才的姐姐时是否有过深深的忧虑，在悲迓的暮光里，竟开出了一朵明艳夺目的鲜花。那一年的大戏，祖父亲自上阵跟我姐姐一起排，唱的是《百日缘》。我一个人坐在高高的樟树树杈上，看着前来围观的人群，里三层，外三层，看黄老师傅跟他孙女的对手戏。我百无聊赖地晃着小腿，没有什么能阻挡姐姐要唱戏的决心了。五月十八的晚上，我姐姐平生第一次上了台，妆是祖母画的，非常漂亮，眼角向上扬起，两腮胭红，额妆是她一直最喜欢的铜钱头饰。此时的祝生，没有人能认得她，一入戏，她如同换了一个人，那神采，那通身的气质，袅袅婷婷，欲说还羞，宛如被附了体。那时她十五岁，上初中二年级，听说今天上台，她班上的老师同学都前来捧场。姐姐在后台兴奋地与同学聊天，她做作地捂着胸口表示好紧张。而我知道她胸有成竹，厚积薄发。今晚是她的主场。

我不知道有没有人跟我一样，在那晚的戏里，我只看见我姐姐一个人在唱，更奇妙的是，我姐姐祝生本人也似乎无视他人，把舞台当成是她个人的专场。大量的改编，身眼手法步，包括唱腔的某些细节处理，她把《四下河南》这个传统曲目唱得既熟悉又陌生。她用从电视上看来的现代舞的技法营造出强烈的舞台效果，惊闻噩耗，晴天霹雳，如风雨大作般的内心悲愤，含冤女赵琼瑶有了一个崭新的面目与灵魂。我刚刚完成了小考，十二岁，像一个专家那样读懂了我姐姐的赵琼瑶。我相信那个晚上，台下的老戏迷们一定也读懂了这个年轻的赵琼瑶。我一直隐约感受到姐姐祝生身上有一种隐秘的光，平常看不见，但偶尔会惊鸿一现，但是那晚之后，这种光就完全无蔽地敞开了，她向你走来，那就是一个发光体向你走来。

祝生在西塞红了，她沉醉在明星般的虚荣中，没有什么能动摇她唱戏了。而我竟迷上了阅读，在这孤独的漫漫长旅，一头扎进各种各样的阅读中，我跟我姐姐开始了各自面目清晰的人生取向。那个时候，我跟我姐姐多像啊，烈性、不驯、敏感而自尊。然而，我终究是一个处处妥协而得以苟安的俗人——我活得多聪明啊。十九岁高中毕业，我姐姐要去考省楚剧团，她需要更大的舞台。然而，在这个时候，城市来了。我们的稻田和橘园已被征用，大冶钢厂给我们的补偿是城市户口，并招我们进工厂。城市给人的内心造成多大的震荡与混乱啊，我从未感受到人心竟如此卑劣，人们疯狂地去改年龄，有的人匆忙结婚，有的人决绝地退婚。人们把自己的房子临时加层，以便拆迁后分到更大的房子，并急于跟“农民”这两个字划清界限。农转非，一场农民的精神胜利，在这场狂欢中，有一个人对即将成为城市人不屑一顾——我的姐姐祝生去考了省楚剧团，她拒绝填表进工厂。彼时，她在台上越发大气，临场发挥、即兴改编炉火纯青。十九岁的她清瘦、柔弱，脚尖碎步起舞有仙姿，眉宇间有倔强的意志，她清亮的大眼睛里，时常掠过一丝阴影，但转瞬即逝，也许因为唱悲迓的缘故，脸略略的苦相，细长的脖颈，孤单地支着时常左倾的大头颅，这使她的身影看上去很像一只安静的充满哀伤的鹳鸟。

我的伯父——他前几年去世了，大概是一直活在痛苦的煎熬里吧。他在那一年做了那样一件事，去省城的楚剧团花钱阻挠了学校录取祝生。我们家包括祖父在内，对唱戏的看法是分裂的，祖父一生嗜戏，并引以为豪，然而他骨子里却认为唱戏是卑微的行当，甚至不如农民。祝生坚定地说今年没考上，明年再考。伯父急了只得说，你死了心吧，赶快填表进工厂。楚剧团永远也不会录取你。他不知道，那一瞬间，我姐姐的世界就一片漆黑了。她开始细致地准备着那件事，妆好，穿上白色绲蓝边的戏服，然后喝了农药。我在市里读书，一路赶回家，祝生已入了殓，她笔直地躺在门板上。我身后不断传来人们议论她死时的情景，口角都是血，唱着悲迓，在地上翻滚，迟迟不肯咽气。非常可怕的是，这个画面我如同亲历了一般，在脑中异常清晰逼真，多少年了都是如此，我的姐姐她是如此不甘，于我，这是一种可怕的暗示。没有人能懂这是一种真正的贵族尊严，我害怕这种心灵质量的比照，在我看来，我姐姐的死将照着我未来的人生，我自觉自己具备那种灵魂的质地。我感觉到，姐姐祝生的死，使作为戏曲、楚剧的悲迓式样，于我也死了。但在我心里，悲迓却以另一种形式存在着——做一个真实而纯粹的人。

四

然而悲迓将不再唱起。然而所有的往昔已归尘土。在这个世界上，还存活着多少会唱悲迓的人？在我看来，它早已不是供人把玩的戏曲。当我在广东流浪，当我历经人生的大喜或者大悲，我会无意识地唱起悲迓，自编唱词，独自舞蹈，在无人应和的孤独里，我保持着楚人最古老的抒情。我从来没有想过要刻意保留它，但我知道它永不会消失。不论我是农民，还是工人，抑或成为一个作家，对悲迓的理解都不会改变。当我开始写作，我的血，我的性格，我的气脉，在汉语里逐渐还原成我最初的模样。如果在异乡，我碰到了这种真性情的人，或者我在一本书里读到了类似充满血性而激越的文字，那么，请允许我把你划成自己的同类，并深情地喊你，亲爱的老乡。

镜中颜尚朱

梦中又出现那个场景。空旷的钢铁料场，在幽暗的铁轨深处，我再一次被那个人蹲到，巨大的、漆黑的身影突然罩向头顶，我的喊叫、瞳孔的地震以及晕厥永远地留在梦魇的深渊里。而后，我在颜尚的怀中睁开双眼。我记得那黑影在我面前摇摇晃晃地倒下了。我记得有人喊我的名字。红，你醒醒，红。那声音仿佛从遥远的时光甬道中传来，一波一波荡到此刻，荡及此刻人已中年，在异乡的床上醒来的我。过于真实的梦是可怖的，它复刻了你总是无法忘掉的那个瞬间，就像，它又真的重新发生过一次那样。即使最终我会认定这只是一个梦。可是，就在刚才，我分明面对着那么近、那么清晰的一张脸。颜尚的脸。这张脸时常出现在我中年的梦境之中。能够叫我红的人，都是我生命源头的人。这个源头，正是人生归途中我慢慢要抵达的地方。而现在，人们叫我塞壬。

这些年，我在广东成了作家塞壬。每年春节回家，我都要向友人打听颜尚，皆无着落，或缄语，或摇头，或叹息。隐约听说她已经离了婚，辞了工，闭门在家写小说。近几年，人好似略有癫症，时常衣衫不整、头发蓬乱地跑出来，情绪一激动就胡乱骂人，把身边人得罪个干净。已极少有人知道她的近况了。我若执意去寻，那定然能够找得到她。然而，一丝莫名的隐忧向我袭来：颜尚是不愿意见我吗？人说她有癫症，我是不信的。

一

二十五年前，我在家乡小城的国企钢铁厂开天车。现在回想起来，记忆中首先掉落的竟是一串串明亮而清丽的笑声，咯咯咯，咯咯咯，弹得满地都是。回忆是有滤镜的，即使是那么贫乏的灰色青春，隔着长久的岁月，如今也是美得令视网膜震颤。临江的露天钢铁料场，我坐在十几米高的天车驾驶室上转料，天气真好啊，天蓝得可以畅饮。底下，料仓中间，颜尚仰着脸对着高空作业的我喊，左，往左一些，又过了，过了，往右，一点点啊。那个时候我的眼睛开始近视了，隔得远，视物模糊，以至于铁钩好半天都没个准头，颜尚常常被我气笑。她笑我太蠢了。我惊讶，时隔多年，留存在记忆里的，竟是这止不住冒出来的灵动笑声。她穿着蓝色工装，戴着红色安全帽，脖上扎着白毛巾，手上是满是油污的帆布手套，正忙着把我放下去的铁钩挂在料斗的双耳上，然后再仰脸对我高喊：起！我回转小车，拉起钢丝线把料斗吊起来，然后迅速移动大车，把它归到有钢种标志的另一个料仓中。隆隆的车声里，颜尚仰给我的脸，鲜洁，像一朵开着的栀子花。

这就是工作中，我跟颜尚之间的一个标准流程，每天我们要重复很多遍的一个流程。我是天车工，她是配料工，有一些作业，得需要她的配合才能完成。每一个天车工，都有一个固定的配料工。颜尚是我的配料工，她小我两岁，高出我一个头，壮壮的身子，脸白白净净，笑的时候，月缝眼流淌出一种甜蜜的柔和氛围，她老是拿她的肉粉拳捶我，用她的大冶家乡话学我说话的语调。两个女孩子，成天黏在一起，从料场回来，去食堂打饭，上厕所，常常窃窃私语笑个不停。那个时候的每一天都浑浑噩噩，时光太匆匆，仿佛等不及让我们去学会忧伤。以至于回想起来，仅有一些黑铁般沉重的大事留在记忆的谷底。多年无人翻动，沉睡在那里，我们只能假装遗忘。我果然是一个不会记起快乐的人啊。1999年，钢铁厂迎来了下岗潮，我被迫出走，而颜尚留在了那里。

我至今记得颜尚被班长带到我面前的样子。她大大方方地直视我的眼，目光平和，表情镇定，仿佛认识我很久了。我倒诧异起来，班长笑着说，这个小姑娘以后就跟你了，她点名要跟你啊。我上上下下打量着她，干净的短发，脸上透着聪明人才会有的“凡事可以心照不宣的默契感”，鼻翼两边有淡淡的小雀斑，身形健壮，脚下穿着高帮的绝缘靴，那脚至少有三十九码大。极少有女孩子愿意干配料工，成天在料场深处，日晒雨淋，夏日炙烤，冬天阴冷，避无可避，灰尘大，铁腥味呛，而且还危险，天车的钩子甩出去容易砸到人。

她向我伸出了手，双眼笑成月牙状，自报家门：颜尚，取自诗句，镜中颜尚朱，庭前萱正绿*。我也伸出了手，却被秘密告知：在公司厂报上读了我的许多散文，准备跟我一起学习写作。我大惊，关于我的写作，在料场是无人知晓的，她是如何找到这里来的？我把食指放唇边做了一个“嘘”的手势，示意她不要声张。突然地感动起来，在那样的环境里，因为文学，居然有人追过来要跟我一起工作。我灰色的天空，灰色的青春，无人应和的孤独，无聊而单调的生存现场，有一个姑娘硬生生挤进来了。

所有的配料工都是公司外包的临时工。那个时候钢铁厂有一种特别恶劣的习气由来已久。正式工在上中班和夜班时大多外出喝酒、赌钱，活全撂给配料工做。所以，几乎所有的配料工都会开天车，甚至，他们开得比正式工还要娴熟。他们心甘情愿地揽收全部的活，毕竟勤快才能保住饭碗，如果一个天车工不要他的

---

* 该诗原句为“镜里颜尚朱”，写作本文时，距离我与颜尚初识已有近二十年。从尘封已久的记忆中取出该诗，不知不觉间便改变了其样貌。我想保存这一记忆的“失误”，因为这一字不足以改变诗的原意，就如我和颜尚阴差阳错的人生，虽然我们经历着不同的坎坷，但最终殊途同归。

配料工了，可以直接跟外包公司要求换人。

根深蒂固的糟粕文化。工作的实际关系是：天车工是配料工的“主子”。除了白班，他们才是真正干活的人。配料工多是男性，他们很多人都睡了“女主子”。于是活就他一个人包了。白班，女天车工们擦着口红、踩着尖细的高跟鞋扭着腰身爬上天车。她们把一身骚气留在男人们的视线里。夜班，在十几米高空的天车驾驶室，两个人赤条条地被堵在门口是常有的事，工厂的男女关系复杂得如同蛛网。在那样一个荒凉、混沌的世界里，料场延绵起伏，一望无际，江风打着旋吹过，仿佛在呜咽。男人和女人常年一起劳作，钢铁深处的叫床声淹没在夜色里。

于是我跟颜尚这一对搭子显得很特别。我们不打牌，不打毛线，不扎堆八卦，不化妆，几乎不与他人交流。我们从来都是两个人一起在料场工作，活干完了就躲在更衣室看书或者睡觉。有人暗示我换掉她，毕竟有人帮衬会轻松很多。可是，每天的活本来就不多，真正工作时间满打满算不足三个小时，我还要如何轻松？严格来讲，配料工完全可以砍掉。至于电工班、钳工班、维修班里的临时工那更是干活的主力，他们差不多养着整个班组的正式工。那个时候，钢铁厂的管理千疮百孔，有的人名字在班组的名单里，可是多少年，都没有人见过他来上班。吃空饷、挂职、留职的到处都是。人不知去向。

对于1999年那场浩大的人事改革，我内心是赞许的。尽管我并不是幸存者，尽管它曾让千万家庭陷入困境。但我知道，有技术的人，后来还是被返聘，回到了岗位。而且招聘人员的范围包括了临时工，只要有技术，不问出身。

颜尚只上过一次天车就会开了，而且，她开得比我稳。夜班，隔壁那条线的那对搭子在休息室与人打麻将，火车来了要卸料，他们甩给颜尚二十块钱让她去卸，颜尚就去，她后来还接了另外几条线的活。凌晨我在休息室醒来，总能看见她满面春风地拿着几十块钱，说是要请我去吃早餐。我好像，仅仅只是享受了她的这一宗好处，还是她坚持的。

慢慢地，颜尚有小小的短诗见报了。第一次，她兴奋地把我抱起来转圈圈，把我箍得紧紧的，我看见她眼里有泪花花。她说，红，我也要成为作家了哦。颜尚不像我，她憋不住，所以她发表诗歌的事班组的人全知道了。大家吵着让她请客，她就请。那个时候，我其实在骨子里是看不上她的，她那浅显的小诗，有一点点成绩就忍不住招摇的性子，在我看来皆流于轻浮。然而，终归，这都是性格上的小毛病，大体上，颜尚的爽朗、直率里有刚正、坚毅的美好品性。她不是一个小女人，干活比我强，不到一个小时卸一车皮生铁，不用人配料能准确地用钩子钩住斗耳，吊起料斗，飞一样地转料，收仓，指哪停哪，稳当利落。有老师傅评价她的活儿：这要是技术比武能让她上，这丫头怕是要夺魁啊。这身手，好有板眼（湖北话，指有能耐的意思）。

她常把我散文中的某些句子摘抄在一个贴身的小本子上。现在想来，颜尚当初做的那些傻事真让人哭笑不得啊。在我们钢铁厂的报纸上，据说有一个女作家跟我旗鼓相当，有一回，她听见有人说那女人比我写得好，就跟人家急了，还争得面红耳赤。我说话，她大体是听的。

不久，我听说钳工班有个小伙子在追她。正式工，大专毕业，父亲是供应车间的副主任，家庭条件不错，只是人略略矮了些，看上去跟颜尚一样高。颜尚从未在我面前提过这件事，我也不好多问。然而有一天，这小伙子找上我，希望我去跟颜尚说道说道。那一次对话让我终生难忘。

条件好是什么意思？你是说，我这临时工能被一个正式工看上是我的福分喽？

我们不杠吧，你现实一点行不行？

红，我以为，在你的认知里，两个人在一起的唯一理由只能是爱情。

我怔住了。

这样的常识我竟需要颜尚来提醒。长久以来，身处这人情的荒漠，这世俗的场，这贫乏而又荒谬的现世，我以为我守住了那份灵魂的洁净与安宁。我以为，我与众不同，我自视清高，不与人交际，缩进内心的壳里，将自我深深掩埋。我竟不知，我早已被可悲的价值观浸透，全然不觉已成了其中的一部分。我颤抖了一下。颜尚才是真正保存自我完好的那个人。最初的那个人。

我上前一把捉住她的手，连连跟她道歉，是我错了。是我俗。羞愧涌上心头，我居然还在心里瞧不起她。

二

自行车驶过料场的过道。耳旁传来休息室麻将洗牌的哗哗声。抬眼，天车向天空伸出长长的手臂，那么寂寞，那么萧索。无人的料场，除了风，一片寂静。乙炔烧切班、光谱分选班的工人刚刚从料场收工，几缕青烟笔直地从腹地往上溢，还有几处未灭的明火在闪烁。浓烈的铁腥气灌进肺叶，轻微的眩晕感。黑色的尘粒覆盖一切。这是白班下班、中班接班的时刻，工人三三两两，趿着拖鞋，提着塑料桶去职工浴室洗澡。我迎面与人一一点头招呼。眼前的景，跟我的心一样荒芜。生命仿佛在此静止，仅留一个可以呼吸的口，在微弱地喘息。我是真的要在这里待一辈子吗？我快要撑不下去了。

换好工装，正准备上车去收仓、装斗。火车的轰鸣由远及近，扳道工将车皮停下，划归线。出更衣室的门碰到隔壁线上的天车师傅找上来，红，你快去看，你们颜尚打人了。

在那样一个环境里，因为颜尚的从属关系被自动认成是从属于我，所以，有关她的一切，都要我出面调停。可是，我本是一个远遁他们的世界、与之毫无交集的人。我的懦弱、逃避，和处理世事的无能让我真切地感受到这一关系实在是一种累赘。她为什么总是惹祸。上次帮人干活，人家少给了二十块钱，她把人家自行车后胎给扎了。

污浊的休息室，浓度呛人的二手烟，一地的狼藉，满桌啤酒瓶子和熟食、卤煮的残炙。而我看到的是，我们颜尚被人打了，倒在地上。一个女孩子被男人当众打了，众人围观。悲愤一下子攫住我，双眼起雾，我的手开始发抖，脚站立不稳。一屋子的人，有男有女，竟无人将地上的颜尚扶起来。倒在地上的颜尚嘴角有血，她无力地看了我一眼，叫了一声，红……想到我从来都没能好好保护她，想到她一个小姑娘只身在外打零工被人欺负成这样，想到我自己，这槁木死灰的生命，这毫无希望毫无亮色的青春，这令人窒息的场，这铁与灰的世界，这肮脏、恶劣而又无聊的泥潭，这无边无际年复一年日复一日的寂寞……

我终于疯了。

根本不想去问个中缘由。直接拿起一个啤酒瓶子狠狠摔在地上，而后我又蹬翻桌子，从墙角抽出大竹帚一顿挥舞，来呀，王八蛋，来打呀，我逢人就打，乱打乱扑，嘴里叫嚣着，不要命的就打啊。人皆往外逃，一时间，鸡飞狗跳，我追着人打，披头散发，声嘶力竭地号叫，最后，我的肩膀被一双有力的手钳住，动弹不了，我不依不饶，死命往外挣，对方一松手，我一头栽在地上，身体紧贴着地面，一瞬间，长久蓄在身体里的一万吨愤怒涌到胸口。我号啕不已，用尽全身的力气倾泄所有的悲伤，那郁积心中已久的愁绪，还有对命运的深深绝望。我如此可悲，维护尊严的利器，竟是女人自身的弱——用伤害自己的方式。

这件事果然惊动了车间，打人的家伙被辞退了。一时间，人们从我身边走过都不敢正视我的脸：这疯女人指不定什么时候会突然爆发出来咬人呢。

颜尚显然也是被吓坏了。她万万没有想到平常一声不响的文静人居然会这么可怕。但她似乎面有愧色。毕竟是因为她，我才做出失格的疯狂举动。终于弄清了事情的原委：原来那帮喝酒的男人见颜尚过来接班，调笑说，小姑娘，能不能跟你调换一下，让我去侍奉你们红姑娘啊？一阵哄堂的浪笑，紧接着，他们开始公然对我身体的一些具体部位进行语言猥亵和意淫——言辞无比下流……颜尚哪里能忍，她扬起手，一个重重的耳光打在那男人的脸上，随后，男人起身反抽了她一个，再用那穿着厚底绝缘靴的脚狠命一踹，颜尚就倒地上了。

在料场，似乎每一个年轻女人都逃不过男人的“视奸”。她们身上的任何一个部位仿佛都是透明的，无法隐藏，被他们尽收眼底。乳房、屁股、胯，包括最隐秘的部位。我时常能感受到如芒在背，听到猥琐的窃窃私语。等火车来料的时光是漫长的，每天都有好几个小时，女人们打着毛线，也混在其中添油加醋，那种低俗的恶意混着无聊的爆笑不绝于耳。职工浴室是肉体展示的陈列馆，我的身体，毫无例外地，成为他们可耻的谈资。当然，主要还缘于我性格的高冷，和不屑与他们为伍的姿态激起的某种征服欲。

这一点，我跟颜尚从来就没有交流过。我想，我们彼此都有各自的秘密。无法说出。无法分享自身的耻辱。可是，那是怎样的噩梦啊。我相信，颜尚来自这方面的骚扰与伤害一定不会少。在她眼里，红，是一个让她尊敬的作家姐姐，是云端上的人，来自文明的世界。她因我而来，来到只有男人工作的配料班，她以为寻到了乌有乡，却发现我困在这污浊、肮脏的泥潭里。最终我们都困在这可怕的泥潭里。

可是有了颜尚的陪伴，我的脸分明是多了太多的笑意啊。她是我在此处唯一的光。我们是彼此照见的人。那个时候，她的工资少，我偷偷往她的饭盒里塞红烧肉，让她用我的卫生巾，还把饭卡留给她（临时工没有饭卡）。

我如何能告诉她，我曾经被一个死变态堵在料仓的腹地，被迫看了他那丑陋的器官，那无耻的淫笑将是我终生的噩梦……

沉默。忍耐。每一天的煎熬。生命的至暗时刻。当你想要赢回尊严，却发现自己必须先暴于耻辱的焦点中。这是我难以跨越的人格障碍，我如此懦弱却又如此清高，伤了里子我会慢慢去自愈，如果丢了面子，等待我的，只能是社会性死亡。如此不堪的我，如何保护得了颜尚？那个时候，我认为用文字谋生是不可想象的。而去谋另一种活法，放弃稳当的铁饭碗，哪怕只是稍稍说出这个念想，都将面临家人的“公开处刑”，成为他们眼里的怪物和疯子。

我跟颜尚说，这儿不是缪斯眷顾的地方。毕竟她是因为文学这种荒谬的理由才来到这里的。反正是打零工，她可以有更多的选择。然而颜尚却告诉我，如果离开这里，那么在她的世界里，将没有一个人可以跟她说起文学，时间一久，她害怕自己会彻底放弃对文学最后的眷恋……后面的话，她没有说完就可怜巴巴地看着我。其实我很想告诉她，文学并不存在于有作家的地方，甚至它可以不需要交流。不，我更想告诉她，颜尚，你在这方面的天赋实在是太有限了。

好像，真正想说的话其实一句也不能说出。如果她真的离开，于我，那更是一种掏空吧。身边的那个位子突然就没人了，它空了出来。起先，我会无意识地用眼睛四处寻找她，还会脱口叫她的名字，颜尚，打饭啦，颜尚，去看一下车皮归线了没有。颜尚……回头是空。最终留给我的只能是落寞与更深的寂寥。在这空阔的场，你去喊一个无人应的名字，那是一种难以言喻的悲伤。可能潜意识里，我并不希望颜尚离开吧。最直接的现实是，后面会配给我一个陌生的配料工，他将是一个什么样的男人呢？我不愿意去想这个问题。

自我暗示让她离开的那一天起，颜尚就几乎不让我上天车了，她揽下所有的活。看她在天上飞，把钩子甩得出神入化，还把咯咯咯的笑声从十几米高空抖落下来，我觉得她让整个灰暗的料场发光、发亮。她这样的人才是真正地享受操作，享受技术啊。看她干活，就像看她吃东西，瞬间的空盘、空碗对应着迅速地清仓和卸净的车皮，极有视觉的快感和一种对饥饿的满足感。颜尚，她是属于天车的。她比我更适合坐在那半空的驾驶室里。

她似乎意识到了什么，极少让我一个人落单。夜班，即使不让我驾驶，她也让我上车坐在她旁边。在十几米的高空，极目四野，料场像静默的海。我们可以眺望星空，畅饮这澄澈的夜。远远望去，江面上的船只走得很慢很慢，不时传来呜呜的长鸣。不远处的西塞山如同一个巨大的怪兽蹲在江中央，弓着背，仿佛随时可能站起身来。渡轮码头上的探照灯不停地旋转，照到料场这边，如同白练一般。这时颜尚会对着天空发出敞亮的啸叫，那种冲破身体、直贯云霄的啸叫，她在释放心中长久的憋闷吧。我也把头伸出窗外，江风呼呼地打在脸上，颜尚推推我，示意让我也喊上两嗓子，我笑着摇了摇头，说了一句什么却被风吹走了。

这情景，在我未来的人生中竟从未有过。此刻，忆起这个片段，我得说，即使在那样一个环境里，两个女孩子的青春是那般美丽：露天钢铁料场。江边。铁轨。吊车。这冰冷的重工业背景，在我们的青春里，有嘹亮的呼喊和忧伤的诗歌，有不屈的愤怒和紧握的拳头。

那天夜班我来晚了，休息室一个人也没有，颜尚可能已去了料场。我沿着铁轨走，经过磅房背面的暗处。那里，竖着一个火车的指示灯牌，恰好是视线的盲区，突然，指示灯牌的旁边蹿出一个人来，他巨大的阴影罩向我的头顶，我惊见一个男人赤裸的下体，和一张扭曲着怪笑的脸，我发出了那声响彻了无数个梦境的尖叫。在瞳孔地震的惊厥中，那黑影在我面前摇摇晃晃地倒下了。我听见颜尚在喊我的名字，喊我多年以后不再有人叫的那个名字：红。

那声音从岁月的甬道传来，遥远，寂寥。我试图在梦中循着这个名字回来，让一个一个的场景退到起点，回溯，我一步一步倒回来，让时光一分一秒后退，让一帧一帧的往事还原，让每一张面孔清晰，让声音和光进来，让我踏破梦境抓住现实外面的那只手醒来，让我看见颜尚的脸。

此刻这张脸正对着我。颜尚用砖头砸晕了那个露阴癖变态。她拉着我的手向有光的地方跑去。第一次，我感受到一种力量试图把我从泥潭里拉出来。在我二十多年的逃避型人格里，第一次，有人把我从壳里拉出来。临门一脚，我仿佛踢走了脚下的阴影，迈向那头的光。

我决定离开。

不久，钢铁厂面临改制，据说要减一半人以上。可怕的氛围笼罩着所有的人。人人自危。人们想尽一切办法留住岗位，钢铁厂到处上演着阴谋与算计的戏码，师徒反目，朋友背叛，钱与性的交易，黑势力横行，谣言四起。所有的临时工被清退，颜尚走的时候哭了。她的哭，我觉得很大程度上是因为离开天车，离开料场，而并不完全是因为离开我（这一点，后来被证实纯属我个人的恶意）。我安慰她说，我也快了。在那场声势浩大的历史变革中，我注定不会是一个幸存者，然而，主观上，我早已是选择放弃的人。我会将这里的一切埋葬，那生命的至暗时刻。只是颜尚这个人，我该如何安放？

她其实深深地刺痛过我。在我看来如此灰暗的青春，行尸走肉般的生命，毫无意义的每一天——冰冷的机器，空旷的钢铁料场，无聊低俗的人事，整天麻将和酒、黄色笑话、家长里短一地鸡毛，琐碎，不堪，令人窒息的孤独——她却过得如此喧哗、明亮，生机勃勃。在她身上，我看到一种热情，一种我从来就不具备的天生的热情。我认为这是一种能力。

三

去年，我回家乡做了一场文学讲座。主办方很早就做了推广，海报，地方微信公众号，还有各种微信群的转发，当天的现场座无虚席，我竟不知许多二十年前钢铁厂的同事也来到了现场。签名，合影，接受采访。突然，有一个手机微信码递到我面前要求加我。我一抬头，遇到一张久违的脸，颜尚，二十多年未见的颜尚。啊，我们都老了，脸上皆是岁月的痕迹。我迅速扫了码，正要说什么，却见她对我笑了笑，招招手，人已经转过身往外走了。

忽然觉得眼下所有的事都不重要了，急切地想要结束手中的这一切。

一车皮的话等着我。好奇与不安，兴奋与无措，有一个叫我红的人，她知道我最初的模样。我可以彻底放松，摘掉面具，素颜，真实相对。

我草草了结活动的后续。一打开手机，颜尚约我见面。地址：露天料场，江边码头。时间：晚上十二点。她把场景拉回到二十年前，把时光衔接起来。她甚至没有问候我，仿佛，我们之间从来就没有隔着这二十年。有的人，她从来就不会给你一种疏离感。或者说，所有的客套与修辞，对我们来说都是多余的。

我如约到了那里。靠近江边，熟悉的料场近在眼前了。天车林立，车上的照明灯是开的，把料场照得如同白昼。颜尚在旁边的码头开坦克吊车（履带式起重机）。今晚她夜班。她依旧穿着蓝色的工作袄，脚下是厚底的绝缘靴。我们来到码头边，这是长江的枯水季，大片的白色沙滩裸在月光下，一排挖沙船泊在岸边，旁边支着几个帆布帐篷，几只马灯亮在头顶，颜尚带着我钻进了一个帐篷里。这就是她简陋的休息室了。

此情此景，我兴奋地想要尖叫。夜空晴朗，江面有细浪，几乎没有风，空气凛冽，水瘦船稀，可以望见江对面的灯火。颜尚抱出几截粗壮的圆木对我说，我们烧一堆篝火。

我经常一个人在深夜烧一堆篝火，坐到凌晨。

是思考什么问题吗?

没有。只是在这种时刻，你真切地感受到一个有温度的实物在陪着你。它给了你氛围感。你看着火，往事就会缓缓地涌到眼前，一帧一帧的。红啊，每一次都有你，每一次我都看见了你的脸。

这话，我一时接不了，但心里仿佛被扎了一下。啊，有温度的实物。是火，也是人。我们坐定。她熟练地架起圆木，淋上汽油，从底部的空心点燃纸团，火噌的一声腾起，好闻的汽油味弥漫开来，火苗开始啪啪地响。我们对视着笑了好一会儿。

红啊，是大作家了呀，真是没想到呢。

这话，依然不好接。我问，现在一个人过？孩子呢？

嗯，一个人过。七年前离的婚。说来奇怪，有一天，我忽然看不惯他对着电视里周立波讲相声时发笑的样子。他笑得一抽一抽的，样子非常愚蠢。我无论如何都接受不了这个人了。它让我一瞬间觉得自己非常可怜。她顿了一下，问我，你觉得这个理由荒谬吗？

不，这个理由对于离婚而言极其充分。它是一个实质性的理由。我深知这其中蕴含着两个人在审美上的巨大差异。

也只有红才会这么认为呢。所以啊，那个男人到处说我疯了。她凄怆一笑。

火烧旺了，身子暖了起来。忽然间，气氛变得有点奇怪，我有点小心翼翼，只要她没有起头的话题，我不敢先去拆开。我看着火，火光居然有两层，心是橙红的，外焰则是橙黄，焰尖处有细长的黑烟。时间在燃烧，我感觉到，我和颜尚之间，正要逼近最核心的话题。

沉默良久。她说，你写的书我全看了。然后她冷冷地看了我一眼，苦笑道，当年的下岗倒是成全了你。所以，你今天拥有的只是侥幸而已。我虽然最后通过技术比武夺冠留了下来，但实际上，我失去了一切。

话里有一股尖酸的恶意。但我不以为意，因为我面前的是颜尚啊，来自颜尚的所有恶意，在我看来，那不过是对我的另一种形式的撒娇。我笑了：这就是这些年，你不愿意见我的原因？

你成名之后，我辞去了天车的工作，把婚离了，开始闭门写小说，着了魔一般，四处投稿，结果一篇未中。几年之后，我再读你的作品，觉得我永远写不到你那样的程度。于是来江边码头开吊车，不再写，也不想见你。剩下的人生，不过混吃等死罢了。

这还是当年的颜尚吗？那个对着人生有着无限热情的颜尚，咯咯咯的笑声，在高空飞翔，为了我，敢对男人出拳，为了爱情，拒绝条件好的男生的追求。而今，她总结人生的失败，居然是因为文学。因为我，树立了一个糟糕的榜样。

在中国，广泛存在一种社会情结，那就是渴望获得文学带来的荣誉，这荣誉具有一种致命的毒性。中毒的人，耗尽一生，沉溺其间，不愿回头。有多少人饭都吃不饱，不找工作在家写书，最后为了出书四处借钱，人到中年债务缠身，潦倒落魄，还坚信总会有出头的那一天。在乡村，在城镇，到处都有这样的人。

突然，颜尚拉住我，问道，你知道班宇吗？

那个写《冬泳》的班宇？我知道的。一个年轻的东北作家。他刚好写的是下岗的北方工人的故事。近几年突然爆红，有小说改编成电影。

颜尚站起身，她喃喃道，那样的小说怎么可以被班宇写出呢，它分明是属于我的。你读了他的《盘锦豹子》没有？他写的每一个人，每个场景，每个细节都是我熟悉的。下岗，生存的挣扎，离婚，被践踏的尊严，被逼到墙角，退无可退的命运，最终人以豹子之形冲破身体，以豹子的怒吼划破人生的冰面，亲人号啕大哭相拥。书里说，以腾空的方式，在裂开的风里出世……

这本书，我反复读过。红，这本书应该是属于我的，却被这个叫班宇的人窃走。还有他写的《工人村》，每一个字都是我熟悉的。没有想到，在我看来，这种司空见惯的人和事，这种人生常态，它怎么就能写进小说里呢？还被他写得那么叫人痛彻心扉，问题是，我怎么就从来没有为身边这种命运的人心痛过呢？

她开始啜泣。

我站起身，想要拥抱她。可是手却僵在那里，因为震惊，也因为被深深触动。颜尚，我们都是拥有那种命运的人，我们身在其中，不觉得痛，可是，我们却是这悲痛的本身啊。

一根粗壮的圆木烧断了，它倒了下来，搭的架子瞬间垮了。有一截滚到脚边。颜尚蹲下来重新架起圆木，我看见她的脸，火光闪烁，这张因为文学依然保持纯粹的脸。在我看来，这些年，她严格地依着文学的准则而活着，道德、审美、心性，跟二十年前一样，完好如初。

而我，老实说，说到初心，却是不敢面对了。我深知此刻的我早已被某种虚荣、名利浸透。我从未想过，为什么对于有着苦难命运的人们，我竟也是没有痛感的。不仅如此，长久以来，面对因灾难、病毒死去的人，面对亲人痛哭的画面，面对他人的生离死别，我竟毫无动容，没有了共情的能力，我的内心已然荡不起一丝风暴与热血。

有的人，即使是沉默地跟她坐在一起，那些未说的话也是相知的。过了许久，颜尚说，要不要去她的坦克吊车上看看。

还是那个她。在操作室甩起钩子来得心应手，她快速打着方向盘，把船上的废钢料吊到加长的大卡车上，然后再由卡车运往料场。你信吗？她问，我来应聘坦克吊车的时候，先前从来没有开过它，可是一上车我就会了。

我当然信。

只有我一个女人开这种坦克吊车。

我还是信啊。

她让我坐上操作台，说，你来试一下，原理跟天车是一样的。我迟疑了一会儿，却被她推了上去。我看着磨得锃亮的方向盘，破了皮露出海绵的操作椅，按下操作键，电机瞬间轰鸣起来，轻微的震颤，时隔多年，我完全找不到当年操作的手感。大车是三百六十度旋转的，跟天车完全不同。我的双手混乱起来，毫无章法，大车疯狂旋转，钩子失控了，横着甩，我慌了，吓得尖叫，我依稀记得这样容易烧掉电机。颜尚在我身后大笑不止，突然，她俯下身捉住我的手，我感到一股清晰的力量从手心注入肢体，进而注入心脏，她温热的气息从头顶传下来掠过我的脸，那双有力的大手三下两下，把车停稳。一次奇妙而陌生的体验，惊险，伴着紧张的心跳。这是一种在你身陷险境之时，从天而降让你不再害怕让你不再独自面对的力量。我熟悉它——类似于深藏的骨肉记忆。以至于我会脱口喊出那个名字，正如多年前的那一幕，我在惊厥中喊出：颜尚。我终于明白，二十多年前，有颜尚的地方，就是我的安全区。在以后的那么些年里，我再也没有遇到一个让我觉得自己是处在安全区的人。一个也没有。我怔在那里，百感交集。

最后我被称作笨蛋，从操作椅上被踢开，我听见她大声说，你终究有一样东西是不如我的。我看着那张脸，有一种得意的挑衅成分。我不如你的东西何止一样啊，颜尚。只是，我没能说出这句话。我连连附和道，你赢了你赢了，我认输还不行吗？

颜尚见我这态度，甚觉无趣，她叹了口气。我听出这声叹息里有这样的意思：在这种东西上赢过你有什么意思呢？

又回到困扰她一生的话题，以文学的标准去论一生的成败。

不，我绝不能再让它去困扰我们颜尚了。我正视她的脸，用严肃又诚恳的语气说，颜尚，告诉你一件事，这一点恐怕我跟你是一样的。无论我们怎么折腾，无论我们的人生处在什么样的低谷，或者遭遇什么样的困境，我们从来就没有慌过。就像我，在广东流浪多年，即使困顿落魄也从未真正担心生存的问题，正如你，因为文学把人生搞得乱七八糟，但最终折回来，你还是胜任了那些被认为只有男性才能干好的技术工作。就凭这一点，我们就赢了很多人。我们是独立的，人格和精神，不依赖任何一个人。

她的眼泪流了出来。因为彼此懂得。

我们还是沉默了很久。颜尚忽然说，红，这些年你辛苦了。

我说，你也是。

四

几天后，颜尚带着女儿来见我。大学快要毕业的孩子，叫了声塞壬阿姨，不多话，只是温柔地笑。她的身子壮壮的，脸白白净净，像一枝开着的栀子花。她递给我一沓文稿，说是自己写的小说，希望阿姨多多指教。我打开一看，作者署名：颜尚。我看着眼前的两个颜尚，笑着对那做母亲的说，这一个，才真正是“镜中颜尚朱”呢。那位母亲马上正色纠正道，我们三个都是。

爱着你的苦难

他在流鼻血。但他看着我。他那苍白、虚弱的外表下有一种清澈如水的东西。我了解他的骨头，他的肠子，还有他的脏器。它们一样地清澈如水。我甚至看见了他河水一样的命运，薄薄的。现在他，我的弟弟，在我面前抽泣，一个肉身隐退的干净的魂灵在抽泣。

我打了他一耳光。他流鼻血了。我再一次遭遇到另一个自己，我的虚弱，还有跟他一样单薄、河水般的命运。跟任何一次一样，我会跑过去抱着他哭。他的血滴落在我的脸上。我哭着嚷：你这个没用的东西呀！

面对这样的弟弟，我会无端地悲悯，悲悯我们活着，要受那么多的苦。我总是想起我跟他一起放的那头小牛，听话、懂事，睁着大眼睛，满是泪水。

他是贴着我长大的。那该是一个什么样的姐姐呢？健康、野性、有力气，笑声能吓跑阁楼顶的鸽子。他每晚贴着她睡，蜷伏在她的左侧，无声无息像只猫。她了解他身上的一切，皮肉、骨头、毛发、脏器，包括他那蜷着的生殖器。这些她都触手可及。她唱歌的时候，他用他的大眼睛看着她，无神地，那时，他被她带走。

这样的烦人精、跟屁虫是让我无可奈何的。除了他，谁也没办法让我流泪。去学校读书，他会尾随着你出来。有一回，我走得好远了，眼看天就要下大雨，跑到学校也得二十分钟。我小跑起来，忽然就听见后面有人哭着喊我。他跟来了。

你回去！快回去！天要下雨了。我对他招手。

他瘪着嘴哭，向我一路奔跑过来，他那么瘦弱，在喘气。我了解这瘪嘴的哭法。雨很快就落下来，我站在那里等他，他拢来了，扑到我跟前，抱着我的腰，仰着脸看着我。我一言不发地把他背在背上，冒着大雨，往学校疯跑，一路泪流满面。

打他，他承受一切，也不怨你。

我们是不能对视的，不，我不能注视他。那些个有月亮的夜晚，月光安静地泻在庭院的扁豆架上，泻在天台的水井沿上。（不，这不是在抒情！）他坐在石磨上吃我给他煎的鸡蛋，他的脸勾得很低，几乎贴着碗。我就站在他背后，他穿着白衬衣，身子是弓着的。他那孱弱的样子，嵌在苍白的月光下，嵌在我心里，生疼生疼的。他吃着我给他煎的鸡蛋。

我所感知的，是月光照彻着他的苦难。这样的苦难也是我的，普遍的，默默地不为人知。我又想起他帮一个瓜农捡瓜的样子。那是一个卖西瓜的老人来到村子，一帮顽劣的野孩子抢了老人的瓜，踢翻了他的担子，瓜破了，滚了，孩子们哄抢后就作鸟兽散。我的弟弟留下了，他默默地弓身给那老人捡瓜，拾进他的担子。他那样子，虚弱、苍白，跟月光下坐在石磨上吃鸡蛋时一模一样。

我无法解释这种认同，这是两件毫无关联的事，但却给我同样的感受，我再一次看见了——

高中毕业后说是要去学开车。我在武汉闻讯后赶回来制止。他就用他那双大眼睛注视着我，没有滴落的泪水噙在眼眶里打转。他开口跟我说话，他的声音混着胸腔的轰鸣。我的少年长大了，我不能支配他。

多年后，我南下广州，在熙熙攘攘的人群中，我能准确地闻到某一类人，他们瘦弱、苍白，平民的表情中透着一种清澈如水的东西。他们有时看着你，让你觉得你永远无法伤害到他。他们就像是一个巨大的容器，他们承受一切。他们勾着头吃着快餐，看路边橱窗的招聘广告栏，在密集的人流中被别人挤来挤去，追赶一辆刚刚开过的大巴车……我想起尼采，他抱着一匹生病的老马放声大哭：我的受苦受难的兄弟呀！我不知道，在安静的夜晚，是否有人会细致地抚摸他们平躺的肉身和魂灵。

他把女朋友带到我面前。那是个眉眼很顺的女孩子。她贴着他，一言不发。他看着她，眼里是一种我极其陌生的东西，我想那叫作爱情。我的少年长大了，他知道爱一个女人了，他知道做爱吗？我真不明白。他再也不用贴着我睡了，现在她贴着他。她能像我一样了解他的一切吗？他的骨头，他的肠子，还有他的脏器。看着他的背影，她会不会像我一样泪流满面？他会跟她结婚，就像所有的人那样，还会生出孩子。为什么我忍不住悲伤？一旦深入他生命的细部，我的心就开始颤抖，哪怕是件平常的事，我都要伤心、难过。我再一次抚摸到了那苦难。

我开始想着他的成长，林林总总，我想到他的将来，完全可以预料的，像规律一样可怕。我再一次想起他的背影，看见他河水一样的命运。我注视着他，上帝注视着我。我不知他是否会流泪。

母亲打电话过来向我哭诉，你弟弟开车很辛苦，一个星期前给人拖了批货去安徽，前天去跟人家要运费，那人不给就算了，还叫人打了他，他被打倒在地上，那些人用脚踢他的肚子。他今天还要出车，我叫他休息，他不肯……

我想起多年前打他的情景，他承受着一切，默默无语。我哭着抱住他：你这个没用的东西！第二天，他什么都忘了，就像什么事都没发生一样。

办公室的门突然开了，闯进来一个瘦弱、苍白的年轻人。他喘着气，睁着大眼睛看着我。

“黄总监，我……”

他跟我说，他是一家印刷厂的业务员。一年半前接了我公司的一笔单，到现在还没收到钱，财务的小姐说，那笔钱没有拨下来，叫他等着，他等了一个多月了。每次他来，财务室的几个小姐理都不理，只顾在那儿说笑，今天忍不住了，才闯到我的办公室。

怒火一下子涌向了太阳穴，我觉得我快要爆炸了。这笔钱公司早拨下去了。听听我的财务小姐的解释吧：谁叫他那么木，收这种钱哪有那么容易？规矩都不懂，你说，给我们办公室的几个小姐买点小礼物会穷死他吗？我听不下去了，不顾一切地喝住了她，真想，真想扇她一耳光，他妈的！

这是规矩。我的弟弟，他是不是也没弄懂什么规矩？

母亲说，你弟弟第二天就要出车。

每一年春节回家，他都去机场接我，远远地看见了，默默地把车开到你身边，帮你把行李放进后备厢，不着一语。一个多小时的车程，全程无话。这就是当年睡在我身边的那个小小的身体，他曾那样紧紧贴着我，如今却是低头沉默不语，不与我对视的中年男人。我的弟弟。我跟他从来都不会有隔阂感，我了解他，即使我们不说话。

我看见，那样的一些人，我能闻到他们的气味。他们走着，或者站立，他们三三两两，在城市、在村庄、在各个角落。他们瘦弱、苍白，用一双大眼睛看人，清澈如水，他们看不见苦难，他们没有恨。他们退避着，默默无语。我突然觉得这就是力量，日复一日，年复一年，这样的力量没有消弭，它只是永久地持续。

我们讲的所谓的道理或者意义就在其中。真正懂的人其实什么都不知道，什么都不会去想。我看见我也身在其中，被带动着飞快地旋转起来，我与他们相同，却又不同。我看见了他们身上的苦难，并因此深深地爱他们。注视着他们，我会泪流满面。

隐匿的时光

在微信群里看到曾生的死讯。一个意外。他在野外钓鱼，鱼线甩到高压线上被电死了。这个群本是曾生拉我进来的，我跟群里的其他人毫无交集。我的微信群大多都是作家群，群里只发各种链接，作家们不交流，无趣而死寂。在那样的群里，我是一条死鱼，从不冒泡。曾生的这个群里大多是一些驴友，他们热衷露营、骑行、攀岩、野钓之类的户外活动。他们频繁地晒照片，汇报行程，还分享旅途上一些新鲜的人和事。在这个群里，我觉得世界向我裂开了一条缝：这么多人热衷于户外，他们生机勃勃地活着，没有听到过谁抱怨人生。缝里漏下来的是某种自由的风和阳光。中青年男人，荷尔蒙，原味衣裤，在深山老林中裸露的肉体，还有他们露出大白牙的健康笑容。

死讯是群主发的，他艾特了所有的人。说是要包车前往殡仪馆吊唁，愿意去的人参与接龙，统计人数。我放下手机，一时找不到合适的心情去消化这条突如其来的消息。从枕边摸索出一包香烟，抽出一根，却找不到打火机，我只好来到厨房，拧开煤气灶，叼上烟，把脸凑过去。

第一次离一个意外死者这么近。新闻上播报，有人食毒菇中毒而死，少年游泳溺水而亡，有人跑马拉松遭遇极端天气命丧荒野，然而，我与这些人毕竟不相识，看过新闻后，除了叹人生无常，无奈摇摇头，终究还是心无波澜的。一个人就这样死去是多么荒谬。毫无征兆，没有是非对错，就像死神无意掷了个骰子，并没有差别对待，一些人就被带走了。

袁隆平院士出殡的头两天，曾生在群里说已买好机票，准备请假去长沙送袁老一程，最终却被老婆阻止，未能成行。他总有超乎常人的行止：曾徒手捉住街上的抢劫犯——狂追劫匪一公里，最后把那个累瘫的坏人按住；有一张照片被选中参加市里的摄影展，自己跑群里发三百块钱红包；经常驱车从虎门去厚街只为吃一口正宗的厚街濑粉；在手机上看见“台独”“港独”的新闻每次都义愤填膺……他这个人，有一种难得的纯净与天真，即使是在见惯了人性凉薄、世道凶险的中年，曾生似乎也没多大改变。暗地里，提起这个人，我多半只是笑。老实说，我的笑意里有一种人格及审美的俯视，虽然我一点也不讨厌他。

我之所以要写这个人，是因为我意识到，有一种品质在我们身上已渐行渐远。还有，一段特别隐匿的时光，它照见我这个人，曾那样地活过。

群里有一个陌生人突然加我，他说曾生留下了一点东西想要转交给我，看我能不能做点什么。第二天我收到一个顺丰快递，三个移动硬盘。足足有3 TB的照片。陌生人说，曾生经常跟他一起去拍照，两人有一间工作室。有一次他说到，想出一本画册，希望塞老师帮忙挑选照片。如今画册是出不了了，这三个硬盘放在工作室也没什么用，就当是拿给塞老师看看吧。

一时间，我陷入一种茫然的无措中——我从来就没有想到，曾生会把摄影当成一个严肃的事情来做。

一

我慢慢打开了照片，图片读取得很慢。往下移，一张张的小图标在依次显示。量太大，看完颇费工夫。点开一个文件夹，主题是高州年例。其中有一个文档写了寥寥几句话，那是2011年正月十五，曾生和友人一起去高州拍年例，这是他第一次拍人文题材，虽然什么都不懂，但是跟着有经验的摄影老师们一起总能学到东西。但他还记录了这么一句话：塞壬姐说，人家拍五张，我拍十张，二十张，三十张，这样总能出一张好片吧。我要多拍。

我说过这样的话吗？不记得了。但是，对于摄影来说，量够大，出好片的概率是有的。这是一个笨办法。我忽然想笑，曾生，即使在无人的私底下，他也是如同幼儿园的小朋友那样谨记着老师的话。好严肃，这可不是开玩笑的啊。一瞬间，脑中浮现了他那张脸，呆呆的，眉头紧锁，张着嘴，欲言又止。他没有弄明白一个问题，本想追问，但又怕人家烦，所以经常欲言又止。这样的表情，简直像一个面具时常戴在他的脸上。求知的人是卑微的，所以他会费尽脑子迂回地试探，靠近，最终弄明白他想要的答案。

2007年，我在虎门一家大型卖场做宣传策划。有一天经理带了个男孩进办公室，说是给我添了个小助理，主要负责拍摄方面的工作。他是老板的侄子，平常喜欢摄影，到公司来历练历练。个子不高，平头，穿了一件黄色的背心，外面套了件短袖的橙格子衬衫，一条满是口袋的侉裤子，脖上挂了银色的长链，非常潮，像跳街舞的打扮。他的笑容干净，有一点羞涩，脸上的酒窝只有抿嘴的时候才显现，虽然看上去很乖，但眼睛还是忍不住四下张望。最后，他完全不听经理跟我说什么，一个人跑到金鱼缸跟前，用手指敲缸去逗那条浮在水中纹丝不动的龙鱼。

这样的年轻人本不是为了薪水来工作的，家族企业，我不必太当真，随便带带就好。一问，喜欢摄影，主要拍些风光片，名山大川算是走遍了。他把片子发给我看，典型的沙龙糖水片，唯美，过度注重视觉的光影效果。这种照片甜到腻，引起了摄影界的审美疲劳，已经有不少批判的声音了。他兴致勃勃地跟我讲某张日出的照片，因为天气的原因，几天几夜没睡好觉，经过漫长的等待，找到最佳的拍摄点，最终才拍到这张绝美的日出。

在很多人看来，摄影就是拍风光片。他不知道，这张日出换作任何一个人都可以拍到。日出是固有的，拍摄点是不变的，只要时机一到按下快门就可以了。成千上万张一模一样的日出，像流水线的产品，他竟如此兴奋、得意，如获至宝。但我没有跟他讲这些，只是淡淡地说了一句，嗯，不错。曾生意识到我态度的冷淡，他收敛了笑，惊愕地看着我。

很快，我布置了任务，让他去拍一个活动，图片用作单位网站的新闻配图。我想看看他对新闻摄影到底了解多少。结果不出所料，他交上来的图片根本没法用。活动现场的横幅没有拍下来，观众席的照片全是后脑勺，没有一张活动全景，最后的领导合影，活动的背景板只拍到半边，领导讲话的照片要么是低着头的，要么是表情奇怪的，而且都是大远景。他拍的最多的是司仪小姐，那些穿旗袍体态婀娜的女孩。

幸好，我叫网站编辑小赵去了现场。她拍回了照片。

一片空白。我得从头教起。我跟他说新闻摄影有一个重要的标准是，一张照片就能看出这个新闻的重要信息。我一张一张地给他指出他拍的照片为什么无效。他听得极认真，不时点头。抬头看我的神情，几乎是膜拜。两眼亮晶晶的，仿佛是，对于摄影而言，我给他打开了一个全新的世界。

我带着他四处跑活动，跑商铺，一点一点地教，他慢慢上路。年轻人容易与人亲厚，向你问个问题，脸靠得特别近，头发几乎交织在一块儿，气息都吹到人脸上，你甚至能闻到他用的沐浴露的香味，尤其是得到一点肯定之后就冲你笑，显摆那迷人的酒窝。啊，他不知道，青春这种东西是有毒的，小我七岁，整天塞壬姐姐塞壬姐姐地叫着，黏着你，完全没有顾及一个步入中年的女性的内心泛起的微澜。我闭上眼睛，老脸一热，觉得自己既陌生又可笑。

有一天在办公室，他突然冲到我跟前问：塞壬姐姐是作家吗？我很吃惊，一时不知道如何回答。关于写作，在公司我从未向任何人提及。曾生看到了网上的新闻，是我获得了东莞荷花文学奖的报道，配有一张我的高清照片。他指给我看时，我对他做了一个嘘的手势，希望他不要声张。

因为这个发现，从那以后，他对我的任何观点、建议几乎是虔诚般地全盘接受。虽然他性格很好，人也实诚勤快，可是，悟性方面明显不足，一根筋，冥顽不化，实在算不上一个聪明的孩子。拍照，勉强能拍个实景。审美、情感、个人的观看方式依旧是一个黑洞。跟他讲摄影的“决定性瞬间”，他怎么都不明白。

他大概明了我对他的这一判断。有时我生气了：凡是我已经解释了两遍的东西将不再重复。他不好再问，讪讪地收回目光，只是下班的时候幽幽地试探，要不要一起吃个饭。

我以为他在公司只是混，结果完全不是。

公司做了一本宣传画册，我拿到手时，无意中发现画册有一张图片说明出了错。尽管图和文字是曾生提交给我的，但毕竟我没有校对出来，所以责任还是在我。可是明天公司就有招标会，要在现场派发画册。重印已来不及。我跟曾生说，这个不起眼的小错，只要我们不声张是没有人能够看出来的，以后注意就是。

我其实忽略了一个重要的问题。对于我来说，曾生不仅是我手下的小助理，更是代表甲方立场的人，公司是他们家的。我只是为他们家打工。我居然当着他的面想要掩盖工作的过失，怀着侥幸心理，想蒙混过关。我看着他的表情，跟平常不太一样，有了一丝复杂的成分。我一瞬间就明白了。真的很后悔说出了那样的话。这相当于送一个把柄给他了。

那要如何补救呢？他问。

目前只能用双面胶把错误的文字盖住，然后打印出正确的字，裁成条贴在胶上。

全部贴吗？

这次就不派了。下周还有订货会，我们让印刷厂重印五百册。

突然间，两个人的气氛有点尴尬了。我匆匆逃离办公室，非常羞愧。我的职业素养竟如此不堪。而我万万没料到的是，曾生跟他的几个朋友在办公室加了整整一夜的班。一大早，我开门看到他睡在办公室沙发上，他睁开眼跟我说，搞定了，五百册，塞壬姐姐，很对不起，是我出了错，我以后会注意的。

虽然我不认为曾生会以雇主的身份来监督我的工作，但此次我的懈怠本身也是恶劣的。曾生说要正式向我道歉，提出请我去他家里吃饭。

他居然私底下用最笨的办法去解决问题。我很震惊。这个傻子。

二

在广东近二十年，来来往往的人，极少会深交到见家人这个层面。我以前对朋友有一个认知标准：只有把你介绍给他的家人，可以在他家蹭饭、出入自由，才能算是真正的朋友。曾生要把我介绍给他的家人，我觉得是一件不同寻常的事情。直到进门，我才意识到这顿饭有多隆重。曾生向他的父母介绍说，我是东莞的大作家，是他的主管，也是他的老师。我那天穿着休闲的白T和牛仔裤，素颜，头发随便拿个发卡挽着，而且是空手去的，连鲜花都没有准备。

他家是真正的豪宅府邸，依山临水。车开进去，就知道进入了富人的小区。大厅里供着财神关公的全身像，电子红烛亮着，供着鲜果。罗马柱、天花板是白色浮雕，枝型大吊灯。一围红木沙发和茶几，大电视，墙上挂着“德善祥和”匾额，墙角有一棵茂盛的发财树，玄关那里，有一个巨大的金鱼缸，红鱼穿梭，吐着泡泡。整个装修不伦不类，透着主家富有但庸俗的审美品位。

我喝到响螺炖瑶柱的瓦罐汤，奶黄的汤汁，浓鲜，腥香，曾生的母亲专门为我准备的。这是一生都不会忘记的味道，里面有一种令人不安的诚意。她笑着，说了一句我没有听懂的客家话，还要当面看着我喝完它。他们一家是梅州人，老兄弟三人在虎门经营面料批发市场二十多年。曾生有两个哥哥和一个姐姐，他是幼子。老父亲客气地跟我说，儿子说在我身上学到很多东西，一直想表示感谢。

我拘谨起来，一种奇怪的氛围笼罩着我，在简单的“尬聊”中，我慢慢听懂了这顿饭的真正意思。曾家有一处物业在海港城，准备打造成集购物、休闲、娱乐为一体的主题购物中心，希望我能担任企划部经理。曾生这是挖他叔叔的墙脚啊，我笑了笑，说会慎重考虑，并感谢了他们的邀请。

而彼时的我，已对职场感到厌倦和疲惫。写作处在上升期，状态很好，期刊发表的反响都不错。有一个镇区的文学会想邀请我过去编一本文学刊物，我很心动。毕竟，职场的累，已经让我的身体透支了。后来我跟曾生说了自己的想法，决定年底离职去长安镇。在我离开之前，我得尽快把文宣企划这一块教会他。

你离开之后，我还可以打电话向你请教问题吗？

当然可以。

那私人问题也可以请教吗？

我呵呵一笑。反问，是什么样的私人问题呢？

他说，关于恋爱的事，他搞砸了。

曾生喜欢自驾游，带着相机满世界拍片，在过去几年，他跑遍了西藏、新疆、四川、甘肃、云南等地，有时跟朋友一起去露营，在无人区探险，他说起旅途的艳遇：

在那几年的游历里，我历经了生死，大自然的残酷与馈赠，生命的开阔与虚无。他说，我在叛逆的年纪里，性格暴烈，多次伤害过家人。当我开着车在漫漫的黄沙里穿行，在极限的生命挑战中，被困在无人区；我与陌生人一起相扶，等待着救援队的赶来；我感受到日出的特殊意义，阳光的美好，生命的珍贵。在西藏，我能静心听佛，身上的戾气在慢慢消散，平静、良善、理智开始充盈着我，只有这样的我才可以真正投身到工作中。所以，我才在公司遇到了塞壬姐姐你，一个可以交往一生的珍贵的朋友。因为我知道我所说的一切，你都会懂。

我竟不知道，这愣头愣脑的外表下竟有如此丰富的过往。他有过蜕变，有过成长。

旅途中，有这样一类女子，她们穷游，简单的行李，独自一人或者两人相伴，带着相机拍沿途的风景。她们一路蹭我们的车，蹭我们的帐篷和饭食，仅仅只需要付出身体。

你能相信吗？有不少驴友是为了睡这样的女子才来旅行的。他们在车上用下流的语气轻薄着这样的女子，却沉溺在享受她们肉体的乐趣中。在这里，我不想用道德的标准去评价谁。因为，我本人也身在其中。有一次在海边露营，有一个女生想要钻进我的帐篷，我拒绝了她。第二天，我才知道，她钻了另一个男人的帐篷，被打了，脸上有瘀伤。吃早饭的时候，那个男人当着众人的面说：呵呵，昨晚下手重了，别介意啊。说着，他开始揉捏女孩的屁股。一脸淫笑。女孩挣脱了他的手，说了一句，滚开，你这个垃圾。一记重重的耳光打在女孩脸上，紧接着，他骂骂咧咧，对女孩进行“荡妇羞辱”。

我愤怒了。我觉得作为一个男人在那样的时刻沉默是一种耻辱。可是，一行十几个人，也只有我站出来了。我上前跟那个男人打了一架，我打这一架并不是为了什么正义，也不是为女孩讨回公道，而仅仅是，作为一个人，在那样一个时刻不能袖手旁观。我体力不济，根本打不过这种常年在户外旅行的健壮男子，但终究是那个男人败下阵来，因为他的确引起了公愤，众人把他拉住。

你真正想要做点什么，却发现自己如此无力。

晚上，女孩进了我的帐篷。作为弱者，在那样一个时刻，我们急切地需要彼此的温暖与力量。我们不顾一切地做了，一遍又一遍。没有爱情，有的只是同类的悲悯与相依。她发出呜呜声，像一只被遗弃的小兽。

我在这个事件中成长了。我理解的性关系，是一种对抗孤独、与另一个灵魂紧紧相拥的温存。

曾生跟我讲的这一段过往让我深深着迷，这正是我苦苦寻找的，属于文学特质的某种基因。我读到一种熟悉的气息。我当然懂。我太懂了。那么他现在的恋爱到底出了什么问题?

他继续说道，我跟女朋友在一起一年了。有一次在她的话语陷阱中，我说出了旅行中的这个艳遇故事，我之所以说出，是因为相信她能懂得我的感受。结果，我跟她之间恐怕回不去了，一条裂缝再也无法愈合。她无法接受我如此淫乱的过往，说我肯定不止一次。她从人品上彻底否定了我。

这是一个什么样的傻瓜啊。我同情地看着他。我恨不得打他一巴掌。

塞壬姐姐，你不是说你懂吗?

我当然懂了。这世间聪明人太多了，像你这样的傻瓜，简直无可救药。只是可惜了那个女孩子，她错过了真正的人间宝藏。

三

我又点开了一个文件夹，这是曾生去广东英德拍的乡村集市。

我曾经跟他说过，真正的摄影人是不扎堆的，他们带着自己的思考，独自去拍那些常人熟视无睹的日常。远离喧闹，远离热点，在平凡的人事中发现人性的幽微。我不知道曾生这些年在干什么，他无须为生计奔忙，看群里的种种信息，仿佛每天都是在钓鱼、赶海，或者一个人去拍片。但凡市里有摄影展、摄影讲座，都能看到他的身影。

我看着他拍的乡村集市，那种落寞，夕阳般的繁荣背后，乡村的寂寥显得格外触目惊心；几乎没有年轻人的集市，只有老人带着孩子在其中穿行，成堆的山货，蔬菜，笼子里的鸡鸭，还有猪仔，混乱的人群，仿佛听到有孩子的哭声。有几张大的特写，他们呆滞的表情，空洞的眼，皲裂、沾满黑色泥垢的手，还有笑容，无不带着某种孤独，巨大的沉默，显示出摄影者对乡村命运的担忧。

我把看中的照片往电脑的盘里扔。他有了明确的立场，关注现实题材，把镜头对准当下中国。这是我看到的最大的收获。我先前一直以为，他是一个没有艺术天赋的人，但我看了这些照片，那是一种沉浸式的深入拍摄。他没有功利的心态，有的仅仅是热爱摄影这件事本身。

我发现，在一种不被时间追赶的慢中，可以拍到好片子。他拍到了几张戴着花斗笠的妇女，那种闲心，色彩的艳，有一种宁静的美，尤其是山雨淋着的她们的脸，像是被洗过一般。决定性的瞬间，曾生算是悟到了。

我离开虎门之后，开始心无挂碍地专事写作。有那么几年，我们几乎没有联系。偶尔在过节的时候，他发来群发的那种短信祝福，我也没有回应。

有一年，我在虎门火车站附近被抢劫。那是年关，东莞总是在那个时段劫匪猖獗。我从广州回东莞，天色很晚了，出了站，一个人拉着行李箱，背着帆布包向路边张望，准备打车回长安。可是由于春运期间，打车要排着长长的队，我只好往外走，去外面自己拦车。叫一辆摩托车也行。

我上了一辆摩托车，夜色中，我也无法辨明方向，但意识到摩托车把我拉进了一个可疑的地方，无人，旁边是建筑工地，前面有闪烁的灯光，看到了个牌子，上面写着：前面施工，请绕道。我说师傅，你走错了吧，放我下来。那人停了车，我从后面下来，正要问话，突然他猛力扯掉我身上的包，然后急速掉头，带着我的行李箱，加大油门扬长而去。

手机没有了，钱没有了。我坐在地上放声大哭。在广东，我经历了多次抢劫，这是唯一一次肉身没有受伤。这是虎门，在虎门可以求助于谁呢。曾生，虎门有曾生啊。我爬起来，朝着有光的地方走，走了很久，总算找到了有人的地方，我找到一家士多店，要求打一个电话，电话那头的人一听我的处境，很是焦急，他忙问我具体的方位，我把听筒给了店家，让他告诉曾生这是什么地方。

半小时后，曾生到了。我瑟缩在店家门口，见到我，他居然大笑起来：塞老师也有今天啊，这么狼狈我可是头一回见到。要不，我把你拍下来？

曾生啊，他总是把明亮和温暖带给我。他说，塞老师，人没事就好啊。他看上去也有三十好几了，发际线明显后移，肚子也鼓起来，当初的潮男孩变成了糙汉子。酒窝的暖意依旧。

我意识到，他已不再喊我塞壬姐姐了。时光的距离，它疏离了一种亲密感，转而变成敬重。他也不是当初那个男孩了，而是一个小姑娘的父亲。我在脑中搜索一遍，在我人生遭遇到那样的境况中，可以打电话求助的人，非常少。即使不在虎门。

塞老师，我在你的书中不止一次地读到你被抢劫的事情。沉默良久，他说，东莞欠你一个道歉。我流下眼泪。曾生居然还读了我的书。

四

我报名参加了前往殡仪馆的吊唁。跟一车陌生人一起，沉重、压抑的气氛，忽然加重了这件事的真实感。没错，我还没有真正意识到曾生死去了。至少，我没有感受到离别。可是到了现场，我就后悔了。

我看见了曾生的父亲母亲，两个满头白发的老人，他们需要人搀扶着行走，他们早已没有了泪，也没有了声音，哀哀欲绝的样子，像是被夺去了灵魂。我见不得这样的现场，把脸别过去。我还看见了曾生的妻子，那个瘦小的妇人，几欲晕倒，真是恨不能要跟着去。

人世间的生离死别，文字完全无法表达。我忽然不想去瞻仰遗容了，觉得不知道如何面对。最后，我一个人打车回到长安，再次一头栽进他的照片里。

很意外地，我发现了一个文件夹，里面有我大量的照片。偷拍的。拍摄时间是2007年。我在工作中，我在吃饭，我在与人交谈，我在行走，我站在一株开花的凤凰树下，我捂嘴笑的样子……那个时候，人真的好年轻啊，笑得没心没肺，但活得非常敞亮，仿佛身上有光。我不喜欢拍照，所以照片不多，我第一次看到他人镜头下的自己，觉得非常陌生。

可是，我在照片中读出一种温柔。很明显，拍照的人喜欢照片中的人。

我是一个作家，本是敏感、易感的人，这么多年，竟毫无察觉。照片中的我，多是笑着的，我从来没有看到过这么漂亮的自己。仿佛滋润着蜜，嘴唇有莹光。我以为自己是一个刚硬、深沉而又严厉的人，身上的女性特征不明显，大多数的时候给人一种有压制性气场的印象——哦，隐约听人说，塞老师这个人很可怕。

可是，这些照片里，我分明是柔媚的、撒娇的，甚至是性感的一个小的女人。丰富的色彩，欲说还休的幽微表情，难以言表的内心世界。喜欢一个人是藏不住的，它甚至可以从眼睛里流出来。照片作为一种记录文本，它本身有着无可辩驳的说服力。毫无疑问，有那么一个时期，我喜欢着这个年轻人。对，是女人对男人的那种喜欢。我居然也有过如此美好的时刻，啊，塞壬，很显然，你屈服于世俗的眼光，及时地把刚要冒头的火花生生摁熄了。确切地说，那时的我满心风雪，而这个人刚好出现。

可是，它就是枯萎了，寂灭了。

我犹疑地看了这组照片中的文字：

她又生气了，说我拍得一塌糊涂，说怎么就教不会呢？她瞪着大眼睛，说是让我趁早走人。我的确太笨了，总是拍不到让她满意的照片。可是，我从来没有碰到过一个女人像训孙子似的训我，还训得那么顺手，她像个女王，对，像个女王。

她剪头发了。黄裙子真好看啊。

今天的早会，她提出商铺如果想找设计部出宣传方案应该适当收费。曾玉山这个老古董，他懂个屁，说什么我们是为了服务商铺，不是为了赚他们的钱，可是收费做出来的设计稿明显高出几个水准。

她去无锡出差，才一天，我就开始想她了。

上回她跟我提起的一个摄影大师，叫什么来着，哦，布列松，我专门去虎门图书馆找他的书，可惜没有找到。

今天星期天，想去办公室碰碰运气，说不定她也在。真是太好了，她真的在。于是我们一起吃了午餐，下午去了虎门公园，桂花开了，满园清香。

……

曾经，我是作为唯一，活在一个人的眼中啊。这就是他眼中的我，点点滴滴，一颦一笑，都在他的眼里。可是回想起来，那不叫错过，那是真正地拥有过。我没有无意，他没有无心。一种坚固的障碍把这一切遮得严严实实，但保存完好，凝成一块琥珀。

五

我终于挑出了几组主题照。大概有三百多张。这些照片证明了一个人在这世间走过了一遭。他用他的方式观察了这个世界，并提供了自己的文本表达。于我而言，隐匿的那部分，记录了一个真实的我。我曾那样活过，在他人的视角里绽放最美丽的风景。而今，隔着时光，隔着阴阳，我仿佛看到了更久远的自己，那么多无人在意的时光啊，我用文字消费着自己，无人珍藏。我流下眼泪，生命的大部分，只是流浪而已。我想起黛玉曾唱，“他年葬侬知是谁”。在生命的尽头，谁会收敛我一生的骸骨。

正在逼近的恐惧

我怎么就已经四十五岁了呢。头发每天都在变白，牙龈萎缩，牙缝裂开，那可怕的黑洞让我逐渐失去了开怀大笑的任性。脸也垮了，低头照镜子，晃荡的是松弛的真相，眼角，这岁月的沟壑，它们也如期而至。我全身，一切的一切都垮了。唯独，还剩一点不甘的意志，但那最后的倔强，那无力的挣扎，也开始微弱下去。光着身子站在镜子跟前，面对那一具可悲的、已严重犯规的肉体，作为女人，女色、皮相的美，正在消失殆尽。忽然间，一种恐惧笼罩在头顶。

我在慢慢变老。更可怕的是，我已钝化，什么是痛，什么是爱，什么是流遍全身的激情，已经是太久违的事情了。人们常说，中年是一个作家最好的时光，然而，体能、躯干、五脏它们开始不受控制，记忆力、执着的热情，也在慢慢变弱。我甚至对于一个小小的写作计划的执行和完成度，都不能干脆地给出答复。突如其来的一切，毫无准备，除了慌乱，我应该正视一下中年的我。现在。

我写得越来越慢了，究其根本，我对书写有了深深的畏惧感。我时常自问，如果不写，我何以为生？如果要写，我将何以为继？即使是整理阳台上的杂物，修剪草坪，重新粉刷墙壁，或者一个人清洗家里的油烟机，我也会生出愉悦感——多么轻快，哼着歌子，手中的活计丝毫不伤脑筋，整个人，不必有态度和立场，即使身体会乏累、酸痛，但这种劳累也是舒畅的、明亮的。它跟灵魂的负累完全不同。有一次，我跟一个朋友说，如果我辞去工作（我在单位从事宣传工作），重新回到十年前的那种流浪生活，你会不会以为我疯了？她怔住了，然后紧盯我的双眼一字一句地说，你迟早会那么做的，你本来就是个疯子。我惭愧地低下头，不敢去回应她。随后，我只好沮丧地告诉她，很长时间以来，我对文字几乎无能为力了。我时常对着一个一个的汉字看，觉得它们是那么不可靠，那么深不可测。以至于，我仅有的，曾对它们那极为自信的感觉正在消失，我对文字的魔法，它们正在失灵。现在，我写出的很多文字，它们都篡改了我的意图。我的文字失实，而且它们披上了陌生人的灵魂。我感到慌乱、无力还有羞愧。我不知道，是我变成了一个陌生人还是一直希冀写作带来的一切皆毫无结果。然而，我没有告诉她的是，除了写字，我似乎已经找不到其他可以谋生的技能。这才真正让我感到恐惧。我已经不敢辞职了。

仿佛头顶被敲了一记重锤。它明白无误地告诉我：你是个废物。这锤来得如此之晚，在涣散、麻木而又苟且的中年，瞬间，浊泪横流，半生已然陷进这河中央，快要没顶了。既回不了头又不能抵岸。时光不仅改变了人的皮囊，它还磨钝了人的心智。现在，我看着满身肥肉塞满藤椅的这个人，这个整天算计蝇头小利，身陷各种世俗人事纠纷的人，这个早已没有了疼痛与激情、没有了理想与飞翔的人，这个在命盘上已然无能为力的人，这个废物，此刻它就这么刺痛着我。我不可避免地滑入了令人心碎的中年之殇。对着镜子，我凝视着这张脸，所有的野心、激越与叛逆都被圆融与庸碌覆盖。我力图从目光中寻找一丝曾经的倔强与不甘，所有的，所有的，已然一去不返。啊，上一次愤怒是什么时候的事情？还有痛哭与大醉，上一次，是在什么时候？

混吃等死。这四个字赫然在眼前。我的心和眼已蒙上厚厚的尘埃，它们早已钝化了。中年，我还能够在多大程度上去重新擦亮自己？那种醍醐灌顶的激情以及脱胎换骨的人生际遇，它们从来都不可能来自现实的外部，即使是，我有可能凭借先前的积淀获得一次全新的契机，而此刻我精神的内部，灵魂、意志皆已枯槁，血液已激不起风暴，那么，我依然是一个无法被点燃的人。我已然没有了能够迎接那种人生契机的昂扬姿态和那种万事俱备，只欠东风的满血意志。

看看，我正沉溺于把玩精致的器物，茶道、沉香、紫砂壶、陶瓷、木器、电子游戏、网络小说，还有摄影的器材，各类镜头。迷恋哈苏，热衷于暗房的胶片时代，参加毫无意义的组团旅行摄影活动，以及迷恋神神道道的中医理论、保养秘籍，豢养宠物，混进一堆养宠的微信群，晒宠物照，拍视频到社交网站。不知道是从什么时候开始，我成了一个陌生人，过上一种陌生的生活。我不知道生活在什么地方拐进了另一个岔道。然而，我还是不可避免地走向衰老。在不知不觉中，我已经出走了那么远，滑到了某种边界，我好像是，足足沉沦昏睡了很多年。

我曾经在广东流浪了九年，自认为在落魄、困顿、挣扎于生存的漂泊中练就了一颗强大的灵魂。哪怕只住仅可容身的出租屋，只吃仅能果腹的食粮，只穿仅可蔽体、保暖的衣裳都不感到害怕。我曾经认为自己无所畏惧，除了尊严，没有什么是不可以失去的。这样的无所畏惧，它包含着一个人对人生的自信，对自己的能力、人格的自信。那个时候的我如此敞亮开阔，踌躇满志，紧伏大地而内心飞翔。我已然记不起人生到底在什么地方拐了弯，我成了自己的陌生人。现在，我要辞去这体面的文宣工作，重新成为过去那个流浪的人，回到那个身上只有五块钱也不害怕明天的人。以中年之身，重新去赢得一个生命的黄金时代，我是否还有这个可能？我恐惧的是，我没有再生、再创造的能力、意志，以及足以维系整个精神世界的那种有恃无恐的支柱。太可怕了，我身上已经没有一样东西被这个世界所需要。

非常可笑的是，我居然真的在为自己寻求退路。如果真的写不了字，即使我不辞职，也会被这份工作淘汰。我曾经拿过桥式起重机中级天车工证，但这是二十多年前的事情了。那个时候，有这个证，一生就有了保障。我曾那么迫不及待地抛弃了它。可现在，我在东莞能做什么呢？去工厂做女工？是的，我真去了。东莞的流水线。一家纸箱厂和一家鞋厂。由于现在招工很难，女工进工厂的最高年龄限制已提到五十岁，我很容易就进去了。在纸箱厂，我的工作是堆码牛皮纸，摆齐，把切好的纸从机器上搬到手推车上，然后拉到仓库码好。这工作，完全不需要技术，也不需要大力气，它需要的是一具了却一切妄念、机器般的僵尸。每天来回重复几百次，每天如此，每月如此，每年如此。新切的牛皮纸边缘异常锋利，我的手被割了好几道血口子。但我知道，熟练之后可以避免。我环顾了身边的人，她们全都默默无语，表情呆滞，重复着同一套动作。我跟这些人并无不同，这个活计可以让我们有碗饭吃。由此，我获得了心安，感觉双脚着地了，吃饭、睡觉相当妥帖。果然，我还不至于被饿死。可悲吧，十几年前的我，在广东流浪，即使卡里只有两千块钱，我都从未想到过会饿死的问题。在鞋厂，流水线一字排开，二十多位女工坐在机台前给鞋子涂胶，过了之后，鞋子就进入下一道工序人的手。这个工作也没有难度，它需要手快，不能分神。因为一个工序紧衔着下一个，所以它有某种内在的节奏和默契。由于我是新手，手慢，前面几天，被线长骂死。那女人骂得毫不客气，她这么吆喝我：你可以去死了。我当然知道这活没有难度，也是一个熟练的问题，所以她骂，我不接茬。所幸，我已然没有了二十多年前那种瞧不起工人、农民的可悲心智。二十多年前，我曾不顾一切地想要逃离农村、逃离工厂，脱离工人身份，想要去成为一个所谓的文化人。然而，两个月之后，在鞋厂发生了一件让我感到啼笑皆非、无奈而又无比欣慰的事情。

鞋厂每周都要交一份工作小结。手写的。我发现，写这种小结的文字可以非常纯净，它的指向明确，清澈透明。写的时候人很放松。或者说，进入这样一个鞋厂工作，我整个人就很放松，也变得纯净。挣碗饭吃，不作他想。一个多月之后，办公室的一个女的找到我，说是，我的文笔可以协助办企业内刊，已通知人事主管，把我调进文宣部。我的天哪，有句话是这么说的吧，是金子总会发光。历数我的人生过往，哪一次不是文字让我发光的？哪一次不是文字让我脱颖而出？在我觉得对文字失去信赖失去感觉的时候，在我对文字感到畏惧，感到无望的时候，在我打算放弃文字，决定寻找其他活命的技能的时候，文字再一次找上了我，再一次让我与众不同。我突然发现，对我不离不弃的，只有文字，只有写作。

我迅速离开了这家鞋厂。同时，瞬间醒悟过来，当我擦净灵魂的尘埃，低伏在人群，努力地为生存、为活命而对待手中的每一道流水线工序的时候，当我并不认为这是卑微、低贱的人生时，当我觉得这同样是一种昂扬、明亮而又充满尊严的命运时，文字不会离开我，文字对我的信赖就会归来。

意志的速朽才是最可怕的。四十五岁，女色殆尽，肌体开始衰败，也许我可以越过性别的障碍走向开阔吧。中年，我准备好了。

我所目睹的消失

一

一场疫情把人锁在屋里，立了春，花事的热闹已关在窗子外。有了闲，反倒百无聊赖，头发和指甲都长长了，人说，此刻只要保全自身，不添乱就是行善。但凡可做可不做的事，于我而言皆无效率，单枞茶忽然就不香了，涮羊肉异常地腥，完全失了味道，夜里常常醒来，赤黄而短促的小便，照镜子，嘴唇起皮，脸有暗痘。时间似乎静止了，从某一刻起，它不再往前走。退了所有的文学群，不再打开微博和朋友圈，然而，依然不能静心。疫情制造了另一种无端的焦虑，它把人活活困在一种无能为力且令人瘫痪的泥沼里。

忽然接到一个活，挑照片。用移动硬盘拷来了几万张照片。

说是准备组建一个打工题材的摄影博物馆，以影像的形式记录那些在东莞存在过的工厂、打工者，包括他们的生活、工作场景，以及那些与他们相关的人、物件，还有那些照片背后的故事。作为一个作家，我得说，从功能上来讲，影像比文字更可靠，它以沉默的方式述说真相、存在和内在的意义。是的，意义并非是后人总结出来的。影像更直观地摊晾出内在的意义，文字显得多余。照片的时间跨度有二十多年，在这段历史中，我觉得每一张照片都是有生命的，每一个人、每一个场景都有它的独立性和价值。挑照片意味着过滤、删除、合并、归类和重新组合。于是，我的这只握鼠标的手，每一次按下右键的时候，都比以前的任何一次要迟疑，我甚至隐隐地感到害怕，因为，错过一张有用但略不完美的照片只在于瞬息之间。专注，让我从这场疫情中解脱出来，我淹没在这浩瀚的影像中，一些熟悉的人和画面渐渐从照片中走出来，这些消失的、远去的故事皆在这影像之外。当我说消失，不是为了要纪念，而仅仅只是想说出曾经的有过。虽然这样的有过，太多太多，它们都被掩埋在历史深处，但是，只要我画下了那风中的最后一片树叶，它就永远不会掉落。

我意识到类似意义、责任的庞然大物一下子罩在头顶，它带给人的压力会干扰正常的判断，于是我竭力想要摆脱它，在这疫情横行的时光里，我似乎找到了另一种途径抵达了某种治愈。伴着些许的遗憾、欣慰和祝福，我的目光在这样一些照片中停留了许久：一张张上世纪九十年代中期的入职表，上面依然保留着黑白或者彩色的一寸大头照，他们来自乡村，大多来自湖南、四川、江西、湖北、广西、河南等地，那上面一张张年轻的脸，青涩的表情，有点愣，无一例外地，初到广东的兴奋感给他们蒙上了一种眯缝着眼的憧憬，有些年轻人笑得露出了大牙，憨得敞亮；而有一些，是面对镜头的缩手缩脚、不苟言笑，摆出的一副笔挺、严正的模样；好多剪着齐刘海的姑娘笑出酒窝，她们活泼的眉眼一下子冲破这陈旧的表格，隔着这二十多年的尘埃，到底是青春啊，不论是什么年份，底色都是鲜亮的。这些表格是手工填的，圆珠笔，歪歪扭扭的字挤在一起，却把那些乡村的奇怪地名写得清清楚楚，令人莞尔的错别字，还有涂掉的墨坨子旁边再补的细节，纤毫毕现。他们大多读到初中，未婚。大把大把的空格空在那里，诸如受教育经历、培训经历，获过何种荣誉，特长，全都空在那里。最后往下拉，靠右下角签名那里，每个人都按了一个红手印。这近乎白纸一般的表格，干净，一如他们正要开启的人生。

这是怎样的一群人，这是怎样的一个时代？我怎么能删掉？这里的每一张照片都不能删，有名有姓，他们，都真实地存在过。我觉得，并不是只有勋章才配挂在墙上，如果这些入职表的照片挂在博物馆的墙上，他们是配的。

二

器物是会说话的，比如照片中那一排排搁员工饭盆、茶缸的格子柜，比如长廊满壁鞋箱的洞洞里摆放的鞋子，无尘车间的更衣室，长长的晾衣架上森然静挂的满满一整间的衣物。即使没有一个人在，它们也会说话；白色的塑胶桶，被扔掉的一次性的口罩、橡胶手套还有发网，它们堆满了快要溢出来，正等着人拖走，它们全都说着话；忙碌的工作现场，机器都在运转，时间的发条正有条不紊地往前走，一派鲜活的日常；寂然无声的车间外，走廊处，有清洁工拿着拖把来回地拖地。这些照片，也许你会说，拍出来并不需要什么技巧，然而，它本身包含的信息，它所呈现的某种有温度的质感，正是源于稍纵即逝的现场本身，无法复刻。摄影师占有兵拍打工题材近二十年，我一直觉得他的照片就是一部个人的摄影志。一个人的摄影博物馆，也许提供的只是个人的视角和注解，虽然他无法做到面面俱到，但是，二十年，这个时间的厚重分量——这种日复一日、年复一年的坚持，以及紧咬一个主题的任性和偏执，都是摄影师作为个人面貌清晰的性格特质。后来者恐怕难以超越。我有幸跟他成为同事，这么多年，有多少工厂谢绝记者的采访，谢绝外来者的窥视，而他，竟能自由出入，挎着相机，熟门熟路地跟门口保安打着招呼，直接进入那神秘的工厂车间和员工宿舍。

我在这浩瀚的照片中发现，有不少照片是占有兵拍的，其中有一些照片拍摄的时候，我也在现场。我忽然意识到，有两家大的工厂已经消失了。我说大，是因为它们在巅峰时期，员工都在六千人以上。胜百吉鞋厂最后一条生产线迁走是在2019年的夏天。它是台湾企业，在东莞二十七年，是著名篮球鞋Puma的制造商。另一家是时力电子厂，它是硬盘磁头的制造商，2017年关停。每一个早年用过电脑的人对那种方方正正的塑料磁盘都不会陌生，它的内存很小，大概只有几兆，老式电脑机箱有一个专门的软驱，用来读这种磁盘，而今，连U盘都逐渐被淘汰，我们已经开始使用云盘，这种落后的产品走向淘汰是它必然的归宿。时力电子厂早在1988年就在东莞投产，曾经，成为它的员工是一种荣耀，订单多，工资高，出粮准，工厂的文化活动精彩纷呈，甚至组建了时装表演队和篮球队，代表东莞参加各类文艺比赛。

没有人注意到它们的消失，官方的媒体没有报道。曾经一万多人赖以生存、生活了近三十年的工厂，它的消失竟无声无息，仿佛从来就没有存在过。当我打开这些照片，流水线，机台，女工，那些被人蹭得发亮的机器设备，一千多平米的生产车间，反着油光的绿漆地板，一字排开的线位和一大片低伏于案上工作的人头，所有这些，他们全都掩埋在历史的尘埃里。我这只言片语的文字，和这些不见天日的照片，如何能担得起那些巨大的存在？那些消逝的人和过往，没有人能记起，这岁月的黑洞，吞噬了那么多人的青春韶华，我用文字掀开它，保留它，让它成为我的一部分。太大的事物，往往不会有切肤感，大而空，大而隐，文字反而难以置喙。一个人的文字总是小的，小到私密，小到琐碎，小到只与我有关。

我曾跟随摄影师占有兵去胜百吉鞋厂拍过几个人，一个台湾高管，一个清洁工，一个马拉松选手。在时力电子厂的无尘车间，东莞摄影师拍了几组中国女工肖像。看着手边的这些照片，我叹了口气，我知道，我的文字将是脆弱的、无力的，没有人知道他们的下落，当工厂关停或是迁走，他们的命运也无人关注。厂房，已被推土机夷为平地，所有的，都被抹得干干净净。人和车从那里走过，这冷酷的人世间，流逝的只有光阴。

三

成为一个摄影师，我至今还没有跨过一个心理障碍，我觉得对着一个人，或是一棵树，一朵花，一束与你对视的无辜目光，你的相机都是野蛮的，尤其是，你用各种角度去拍，微距，甚至是掰开一朵花蕊拍里面的小虫子，用各种奇技淫巧去摆弄它们，以至达到你想要的效果。在我看来，摄影，首先要克服的是，要下得了狠手。即使是，与一头牛对视，它满含泪水的大眼睛看着你，真要对着它一阵猛拍，我都觉得是一种非文明行为。我曾把这种顾虑讲给摄影师占有兵听，他笑着告诉我，真要成为一名摄影师，脸皮要厚。似有不妥，他又解释，那种为了追求效果而不顾生命尊严、不顾自然规律的拍摄者都是走偏的人，有摄影师为了拍小鸟振翅——快速扇动翅膀的艺术效果，把鸟关进小黑屋，用惊吓的手段迫使小鸟奋力扑腾，振翅，这样的拍摄不是脸皮厚，而是丧失了人性。

原来摄影是可以作假的。

最终我只能成为图片的文字编辑。有一天，占有兵拿给我一组照片，主人公是胜百吉鞋厂的高管张金发，他以叙事的手法跟踪拍摄了这个人在莲花山捡垃圾的一天。这位台湾高管从2006年开始，每一个双休日都要爬东莞长安的莲花山，做义工，在山上捡游客乱扔的垃圾，从未间断。多年来，以他为中心，已经发展了一个在莲花山捡垃圾的义工群体，本来，这属于新闻报道中好人好事的题材，摄影师去拍这个过程也没有什么独到之处，正能量，很好发表。这组照片并没有给我留下特别深刻的印象，直到我第一次去胜百吉鞋厂见到了张金发本人。

台商的工厂相比较而言，似乎特别重视环境卫生，进入厂区，主要干道、绿化带、停车场真是整洁干净。一个体格健壮的中年男人出来迎接我们，他就是张金发。他戴了一顶棒球帽，穿圆领紧身T恤，肩头搭了块毛巾，我们一路走向大堂，他就走在我们身后，一路随手捡地上的落叶，见我盯着看，他笑着说，这是我的习惯啦。

我们照例参观了流水线车间，我对订单如何、市场环境如何这类话题不感兴趣，却好奇地看着那一车车绿色的塑料楦头发呆，传送带上一只只往下游环节漂走的鞋子也让我好奇。一个人脱离出去，在车间瞎逛。

见我脖子上挂着相机，一个青年工人上来搭话。他问我们来干什么。我回答说采访高管张金发。他环顾了一下四周神秘地说，你们要是以后来怕是见不到张主管了。这个工人继续爆料，工厂要慢慢迁到越南了，现在订单不足，只有两条线在生产，张主管也被人排挤，他可是唯一为我们员工说话的好人啊。

他不是年纪到了才要退休吗?

那只是表面的理由。

哦。

我无法证实这个爆料的真伪，但是，一个员工突然在背地里说一个领导的好话，往往比说的坏话更让人信服。我一直倾向于，这个更难。

后来回到他的办公室，他为我们准备了很香的手磨咖啡，我站起身，看着墙上他拍的风光照片。他有极好的艺术审美。

四

谢军是胜百吉鞋厂的工人，同时也是一位狂热的马拉松爱好者。他曾经重跑了红军二万五千里长征路，还负重跑完了318川藏线。对于媒体热衷的报道，我一直兴趣不大，占有兵也拍过关于他日常训练的一组照片。这位看上去比实际年纪要大得多的青年人，虽然马拉松给了他很多的荣誉，但他依然只能在工厂维持生计。他对跑步这件事的坚持和理解，让我觉得这是一个看重灵魂之重的人。

我去过他的宿舍，他的床位，除了一个枕头和一张旧席，什么也没有。那张床，得多硌人啊。我无意间翻看他的博客，他写道："在慢跑过程中，我考虑到了跑姿、步频和呼吸节奏的协调性，跑步过程中体能、意志与心态的完美结合。在快跑过程中，我一直保持节奏，调整呼吸，感受着风从耳边过，物从身边飞的情景，与各种车辆比速度，跟骑行者比耐力，同时间赛跑，感受心的呼唤，与体能做抗争。"

这段文字，显然是有一定的生命体验才能写出的，他从技术、思想和体感这几个方面阐述了自己对跑马拉松的理解。值得一提的是，虽然经常在外面跑马拉松，有时耗时几个月，但作为他的主管，张金发一直在支持他，定期给他寄鞋子，也在他严重缺工的情况下为他保留了工作岗位。

然而，这些并没有让我有太多的留意，我真是一个冷血的人啊，对于好人好事总是熟视无睹。对于这个人，刺痛我的是另一件事——镇里举办了一场大型的相亲盛会，作为马拉松狂人、冠军，以及本镇的名人，谢军也参加了这次相亲。有着名人光环的他依然只是一名鞋厂的普通工人，在台上，没有一个女孩子愿意跟他牵手。一个也没有。那种尴尬，那种来自现实的伤害，深深地刺痛了我。至今都难以释怀。

我们还拍了胜百吉的一名女清洁工。她叫熊玉芬，四十几岁的年纪，在工厂扫地多年，却培养出一名特别优秀的儿子。儿子在英国留学，暑假期间来东莞看望父母。我们去拍她的那一天，是在那间拥挤、昏暗、简陋的出租屋里取景。这是工厂附近的出租屋，楼下的过道满是肮脏的水渍，蟑螂横行，电线乱牵，四处都贴满了治疗性病的广告。熊玉芬从头至尾没什么话，她显得很拘谨，但非常客气、表情卑微。我唯一感到欣慰的是，在这样的出租屋，长相清秀、着装时尚的优秀男孩子并不忌讳让人知道母亲是一名清洁工。他大方地回答我们的问题，显出极好的教养。他甚至不介意暴露自己家庭的贫困环境，面对采访，这个男孩有让人信服的真诚。

我觉得，做到这一点很难。它挑战人的虚荣、隐私，还有所谓的俗世尊严。这个男孩，他没有混淆什么叫真正的尊严。

紧接着，我们在北京举办了中国女工摄影展。作为拍摄对象，熊玉芬应邀去北京，她专门去染了一头棕发，可能药水不高档，严重偏色，头发显得异常的红。她是坐飞机去的，可还是有很多路段需要坐车，她晕车，吐得一塌糊涂，看上去人很虚弱。我开始愧疚起来，但是，她所表现的种种，那么真实，一个质朴的中国女工，为了去北京染了一头红发，在车上吐得一塌糊涂，光是这两点，就让我觉得，她比展览上，挂在墙上让人参观的那些照片更有魅力。

五

我第一次见识无尘车间就是在时力电子厂。那个时候，我们在拍中国女工这个主题，主要拍人物的肖像。肖像摄影其实难度很大，它要求你在瞬间拍到人内在的精神气质和性格特点。摆拍显然不行，那种木木的、直视镜头的标准照无法表现人物的个性。

现在想起来，穿上整套无尘服的工人很像当下在一线抗击新冠肺炎疫情的医护人员，连体衣，头、手、脚都遮得严严实实，只留一双眼睛在外面。我记得当时，有的摄影师拍得真好啊，有掀开口罩露出笑容的瞬间，那种特别治愈的笑容；有人拍出美丽的大眼睛使用显微镜观察的瞬间；还有人拍出，这些女工在流水线上的一种仪态美，女性特有的娴静、温婉表现在她们的劳动中。

可是，我的采访中有必须要问的一个问题——你的梦想是什么。问女工们的梦想是什么，我所得到的答案都非常实在而真切。没有那些虚幻、缥缈的东西，几乎都是为了家庭过上好日子，为了让孩子受好的教育，回县城买房，回乡开一个小杂货铺，游遍全中国这样的朴实答案。我记得有一双大眼睛在面对我的问题的时候，迟迟没有表态，紧接着，它开始闪现泪花。女工低下头，不再注视我。我关切地问她怎么啦，她拉下口罩，哭了起来，哭得肩膀一耸一耸。她低声地啜泣，显得特别悲伤。

我没有梦想，我只是活着。她说。

我不能再继续追问下去。于是我把她拉到一旁，好让她平复下来。我跟她说，好好活着也是梦想，有时候，我们活着是为了自己所爱的人，为了他们活着。

她慢慢恢复了平静，点了点头。看得出来，这是一个有故事的女子，她身上发生了人生中不如意的事，具体无法深究，但我忘不了那一双满含泪水的眼睛，那低声的啜泣。我印象中，她的每一个动作都那样深沉，浸透了哀伤。我这个人，对于不幸中的人，对于来自命运伤害的灵魂，总是特别感伤。能说什么呢，我非常清楚，所有的，只能靠那个人独自挨过来，没有捷径。

最终，我把她的梦想写成：好好活着。可能这个答案有点奇怪，最终，在众多的女工肖像中，她没有入选，但我，依然清晰地记着那个女工。

那次展览非常成功。我觉得，如果真要挑选中国女工的肖像，展览中的照片是不错的，平凡、真实、质朴，没有一张被人为地拔高。

六

应该还有很多工厂消失了，它们甚至连一张照片也没有留下。

我想着，被掩埋、被遗忘，或许本来就是事物的终极真相。遗憾的事情太多太多，我们唯有珍惜手中拥有的。而对那些依然还在的工厂，也许，我们能做的也并不多，就像，我这碎片般的文字，能忆起的几个人，仅仅是这个大事件中的一鳞半爪。也许，他们并不能存在于某博物馆，但是，只要我写下他们，于我，他们就不会消失。

鄱阳湖上的训鸟人

一

那一天，鄱阳湖上的渔民跟相依为命了八百年的鸬鹚告别。邹水义说，它们黑压压地蹲挤在船边一动不动，仿佛钉在那里一般，它们知晓了那离别的命运。有人痛哭，有人哀叹，鄱阳湖也呜咽着。那一天，作为渔民的邹水义，完成了对鄱阳湖的告别。一转身，六十年过去了，鄱阳湖上不再有训鸟人，不再有这古老的行当。这浩渺的水域，不再有一群驾一叶小舟，赤脚，持着长篙，嘴里喊出一长串口令的训鸟人。他们回到岸上，告别了生生世世的水上生涯。他做着大幅度的手势，对着我学了几声训鸟口令：喔嗬喔嗬喔嗬，呼嗬呼嗬呼嗬……那声音高亢、孤寂，竟有一股悲壮的味道。在他瞳孔的深处，我看见了泪光。“我死之后，再也不会有人惦记鸬鹚了，在我有生之年，再也见不到这些跟我一起在湖上风里来雨里去的好兄弟了。”他说，“鸬鹚贱价卖掉了，船也砸了，我忽然成了一个手足无措的人，一个多余的人。世界忽然变得无比阔大与虚无，人生变得空荡荡的。只有遥远的回响。”

如果你习惯性地回头望向身边，发现这个位置已空；如果你叫一个名字，却无人应和；如果你的梦里只有它与你相濡以沫的点滴；如果你大醉却无人猜中你的心事，那么我想，鸬鹚之于邹水义就是这样的存在。

2020年1月1日起，国家开始对鄱阳湖实施十年禁捕的政策，为的是生态的休养生息。邹水义说，有政策补贴，活不是问题。但活，不是有饭吃，有衣穿就足够了的。活是要笑，要醉，要与人抱头痛哭，要有心心念念的物件儿。七十岁的邹水义是鄱阳湖上的一个传奇，他是唯一能够孵养鸬鹚的人。他九岁上船，有六十多年的捕鱼生涯。邹氏一脉在鄱阳湖以鸬鸟捕鱼已有八百多年的历史，他说十年之后，鄱阳湖上以鸬鸟捕鱼为生的人将会永久地消失。自他儿子这代起，他们已开始慢慢上岸，去外地打工。孙辈则考上了大学，去了外面的城市。即使十年之后鄱阳湖开禁，大部分渔民也都转向了更高级的现代捕猎手段。而邹氏传统的鸬鸟捕鱼，即将被历史掩埋。

当我在鄱阳湖见到这位老人时，他因为表达的急促与焦虑时常陷入一种词不达意的慌乱中。他对于“我死之后”这个话语尤为焦虑。他念叨着：我得出本书才行啊，我得出本书啊。这种见识，不是一个普通渔民能有的。而我，一个作家面对他的困境只能一筹莫展。即便我写出了三五千字，这细弱的力量，如何能扛动这几百年历史的厚重与壮丽？更何况，此次我跟他，也只是匆匆一见。

二

此时的鄱阳湖正是枯水季，它露出的平坦湖底，竟是葱绿的草原模样。放眼望去，碧草连天。在近处的水域，候鸟成群地觅食。我们认识了各种雁、鹳、鹭、天鹅，还有传说中的隼。它们有的列队飞向天空，有的扇动翅膀互戏，隔着距离，人类只能赞叹这绝美的奇景。鸟群是一种意象，它来自我们的想象。而面对洁白、长腿、曲项的高贵物种，它那冷漠的美，挑战着所有的修辞。因为文学，作家们相约鄱阳湖。而我，认识了这位鄱阳湖上的训鸟人，邹水义。在饶河调百转千回的唱腔里，人们跟我谈起了这位鄱阳奇人，鸬鹚之父。

他有着奇特的长相，一双跟鸬鹚一样的耷拉着的眉，脸上的表情也跟鸬鹚一样，看人，就像看着湖面，专注而机敏，尤其他缩着脖子耸着肩的时候简直跟鸬鹚一模一样。我深信，这是长期与鸬鹚形影不离的结果。一身黑衣，步履稳健，身体里藏着大的力气与迅猛的应变能力。我想，这个人应该就是鸬鹚化成人形的样子。用水上漂、浪里白条来形容他是不为过的。他没有进学堂念过书，如今却能写文章在报纸上发表，他能说出近百年鄱阳湖上的沧桑人事与流变，他是某种文化的传承者与缔造者。他说，我死之后……

我能理解他的焦虑。那是一个人的兵荒马乱。

我对一生沉迷于一种活法的人总是感佩，就像我自己之于写作这种人生。一旦说起鸬鹚，邹水义眉飞色舞，滔滔不绝，整个人都在发着光，甚至唱念起来，时而吆喝，时而站起身做着手势。这才是真正的邹水义。他说起公鸬鹚求偶的场景：那鸟把头往后一仰，尾巴往上一翘，双翅一张，好像在说，看，我多漂亮啊，如果有另一个公的过来了，它就嘎嘎嘎，仿佛在说你过来试试看！立即拉出一副决斗的架势来。说罢，停了一会儿，他就黯然起来。我觉得他在未来的人生里是走不出水上的鸬鸟捕猎生涯的，他说：我们人上了岸还有自己的生活，可是鸬鹚除了我们，什么也没有。你是它的全部，全部。它不是你的奴隶，不是宠物，不是你谋生的工具，不是牲口不是禽兽，它是你相依为命的兄弟。

在这大段的独白里，一个人裸露出他战栗的灵魂，类似无望的告白，淹在滂沱的泪水里。听的人觉得心口一痛。他担心他的鸬鹚被人买走后会遭受厄运。

他给我铺开了一张地图。这是邹水义画出的整个鄱阳湖水域的地图。我很震惊。这是航拍的视角。绘出一张图，他是如何做到的呢？地图里标注着各种山名、岛名、湖汊、港、洲、村落，以及大大小小的湖的名称、形状与流向。六十年，他熟悉湖里的一切：水文，气候，渔汛，鱼类的洄游、产卵，鱼的种类与习性。至于鸬鹚，他一个眼神鸬鹚就能读懂，分毫不差。人与鸟的这种默契除了情感，应该还有一种彼此相通的意识。我能想象，邹水义披着棕衣、拿着长烟杆蹲在鸟船上指挥鸬鹚的样子，那个时候，湖、鸟、船，与他这个人构成了不可分割的完美生态。他跟我说起他的祖父，那可真是一个了不起的人啊。

邹水义在鄱阳湖的岛上出生。九岁时就跟着祖父在船上训鸟捕鱼。祖父教给这个少年朴素的做人道理：在湖上，不可见死不救。六十年来，邹水义已记不清救了多少溺水者；卖鱼的斤两、价格，零钱的找赎不得有半点欺诈。他说，祖父在1942年曾救过两名降落在湖里的美国飞行员。即使是未分清敌友，救人也是首要的。虽然被白肤蓝眼的人种吓住了，虽然不知为何人会从天而降，祖父还是义无反顾地去救人。邹水义眼中的祖父是一个训鸟高手。这一片水域，唯有祖父会孵蛋。他手把手地教会了邹水义如何把一只鸬鹚从蛋里孵出来、精心养大，直到下水捕猎。因此，邹家是做卖鸬鹚生意的，阔过。邹水义回忆，五九年，家里有几千斤谷子，几缸盐，祖父死后，囤的煤还烧了好几年。在那样一个宽裕的环境里，祖父请人教邹水义读书识字。邹水义说，他能做所有的渔具，一看就会，还能详细地把制作过程写出来。回忆那段时光，邹水义满脸的笑意，仿佛那样的好日子谁也比不了。

在水上生活的人生老病死都是在船上。他们在船上如履平地，风浪再大，脚盘都是稳的。水上的万家灯火是什么样子的？孩子们在船上追逐嬉戏是什么样子的？女人们相互串门吗？她们在夕阳中补网唱歌吗？如果有浪，那是不是枕着涛声入眠？晨起的阳光、晚霞、落日，还有船上的炊烟，是不是美得令人震颤？所有的，都只能是久居陆地的我对水域文化的想象与猎奇，那种神秘感在我看来，缘于湖上传说与地方戏曲吧。在那样一个世界里，有没有只言片语的文字记录它，留存它？

他自豪地说，从古至今，我们渔民的日子是要比农民强的。因为掌握了孵蛋的技术，邹水义理所应当地成了用鸬鸟捕鱼的邹氏一族的族长。在电鱼、炸鱼、毒鱼盛行的鄱阳湖，他带领族人签订了永不涉电的协议。邹氏爱这一片水域，爱这生生世世生老病死的家园，他们恪守着古老的祖训，守着这片水域的生灵与生态。每一艘鸟船里都供着菩萨，除了求神护佑，还有一种敬畏。

三

我试着走进邹水义的鸬鸟世界，一种从未有过的体验流遍全身，仿佛亲历了一遭。他说的每一个故事，每一个细节，都太有画面感了。他与鸬鸟之间营造了某种氛围，包括语言、形体、呼吸，甚至是一个语调、一个手势和一些细微的情绪。即使是沉默，他们都彼此懂得。我在邹水义身上看到了人与自然、人与动物之间的关系。他们合谋完成一次次漂亮的狩猎。因为鸬鸟全部都卖掉了，所以那天我没有见到一只真正的鸬鹚。在邹水义的手机相册里，他一张一张地翻给我看：拍击水花怒啄活鱼；敛脚直坠深水；衔鱼冲出水面，迅疾如同一枚弹头——因为速度和强大的力量在照片中模糊成一团光影，却斑斓闪耀。它的喙，它的眼，它的翅，还有它的蹼足，都有各种姿势的特写。邹水义珍藏着它们，用手指一帧帧划过，我能感受到在他的呼吸里，有一丝丝的悸动。那是他放在心尖尖上的宝贝。

看了一个一分钟的小视频。到了预定水域，渔夫划着船盯着水面，一发现鸬鸟咬鱼出来，立即放桨，脚踏着不到两寸宽的船舷，身轻如燕，噔噔噔三个箭步，跃到船头，操起一丈多长的竹篙，捅向鸬鸟，篙端装有捞箕，篙到鸟嘴一松，鱼落入箕中。不到一分钟，整个过程完美流畅，一气呵成。

我注意到，渔夫钉在船上的双脚，那脚五趾张开，呈扇形，壁虎一般，牢牢吸在船面的木板上，那持篙的手，臂力惊人，那纵身一跃，除了肢体的平衡感，还有多年的水上功夫。邹水义说，要练好这功夫七八岁就得上船，不然，等骨头硬了就练不成了，他说，即便是现在七十高龄，他也能平地一跃登上八仙桌。

可是孩子们都是要去岸上读书的。这绝技只能失传。

我想起电影《加勒比海盗》中的杰克船长，他是“黑珍珠号”的灵魂，他是它的王，他在船上飞来飞去，唯有大海才是他人生的主场。鄱阳湖之于邹水义，鸬鹚之于邹水义，是他人生的全部。而如今，他最终会死在岸上。

每一只鸬鹚都有名字。我们给它们取名：赵子龙、张飞、罗成、金大力……这是英雄的名字，五虎上将啊，我们是从说书人那里听来的。他说，在一般人眼里，所有的鸬鹚都长得一样，可是在我们看来，它们千差万别，即使看空中远远的背影，我们都能分辨出是哪一只鸬鹚。你只要一叫它的名字，它就会回应你，冲你嘎嘎嘎，好像在说，你叫我做什么呀？

如果那一天收成好，它就很高兴，晚上你在舱里喝酒，它就一颠一颠地跑过来依在你身边撒娇，挨着你的脸，要亲亲。如果你让它不高兴了，它就耷拉着眉毛，把咬的鱼故意放走气你。它们会争风吃醋，报复，还会立功讨你欢心。邹水义说，他从来没有见过比鸬鹚更聪明的鸟儿。

一个家庭有两只鸬鹚就足以生存。市面上，一只鸬鹚要卖到三千块。一船一人六鸟，不到三小时可以咬到八百多斤鱼。它能捕咬到三十多斤的鲤鱼，八斤重的甲鱼。在十几米深的水域，这猛禽的力量与智慧让人不可思议：奋力与大鱼搏斗，周旋，追逐，厮杀，最终衔鱼破水而出，像一个将军挟着俘虏胜利归来。它上来后还会告诉你，下面有一个深洞，它探不进去，或者是一个树蔸，蔸底藏着好多鱼，它无能为力。它用钩子在船上画圈圈，然后朝你点头，告诉你它在水下看到的一切。如果看到不可知物，它会发出恐怖的惨叫，用以警示你，水下有可怕的东西。咬上来的鱼，它能按鱼的种类堆放在一起，从没有混淆过。

最鼎盛时期，邹水义雇了四十八个人，他有两张网，五条船，二十六只鸟。一网十万斤凤尾鱼。我对一网十万斤凤尾鱼毫无概念。无法想象。我对于一只鸬鹚能捕到九十斤重的鳡鱼也无法想象。但他跟我说起那段人生的快乐逍遥，上岸卖鱼，停在周边的村落，去喝酒、听戏，兄弟们去找女人。恍惚间，我仿佛进入了沈从文的边城。那种人间的多情与风流，多少往事尽在这浩渺的鄱阳湖上了。

邹水义说，如果不是跟它朝夕相处，是读不懂这一切的。看了一些专家写的关于鸬鹚的文章，很多都是错误的。鸬鹚不吃螺、蛤、贝，它只吃肉。他了解它的全部，从一只蛋开始，在它六十天的成长过程里，睁眼，长出第一根毛翅，到开胸，最后到合翅，邹水义甚至清楚今天相比昨天，一只小鸬鹚长了多少肉。手一掂就知道。这是极有仪式感的一种成长。当小鸟出壳睁眼、齐毛到能下水，每一个重要的日子都会放鞭庆祝。初一、十五要拜菩萨祈福。对于他们来说，鸬鹚就像农民的牛一样，而它们却又成活艰难。跨级式的成长阶梯，都是重要纪念日，像婴孩，剃毛、满月、百日、周岁，都会纪念一番。我对这样的仪式感到不可思议。但我还是懂了，在手心长大的鸟，如同掌上明珠，那是心头肉般的存在了。

所以，鸬鹚是他的家人。

失去它们，就如同失去……后面的话，我无法说出。

四

下元节祭水神。拜菩萨、大比武、巡游、放河灯。这盛大的节日如今还能怎么办呢？这古老的习俗，传承八百年的水上节日，没有了鸬鹚，没有了船，它将如何延续？

我没有问。只剩下饶河调在孤独地唱响。只剩下一个孤独的身影在落日中暗淡。

邹水义为此痛哭。湖里的鱼大量死亡，因为有人乱排化学污染源；有人扒螺蛳，拖网破坏水底绿植；挖沙船翻起湖底陈年的垃圾，毒化水质；有人赶鱼，连同江豚一起赶，在闸口处活活闷死江豚，一天几十头，整船整船的尸体被拉出；电鱼、炸鱼屡禁不止。鱼的产量每年都会剧减，渔业萎缩，填湖导致湖面变小，鱼的种类灭绝，生态堪忧。

鸬鹚也被毒死了不少。这种破坏不仅是生态方面的，更可怕的是，它断了最传统的渔业文明——这传承上千年的渔文化；这湖上从古至今一直秉承古老传统的训鸟人；那些无法续写的故事与水上传奇。对于禁渔本身，他没有意见。只是，鄱阳湖上的训鸟人，他把背影留给了历史。一个句号。

他说，在他多年的渔民生涯里，海鱼灌入鄱阳湖是常有的事，比目鱼、大黄鱼、小黄鱼都曾现身。但现在，从未看到过了。他还说了件奇事，火烈鸟也曾来鄱阳湖过冬。那种红色的鸟，单腿直立，成群结队。他还见过丹顶鹤盘旋飞到高处垒窝，孵蛋。他说，鄱阳湖的大闸蟹两三斤重，野菱角、莲蓬、芡实无人采摘，泛滥成灾，他说，今后十年，我们都吃不到鄱阳湖的鱼了。

再也不会重现开河的盛事。那一天，湖面上，千百条渔船，千帆竞发，百舟争渡，场面尤为壮观。一声令下，渔船像离弦之箭，争先恐后，在渔歌、吆喝声里，撒网、打镣、走钩、划钩、放鸬鹚，各显神通，热闹非凡，那一天捕鱼可达十几万斤。不知那首渔歌何时能再唱起：

喜气洋洋赛龙船，我船划得出头尖，红颜鸬鸟咬得好，一船鱼来几船粮。

当一个事件进入了博物馆，成为历史，当一个人守着回忆孤独度过余生，我知道句号就要画上了。邹水义，鄱阳湖上最后的训鸟人，这活化石般的存在，我能为他留下的仅这微弱的文字罢了。终究，我只是一个无能为力的人。太多事，大抵如此。我问他，政府举办的文化民俗活动，邀请你去表演鸬鹚捕鱼的节目，我没有想到你会去，没有想到你会让鸬鹚成为娱乐民众的工具。为了赚那一点点劳务费吗？

他颤抖着手，抬眼看着我，眼中有泪：你不知道吧，那是我唯一可以在湖上跟鸬鹚相处的机会了。

我说不出话。

翁源手记

早些时候有同事问我，作家，听说镇里要组织一批工作人员去韶关扶贫，你不去申请吗？都知道我有驻点写作的意愿。然而，若我真的去了，最紧要的事情可能还不是写作。我真心想看一看当下在中国大地上眼睛、耳朵根本无法绕开的这个事件。这个被赋予“空前绝后”“伟大壮举”“志在必得”意义的大事件。我深知，在每天浩瀚的信息潮中，人们更倾向于去了解那些被光明遮蔽的部分。我一直有一个偏见：人们深信被遮蔽的一定就是黑暗。但是，在我看来，光明除了会遮蔽黑暗，也会遮蔽另一种光明。如果我真能参与这个大事件，不是作为一个旁观者，不是有其他动机地参与其间，而是作为一名真正的扶贫工作者，去做扶贫这个工作，那么，它一定比我写一部让人夸赞的文学作品要有力量得多。然而，我却被告知没有资格申请去扶贫，因为政策要求第一必须是党员，第二必须是在编人员。我瞬间就懂得了这件事的严谨和它所需的觉悟上的高度。

关于扶贫的话题，我在微博上跟人杠了几回，被呛，大意是说我没有亲临现场，没有资格说一些不明就里的话，正准备用相关截图回复过去，不料却被对方拉黑。经常看到那些相互争辩的评论延绵至几千条几万条，却没见谁能说服谁。信息本身呈现的是一个个属于它们自己的案例，带着它们自身的真实与谎言、局限与预见。一个大事件，真，也会各不相同；假，那更是千差万别。我突然发现，即使没能真正成为一名扶贫工作者，但如果我拥有属于自己的文本，关于这个大事件的写作文本，那么至少，在写作的立场上我没有成为一个局外人。即使只是写出了属于自己的那部分真实，即使我也不可避免地会存在某种局限，即使它只是这个大事件中的沧海一粟，我也还是对这个大事件在心中荡起的热血与激情感到一种久违的振奋。因为，关于贫穷，关于困顿，在我年少的记忆里，它们是梦魇一般地存在于命格之中，无处可逃，无法挣脱，绞索般套着父辈和我们的脖子，那种难以启齿的窘迫与饥饿，那种不堪回首的种种羞耻与怯懦，至今依然记忆犹新。我们太了解贫穷了。这记忆的黑洞。如今，面对这个大事件，一种被唤醒的激情流遍全身，像一种壮丽的合唱在胸中燃起。对我来说，它是不该被这样轻易辜负的。

一、入住江尾

不去预设要写什么。不去定义主题。我就带着一颗对这件事一片空白的赤诚之心走向了那片土地：韶关市翁源县。一路的绿灯，一路的祝福。在去韶关的高铁上，我打开手机百度了那个地方：翁源。客家文化，广东名果三华李的故乡，中国最大的兰花种植基地；余者，皆印象不深。大体以农林业为主，是一个完全没有被工业污染的纯天然的农耕之乡，有山有水。它是我们镇的定点扶贫地区。说到贫困，那只是广东定的标准，而非国家标准。镇里第二拨派驻那里的工作人员已经去了有一年多了，现在，他们被称为"第一书记"。我看了一下名单，十二个人，来自长安镇不同的工作领域。有一个熟悉的名字进入视线：聂秀梅。她是我们镇文化系统的文化专员，歌唱家。印象中，她美丽时尚，有都市白领气质。我跟她素无交集，这么精致的女人居然跑到那穷乡僻壤的地方去扶贫是我没有想到的，寻思了一会儿，觉得这里面应该有一个有趣的理由。队长叫王毅轩，长安医院的药剂师，80后，长安本地人，看照片，他笑起来有少年的青涩感。这十二个党员入驻翁源县的三个镇十二个村。他们全都住在村委会。

韶关作协的荣笑雨老师开车把我送到翁源。我们在江尾镇找了一家名叫"幸运福"的招待所，等我办完入住手续，荣老师送给我一些鹰嘴桃，说是本地朋友刚送过来的。我拿起一个桃看了看，青绿色，长着一个鹰钩嘴，覆一层白绒毛，捏着很硬，像是没熟。我觉得奇怪，忙问，这桃都是生的怎么就摘下了？荣老师笑着说你尝尝就知道了。洗净后我就咬了一口，清甜，脆脆的，嚼着没有一点渣子，见核处是血丝样的红络，还有一股浓郁的蜜香。我第一次吃到这种口味的桃，很是惊异。放眼看窗外的景，有莲塘，开败的荷花和密密匝匝低举着的莲蓬，一大片绿茵茵的花生地和一眼望不到边的黑蔗林。这是夏末，夏季稻已经收割入了仓。我想着，有这土地，这丰沛的阳光和水，才能长出如此香甜的桃，即使在这产地也要卖到十块钱一斤。可见这片大地的慷慨和大自然的馈赠。想到扶贫，眼前所见似乎已经有了一个底。

下午一个人打车去县城转了转。举头，碧桂园的楼盘赫然在目，据说，这房子也要卖到六千元一平米。县城看上去跟其他三线城市差不多，地下超市、步行街、美食街、购物广场、体育馆、环湖路、公园。年轻人穿梭其间，衣着步调跟广州深圳并无二致。县城似乎没什么可看的，无非复制、模仿着我们见惯的大都市。打车回江尾，司机一眼看出我是外地人，搭讪道，老板娘可是在翁源做什么大生意啊？我正色回他，我是东莞派驻这里的扶贫干部。那人一听急了。他跟我急了：扶贫？翁源需要扶贫？我们翁源可不穷啊。果然，被人扶贫是一件很伤自尊的事情。我只得小心翼翼地说，翁源是不穷，但有几个村子……他打断我，哪里都有穷一点的地方啦，我们翁源可不穷啊。我抿嘴笑了。好吧，我们翁源不穷。

招待所的老板娘告诉我，房间已经被请来摘鹰嘴桃的劳工住满了，要过两天才能给我腾出单人间，我现在住的是标间，稍稍贵了一点点。房间的设施一应俱全，采光很好，提供的茶叶包是本地的红茶，浴室有吹风机，网速也很快。因为长期住，我让她给我拿了一套全新的被褥枕套。她刚生了二胎，敞着衣领扣子给婴儿喂奶。我们加了微信，她有点羞涩地问我，是不是从东莞过来帮我们扶贫的？我说是的。她执意不收我的住房押金。傍晚，她敲门端过来一碗红豆沙糖水，并邀请我吃晚餐。我答应了。

一路下来的感觉都让人心里盈满温柔。不论是滴滴司机还是“幸运福”的老板娘，这两个翁源人给了我一种“翁源是我们最好的家园”的切肤感。他们很爱这片土地。

睡得很好，一觉到天明。这天刚好是周六，扶贫队员们昨天下午都回了长安与家人团聚，他们要到下周一上午才能赶过来。我一个人在翁源的江尾镇，正好可以四下走走。碰巧逢到市集日，我准备带上相机，顺着老板娘给我指的路线，去集上看看。如果不累，还可以去参观江尾著名的客家围楼。

集市不大，也就一条二十米的窄巷子。附近的农民把自家种的小菜码在路边。我看到多年未曾见到的小茄子和长相丑陋的绿苦瓜，红苋菜水灵灵的，长豆角捆着头子，眼见有虫眼，大冬瓜披一身霜蹲在卖菜人的脚边。大体都是家常的蔬菜，可能还是没有改良的旧品种。用的是杆秤，碎币交易。如果你一定要用微信支付，他们就会把你拉到旁边一个卖肉的摊前，让你扫肉摊的码，然后他们自己再找赎。几乎没见到年轻人，目之所及，都是中老年人，妇女居多。很多是特别老的老人，佝偻着身子，浑浊的眼，颤颤巍巍，手抖，满脸沟壑，手背全是老年斑，拿着脏旧的毛票。老妪们背着幼童或推着童车在这窄窄的巷子里慢行。有卖治跌打损伤药酒的，卖菜刀砧板的，卖蔬菜种子的，还有卖锄头镰刀铁锹等农具的，整个集市无人吆喝，人虽然多，但却有一种清朗的宁和味道。湿湿的路面，人们卖东西买东西，安安静静的。我拍过的乡村集市极多，像江尾这样的集市还真不少见。我非常清楚，乡村这个“穷”字，是因为年壮的劳力都在外面打工了。我一度认为乡村的没落由来已久，已成难以挽回的定局，但从来不知道一种全新的变化已酝酿其中。

旁边的几个肉案快要收摊了，我问了价，肉要卖到三十块一斤，这个价格跟东莞没有差别。往前走，看到卖新鲜莲蓬的，蹲下来捡了十来个饱满的，称好，提在手中。小小集市，上午十一点差不多就结束了，最后只剩下稀稀落落的几个老人，一地菜叶，几摊污水。我曾拍了几千张这类照片，这些照片记录了乡村的寂寥与落寞，巨大的沉默像一大片空白，一如那撂荒已久的空旷土地。队长王毅轩告诉过我，凡是有人在外面打工的家庭都不会是贫困户，然而不贫困就足够了吗？没有劳力，人没有从城市回到乡村，乡村要怎么振兴呢？如果不是因为亲自来到这里，我恐怕还停留在过往的印象里。

在市集旁边的小吃店里应付了午餐。叫了一碗云吞，一颗很大，肉馅饱满。汤里放了紫菜，一股特殊的海腥味，然而味道却极鲜美，一碗八个竟没有吃饱，又叫了一个糯米饭团，干荷叶包着的，糯米饭捏成，拌了胡萝卜丝、肉沫和黑木耳，很紧，很结实，重重的一坨。咬开，有糯米饭和干荷的清香。谁知这饭团很耐饿，当晚我没能吃下饭，直到晚上九点才烧水泡了碗方便面。这客家饭食，就像个老实人，诚不我欺。关于客家菜，我后面会专门讲到。那种顺手拈来、就地取材的做派，让人觉得他们是生活在这天地间最自然的生灵。

一路走到江尾湖心坝客家围屋，直直的柏油路，车非常少。跑到仁川河上的古耕桥，那儿的风敞亮，直把人的衣裳吹起头发吹乱，对着河水大声喊，对着桥两边广袤的田地、阡陌、村庄喊，明晃晃的河水急急的湍流像是给了我热烈的回应。湖心坝围屋建于明代，巷子铺的鹅卵石，红麻石做的井，大部分主体结构依然保持着原貌，外墙是斑驳的黑斑印，那是风雨蚀过的痕迹，但依稀可见红色的毛主席语录。一些生命力极强的野蕨扎根在墙缝里。跟国内大部分的客家围屋一样，这里也将打造客家旅游文化，供休闲观光。新建的民俗馆、湖心坝人家美食街、客家风情民宿、绿色蔬菜园已落成，只是游客稀少，毕竟还是养在深闺人未识的初境。我参观过太多的客家围屋，大体上差别不大，幽深的门厅，庭院长满荒草，小木格子窗，屋子里仿佛住满了古老的灵魂，散发着潮湿的霉味，还有进门的石天井和肃穆的祭祀台，阴气阵阵，没有人作陪，我不敢一个人走进那些无人的屋子。几处断壁残垣映着夕阳，有寂烈的美，走出长长的甬道，突然柳暗花明，釉彩般的阳光打在人脸上，像是飞了金。迎面看到几个来自广州画院的学生在这里写生，他们支起画架，用水彩描摹这古老的围屋。围屋一栋跟另一栋之间隔着蓝天，巷道里有人负禾而过；学生们用水墨描出墙体层次丰富的斑影，用墨绿把几棵木瓜树表现得蓊郁苍翠。上前问话，是怎么知道这个地方的？回答说，我们老师是这个镇上的人。又问，常来吗？回答说，常来。少有的秘境。等将来成了旅游热点就不好玩了。

围屋已没有人居住了。这个村的人全部搬进了新盖的楼房。这是江尾的南塘村，派驻到这里的长安扶贫干部姓时，我第一个观摩的就是时天永书记定点扶贫的村子。南塘太美了，新楼房规划得井然有序，街道、屋舍干净得如同洗过了一般。大片大片的蔬菜种植园，荷塘千亩，它们把居民楼围在中央，如果航拍一定非常壮观。就我目前了解的信息来看，所有精准扶贫的对象都已脱贫，没有劳动能力的人，都有政府兜底的保障，教育、医疗、养老保险、产业扶持都有明确的标准，有劳动能力的贫困户在种植、养殖方面都能申请到产业奖补。小额信贷由政府贴补利息。特困人员、孤儿人均一年至少有一万多块的收入。那些更细的政策、条款使得因各种原因致贫的家庭几乎都能得到有效的保障。我看了一下，教育扶贫的力度让人惊讶，生活费补贴，中小学阶段，一个孩子补三千块一年，大专以上七千块一年。学杂费几乎全免。我一时陷入了困惑，不知道此行到底还能收获到什么。然而，我们的扶贫队员不是每一天都在忙碌地工作着吗？他们手中的一桩桩一件件不就是实实在在的事情吗？脱贫还要致富，致富还要振兴乡村，还要建美丽乡村、特色乡村，我忽然觉得这并不是一种短暂的规划，这是一条永无止境、永远充满创新的探索之路。我为之前对扶贫的狭隘理解、对贫困的猎奇心理感到羞愧。

正如此刻，我眼中所见，就是主题，我行之所至，就是我想。

星期一中午，王毅轩队长说让我跟队员们相互认识一下，约在湖心坝人家餐厅。他把车开到幸运福招待所门口，我远远地看见一辆东莞粤 S 的车开过来，莫名地，一阵鼻酸，心里涌起一种特别的感动。我们长安人来了，来接我了。在一个陌生的地方待了三天，突然见到一个长安人就如同见到自家人一般。如果来的是聂秀梅，我想，我一定上前紧紧拥抱她。

我意识到每一个扶贫工作人员的不易。他们半个月回家一次是常有的事。他们入驻在各自的村子里，平常也不太聚会。每一个人，都是到了一个谁也不认识的陌生地方。

十二位书记都到齐了。一群年轻人，大多80后，他们来自长安镇各个领域，在原单位都是得力的人。正值暑假，他们把孩子也带来了，让孩子体验一下乡村的景致，认识一些农作物也是好的。孩子们熟门熟路地在餐厅外面的小花园嬉闹，我则拉着聂秀梅说话，得知她驻在龙仙镇的河口村。她听说我住江尾招待所，就邀请我住她那里，但我考虑到江尾的位置相对处于中心地段，去别的村镇似乎更方便，只得婉拒了她。她点点头表示赞同。聂书记化着淡妆，精心打理过发型，衣服包包品位不俗，还做了水晶美甲。我笑着问她，你这个样子去拜访贫困户会不会让他们有距离感？她愣了一下，然后正色告诉我说，我在任何一个地方都会很清晰地意识到我是一名党员。漂亮的党员。这个认知太有意思了，她把女性视角融入工作中了。关于这一点，我在后来的接触中得到了印证。

上菜了。我第一次见到有人拿干枯的黑色空莲房做汤，大大的白瓷汤盆端上来，两只莲房浮在淡赭的汤汁里，浅浅地尝了一下，应该是鸡汤做的底，有干莲房的药香，汤很浊，好像有淮山的细渣沫，口感绵厚，有实物感，是一种能填饱肚子的汤。还有一道清炒桑叶尖。在此之前，我并不知道桑叶是可以吃的，而且它可以长得这么肥嫩，一片桑叶有巴掌大。这应该是一道可以洗肠子的菜，只搁了油跟盐，白盘里，碧翠养眼。我疑心吃完是不是就可以吐丝了。焖莲藕也让人印象深刻，没见过这么做莲藕的，切成大坨，焖熟，这么厚实，盐居然入了味，咬开，甜糯香软，有粉晶晶的细珠子，莹亮亮的，这是藕淀粉。没有丝，没有筋，一整坨细腻的甜糯疙瘩，容易一口气连吃几坨不抬头。本地莲藕，比我们平常见到的要小很多，小小一节，鼓胀圆实，观之可爱。这个菜是上爱村的第一书记洪建武五岁的儿子吵着要点的，看来小家伙并不是第一次吃到。这顿饭吃完有一个很深的感受，客家人面对做菜这件事，在“饱”字上做足文章。光是吃菜，它就要让你饱。这应该是农耕文化由来已久的习惯。

我其实非常熟悉这样的菜。我的出生地，湖北的一个小乡村，很多年前，在这一点上跟翁源毫无二致，一瞬间，我仿佛触摸到一类人的灵魂。那么滚烫。我的父老乡亲。

跟江尾南塘村第一书记时天永聊起这两天所见。我问他，南塘看不出一丝贫困的痕迹，你让我写什么呀？他笑着说，现在已经在做的乡村振兴的工作啊。贫困户都已有保障，我们在努力不让他们重新返贫，引进产业。见服务员过来收拾盆碗，我说，安排贫困户来这餐厅就业，或者去民宿那里打工不就可以了吗？时书记一听这话就急了，他说，塞老师，你这个思路不对，很不对啊。

我疑惑地站起来。

我们南塘打造的客家文化休闲旅游项目将来是要打开门对外做生意的，需要的是专业的、有职业素养的工作人员，不能因为要照顾贫困户就把他们硬塞进去，你要知道，大多数贫困户他们连普通话都讲不好……他做了大幅度的手势来强调我的想法是荒谬的。

这回我被呛得心服口服，果然凡事不能想当然。于是我做了一个恍然大悟的表情来缓解尴尬。先前就听闻时书记能力超群，他所在的南塘村是翁源扶贫成果的牌面，省领导来参观调研，来得最多的就是南塘村了。我问他，那你跟贫困户打交道一定有不少有趣的故事吧？

他沉吟了一会儿，果真讲了一个。

南塘有位六十多岁的残疾老人叫沈慈良，他在四十多岁时遇了车祸，折了一条腿，从此就失去了劳动能力，打了一辈子光棍，到六十岁时却无法申请五保。原因是，法律上他竟有一个儿子。原来这沈慈良年轻时被一个女人骗了婚，那女人先怀了身孕，骗人接盘只等生一个合法的孩子。一纸婚书到手，人就走了。时书记觉得只要拿到DNA亲子鉴定书，这个五保是能够申办下来的。他说，个中沟通颇为复杂，费了些周折，最终他自己掏了三千块去帮老人做了亲子鉴定。沈慈良也成功申请到了五保，如今，他在湖心坝人家这里看门，天天乐呵呵的，无忧无虑。“一看到我嘴角就咧到耳后根。”

这个故事所透露的信息太具有爆炸性，他却说得如此平淡无味，我想，他可能只是想淡化自己的功劳，或者说，羞于去浓墨重彩地讲述它。我却两眼发光，恳求他说得更细致一些。他冲我翻了个白眼：文学家的臭毛病！就知道你兴奋的点在于骗婚那一段。偏不讲。

这顿饭吃下来，我对十二位书记所驻的村子有了一个大概的了解。其中坝仔镇的芙蓉村和上洞村似乎很有特点，因为时间紧，我不可能深入到十二个村子里去。至于聂秀梅，她太耀眼了，走近这个人，是我此行的重大收获。芙蓉村的第一书记叫王国华，胖胖的，人很有想法。上洞的卢兆川书记是一个沉稳寡言的人，但只要一开口，他的话全是有效的实在内容。王国华书记跟我说，塞作家，我这一辈子最幸运的是做了两个决定，第一个是当兵，第二个就是来翁源扶贫。

仿佛在一堆乱麻中找到了方向，思绪清晰起来，我原先还以为，此时来翁源很不凑巧呢，三华李过季了，水稻已入了仓，连鹰嘴桃也到了尾声，毕竟快入秋了。那些在新闻上看到的农业丰收的景象以及水果在树上长势喜人的画面我是见不到了，我着实还遗憾了一阵子，如今看来，是我狭隘了。

二、这里的每一寸土地都不应该被辜负

王毅轩队长第一次带我去拜访的是坝仔镇的芙蓉村，第一书记也姓王，所以大家都叫他芙蓉王。长安驻坝仔镇有六个村子。车开得很慢，沿途可见成片的桉树林。已经加工好的人造板、细木板成捆成捆地码在地里。白皮蔗和黑皮蔗裸露着白霜的粗壮枝干立在夏末的骄阳下。空气纯净，视野空旷无碍。大片大片的三华李树蔫头耷脑地长在公路两边，叶子打着卷，憔悴得像刚刚生育的产妇，甜玉米已收了一茬，地已翻新，正在吸水，还有一些未拔尽的禾桩，零星的农人戴着尖顶斗笠在地里劳作。忽然听得瀑声，王队说芙蓉村到了。眼见一方矮瀑急流入一潭碧水，这里没有一家工厂企业，潭水可以直接用手掬捧入口畅饮。满眼绿畦，蔬菜瓜果自顾自地长着，蜻蜓乱舞，撞着车窗。一两头牛卧在地边，缓慢地咀嚼。

王队长在车上给我讲了一个小故事。年前的一个晚上，驻坝仔镇的四个第一书记在江尾镇开完会后返回坝仔，四人同车，突然开车的柯书记说，兄弟们，路边好像死了个人。车继续开着，大家都把头探到车窗外，果真看到一个人直挺挺地躺在路边，距离白实线大约二十厘米。

车已经开过三四百米了。众人一致认为应该掉头回去看看。虽

然当时有点担心，怕被讹上，但还是掉头了。四人到了那个躺在地上的人跟前，给120、110打电话，芙蓉王来自卫生系统，对急救有些经验，于是对病人进行胸部按压，大概三分钟的时候，病人呆滞的眼睛终于有了反应，随后120和110都到了，病人被抬走。

原本有情有义的一个好故事被他讲得干巴巴的，索然无味。也许他认为，作家此次前来不就是搜集这方面素材的吗？遇到这种事情，我们的扶贫队员不可能熟视无睹啊。如果讲得声情并茂、文采斐然反而会显得很奇怪吧。我忍不住笑，心里想，这个人真可爱。

关于此人的可爱，后面还会有一些。

芙蓉王在村口候着我们。翁源每一个村委会几乎都是一样的装修。铁门进去是一个小院子，水泥地面干干净净。两层楼，屋顶顶着红色的“不忘初心，牢记使命”的牌子。文化宣传栏，组织架构栏，电动车篷，专门设了个第一书记办公室，配了一个本地助手。

我说王书记，这照片上你没有那么胖啊，他笑着说，为了能够迅速融入本地人的生活，我跟他们一起喝一种高度数的土泡酒，天天喝，这酒特别上头。他还告诉我，要敢喝他们的酒，放开情怀跟他们一起大醉几场，客家人才会把你当朋友。这才有可能聊到后面的事情。我说，别人扶贫都累瘦了，你倒好，在这里长一身膘。芙蓉王一听不乐意了，哎，塞老师，我来之前可没那么胖的，这身肉要算我“工伤”。

芙蓉村引进了一家大型的蔬菜种植公司——美青农业公司。流转了七百亩土地，主要种植甜玉米，每亩一年给农户八百块租金，雇本地农户干活，每小时十块钱。这是坝仔镇通过土地流转引进产业最成功的一个村子。芙蓉王是这个项目的引渡者。他说，他尝试了很多项目都流产了，以芙蓉村的资源和条件将来可以开发很多项目。比如矿泉水、蛋鸡养殖、酱油厂，这些都是有资源的，但受限于种种外在的因素，所以没能达成。

当天，美青公司的阮老板也在村委会。他是美籍华人，在美国从事了十几年的农业种植，有专业的团队种植经验，全套的现代化设备——无人机喷药，拖拉机收割。在韶关始兴县有两千多亩的种植规模，除了蔬菜还有水稻。阮老板说一口难懂的广普，五十多岁的样子，一脸褶子，生得矮小，不多话，一副忧心忡忡的样子。他此次来的目的是要求村委尽快解决“花地”的问题。

什么叫“花地”？原来土地流转也有钉子户。这些人的地间或插在这七百亩地的中间，美青的种植要求七百亩要形成一块整体。否则在喷药、施肥、排灌的时候容易与钉子户引起纷争。村干部想方设法拿更好的耕地去换掉那些农户的花地，但都失败了。

我心里想，这是一件多么令人头疼的事情啊。对方的话已经摆在桌面上。要知道任何地方的钉子户都是最难啃的骨头。村支书刘锦太发话了，说是让阮老板放一百个心，已经解决了这个难题。我忙低声问芙蓉王，支书到底是用了什么法子。他笑着说，在客家文化里，乡绅说话往往比村支书更有分量。村委会做通了钉子户家族的那位德高望重的老太爷的工作，晓之以理，拿着省里的红头文件去跟他说，扶贫是国家的大事，我们不要去做拖后腿的人，更不要去做家族的罪人。一般来讲，乡绅是讲道理的，要知道千百年来，正是乡绅维系着乡村的伦理、道德与某种社会秩序。

这件事忽然抹上了异样的地域文化色彩，很是让我好奇，忽然很想见见那位讲道理的乡绅，我印象中的乡绅还停留在戴瓜皮帽、着黑马褂、叼着烟斗的胖老头这个刻板造型上。

正说着话，一位老妇探着头进来，用客家话说，家里的电视没有信号，让村干部派人去看一下。村支书走到门外喊了一个人的名字，一会儿工夫，从二楼跑下来一个小伙子带着老妇离开了。

这样的小事村干部也要管吗？我问。

全面覆盖电视网络是扶贫的一个指标，当然要管。

我还是有一些问题没弄明白。因为在我看来，土地流转是一件特别不可思议的事情，农民怎么会把手中的土地租出去二十年？土地是命根子，是他们紧攥在手中的命根子，我无法想象没有了土地的农民会是一个什么样的生存状态。土地流转政策是强制性的……铁腕行为吗？满腹疑窦，不好明说。我只好怯怯地问，土地流转给农户每亩八百块一年，农户会不会太吃亏了？

村支书刘锦太给我斟上茶，说这茶是后山上的野生茶，产量极少，手工炒的。那山顶常年有雾，光照强，是少有的高品质茶。我端着茶盅看，质地似红酒，呷一口，沉郁的药香。

村子里的年轻人都去外面打工了，土地没有人种荒了太可惜，租给别人种一年才两三百块一亩。刘支书说，流转的只是耕地，农户手里还有山地、水田呢，就只有老人们在家，他们哪里种得过来？

美青公司看中了我们村的地，肥沃、平整、灌溉便利，他们给出了翁源县土地流转的最高价格，一亩八百块一年。我们专门组织了村民去始兴县考察，人家在那里有两千亩的规模，而且是干了十几年的大公司，有成熟的销售网络和专业技术团队。回来后，村委会干部反复讨论，这件事如果能谈下来，村子怎么都不亏啊，就算对方失信不干了，跑了，这土地他们能带走不？他们建的设施能带走不？

没有规模的种植，单打独干，没有产量，土地出不了效益；

没有专业稳定的销售网络，市场不明，农民种地就是赌博，甚至会血本无归。可是你想让农民把土地放出来确实是一件不容易的事情。

这是很特别的，甚至是难以解释的某种根深蒂固的情怀，明知种不了，甚至宁愿看着它荒废，也觉得土地攥在手里有一份安稳和保障，这可是几千年来农民相依为命的东西。一旦要租出去二十年，大家难免有点迟疑和不安。

二组组长带头签了土地流转合同。他把自家去年搭的吊瓜架子全拆了，损失六千多块，没有得到一分钱补偿。美青公司那个时候刚好在翁源成立了粤港澳蔬菜基地，是政府牵的头。我们把新闻给村民看，给他们吃定心丸。芙蓉王甚至想到让美青公司在村委会租一间办公室，让村民相信他们长驻村里。副支书在村民打牌的地方私下听取村民意见，反馈的信息是绝大部分村民同意土地流转。我们有了底，才正式跟美青谈合作。但最终还是有两家钉子户。

并没有用强制手段，村民是自愿的。也许荒废土地是一件特别罪恶的事情，这一点他们懂。

美青在今年年初就正式进来了，他们带来了专业的种植团队，第一茬玉米在七月初已经结束了，采收的时候，工人戴着头灯，从午夜掰到天明，清晨新鲜装货发车，五天工夫全部批出去了。他们租了农户的房子，农家乐也开起来了。村委下一步要建仓储和冷冻库来租给美青公司。

阮总插了句话，其实专业掰玉米的，即使是黑夜也不需要头灯，一株玉米只保留一个棒子，所有的玉米都差不多长在同一位置，工人的手一路顺过去，丝毫不差，一个不漏。

在芙蓉村午餐，阮老板请客。此时他舒展了眉头，告诉我说，在翁源有了产业后，他多次接受媒体的采访。他说，我原本是一个口舌很笨的人，不会讲话。可是，就因为有了这种锻炼的机会，我现在在镜头跟前很能说，也不怕对着镜头了。我其实在微信上看过那些新闻报道，说他是翁源的扶贫带头人。

我问，阮总为什么会看中翁源的土地？

他放下竹筷，清了清嗓子。仿佛是为了表现自己很能说才起的范儿。塞作家，你不知道吧，翁源是省重点扶贫县，进驻贫困村的产业、公司能申请到政府的项目补贴，还能享受一些优惠政策。可是呢，我并不是冲着这个来的，我是专业做农业的人，这是我的专长。翁源在韶关的南部，全年没有霜冻，作物生长期长，玉米可种两季。它靠近广州，物流便捷。它不靠海，又没有台风的风险，你不知道，我曾经在海边种植过玉米，台风一来，全部扑倒，一棵不留。农业，即使是在如今高科技的时代依然要靠天吃饭。你看今年的三华李，在收获季节碰到雨季，雨连下半个月不停，果子在树上爆掉了大半，果农损失惨重。

翁源是做农业最理想的地方，可谓黄金宝地，每一块土地都不应该被辜负。它没有工厂，土地、水、空气没有被污染，种出来的蔬菜、粮食是纯天然的，口感好，可以卖到好的价钱。你在当地雇用工人，他们会一心一意为你工作，不会分心，因为也没有别的选择，他们会非常珍惜这份工作。客家人，是最勤劳、最质朴的族群。

一席话听下来，条理清晰，果真是很能说啊。接着，他开始“吹嘘”他的玉米品质。我们测试过，在翁源，一个玉米棒子可以长到一斤六两。我们的玉米大小非常平均，一个在一斤半左右。有产量，有品质，我们就拥有市场的定价权。现在每亩的产量是一吨，芙蓉村的七百亩远远不够。他告诉我，在芙蓉王的极力引荐下，隔壁的梅村也将流转五百亩。

突然想起，我们的谈话从头到尾都未提及扶贫二字，但却囊括了它的全部。他笑着问我，作家，我种的金银水果甜玉米，一亩产量一吨，如果批发价一块钱一斤，我能挣多少钱。我说一季的毛利一百四十万。他哈哈一笑，你可千万别当我是来帮你们扶贫的大善人啊，我是要来赚钱的。

我问阮总，可否让我去地里打一天工？我不要工钱。他把嘴朝芙蓉王一努：让王书记下午带你去吧。

回村委会午休。院子里无声无息，人皆已散去。芙蓉王在对面二楼的窗前吹笛子。笛声悠远、寂寞。他跟我说，他是来翁源之后才学的笛子，一个人身处异地，时常睡不着，唯有用笛声聊以慰藉。

我沉默不语。任凭笛声哀怨袅袅，渐渐地，我在沙发上眯着了。

一见到广袤无边的土地，我就心情雀跃，带上相机，冲上田埂，脱了鞋，跳进地里。有四五十个妇女在播种，她们戴着花斗笠，蹲在地边。修整好的土地，土肉肥厚，脚踩进去竟深陷其中，松软得像沙地。芙蓉王在我身后，他老远就跟妇女们打招呼。

啊，王书记来了，快看，是王书记来了。妇女们停下手中的活，纷纷站起身，向芙蓉王问好。

我惊讶于她们对他的尊敬，以及一种发自内心的欢喜：王书记好。

玉米种子已育好，现在要把它放进这个黑色的塑胶模子里，一个坑放一个，然后用土轻轻盖住。芙蓉王把我拉到一个七十多岁的老太太面前，跟我说，塞作家，这位是我的贫困户，她的腿不方便，但她可以干这种轻活。每天都来干个几小时，赚几十块钱呢。

老人看着我，这是一张我熟悉的脸。在我的家乡，在我去过的所有村庄，都能看到这样的一张脸，它备受岁月与命运的摧残，它有坚韧的沟壑，它有土地烙在上面的深深印记。她开口说话，却是一连声的“谢谢王书记”。我上前扶住她，只是扶住她，却说不出一句话。

我想，扶贫干部在长期与贫困户相处的日常里，有着点点滴滴的感人细节。即使她们什么都没说，我也感受到了全部。

种播好了，一位健硕的妇女拿起水壶快速奔跑起来，她跑完一畦，就浇好了一畦。动作飘逸流畅，身子像舞者那样轻盈。

在另一边，有两个中老年妇女在用细竹筛子筛土。边摇动手臂，边低声说着什么家常。我凑过去想试一下，她们笑着把竹筛递给我。我问这活每天都有得干吗，她们说每月能干二十天左右吧，可以赚到一千多块，语气甚是满足。突然地，旁边那一块地，王书记跟妇女们因为一个什么笑话，一个个都笑得前俯后仰。

我似乎并不愿意把这一段写成一种田园式的伪浪漫。但是，我的确感受到这劳动中有某种藏不住的快乐。没有焦虑，没有腹诽抱怨，仿佛她们只把农活当成了一种消遣。这难道是雇工身份与农民身份的一种区别吗？

几声响雷在头顶隆隆而过，天要下雨了，刚回过神来，雨已经下来了，又大又急，而太阳依旧。我急得往田埂上跑，她们冲我喊，别跑啦，很快就过去啦。我一回头，一幅奇异的画面出现在眼前，她们穿上自带的塑料雨衣，一个个站在土地中央，一动不动，雕塑般地，像是长在那里。这场面太震撼了，它本身所带的那种意味让人着迷，像聆听、像祈祷，像对土地、对劳作的一种匍匐于地的敬畏。我仿佛看到我的父老乡亲也身在其中，他们也一样，对这土地有份虔诚与深沉的爱。我不觉流下眼泪。抬头，一轮炫丽的彩虹悬在天边。

三、一股股汇聚着的力量

在江尾可以看到大片的桑园。矮矮的，一眼望去像是荨麻，风吹过，翻起阵阵碧浪。原来喂养蚕的桑叶并不是从大桑树上摘下来的。地里种的是桑树的幼苗，等到它长到两尺多高才是叶片最为肥嫩的时候，用镰刀成捆地割回家，然后直接撒在竹匾上，蚕会自己跑上去吃叶子。长和茧丝公司有一个车间专门烘烤生茧，在门口就能闻到蚕蛹的臭味。走进去，却发现这不是一股刺鼻的臭味，而是某种肉蛋白烤熟之后又坏掉了的腐腻体香。工人用铁铲把烘好的茧装进麻袋，他们似乎一点也不讨厌这个气味，而同行的几个年轻人跑到门外去疯狂呕吐。年少时，我们都有过用火柴盒养蚕的经历，目睹它羽化成蛾的整个过程。然而此次前来却发现，我对这小小的虫子知之甚少。桑蚕是翁源很重要的一个产业，像信达、长和这样的公司就是专门收购、浅加工蚕茧的商贸机构。

坝仔镇上洞村的贫困户是以入股的形式与信达公司合作的。信达在上洞有桑园五百亩。桑园一般在山地，远离蔬菜耕地，因为蔬菜种植会喷农药，如果离得太近，难免会沾到桑叶。那样就会发生可怕的事情。

我跟上洞的第一书记卢兆川讲，希望能够在一家贫困户家里住两天。他安排妥当之后就休假去了。从江尾到上洞每天只有四趟车，我起了一个大早，赶上了早班车。到达上洞时，车上只剩我一个乘客。上洞的老村支书许望祥迎接了我。他刚刚退了，现在在任的是一位90后的新支书，叫刘文浩。

许老支书带我参观了上洞的七仙子茶园。六百亩茶园，是一位叫罗文的老先生七兄妹经营的，租了五十年，长期雇用村民除草、施肥、采摘。茶园在半山腰，气派的办公楼门前停着豪车。罗老先生让我们品了新茶，可惜我素来对红茶不感兴趣。听说这里也种植了广东名茶英红九号，于是我提议去看茶园。几百米的百香果长廊，头顶缀满了密密麻麻的果子，抬眼一望，仿佛星星的眼，有一些掉在地上，老先生俯身一一捡起，他递给我几个，说，别看皮皱了，没有坏。我笑着摆摆手。老先生步伐矫健，一路告诉我一些植物的名字，这叫红茶果，这是芭乐，这是杨桃……我们一直走到了山顶，在望茶亭，放眼层层的梯田，听着风涛吹着单枞林，仿佛听见树叶与树叶间的低语。一路上有工人在除草，他们蒙着脸，看不见表情。上前问他们为什么要戴网罩，回答说，割草的电动镰在舞动的时候，草茎容易飞溅，会打伤人脸和眼。老先生接着说，他准备修一个紫藤长廊，做生态旅游，开民宿和农家乐。我都不太听得进去。我深知这类人在城市赚了钱之后，跑到贫困山区包山头做世外散人的那种文艺追求，如果他开通直播，一定会成为网红。一问为何与茶结缘，果然是退休后想回归自然，喜欢田园山林的宁静与自在。末了，他告诉我，这些工人是村里的贫困户，专门照顾给他们工作的。有十二个人吧。

听了这话，我惭愧起来，就在刚才，我对罗老先生多少是有些许恶意的。没错，我也有一个田园梦，我也想成为山林之王，只不过，眼前这个人实现了，我泛起了点点酸醋意。然而，就是这样一个隐居山林的种茶人，对中国脱贫这件事都没有置若罔闻。太多民间的力量，如同这细小的溪流汇入这个大事件的洪流中，太多的人和事，我们都没能记住。

下午我们去了猕猴桃种植基地。园子有五百亩，租了三十年。猕猴桃三百亩，百香果一百亩，水晶梨一百亩。许老支书告诉我，他的前任老支书跟村里的几个人合伙承包了这片园子。我说，上洞真行啊，三代村支书奔在脱贫一线。刘老支书见我们来忙把我迎进办公室，给我们拿了几个新鲜的猕猴桃和黄金百香果。我从未吃过这么甜的猕猴桃，翠绿的果肉，晶莹剔透，沙瓤，汁液沾到手上竟粘住了手指，张不开。我知道从超市买回来的果子是放熟的，自然比不了这里的甜。此外，我还发现了一个秘密，原来红心、黄心猕猴桃并不是进口的，它们有可能全是土生土长的国货。黄金百香果，不用吃它，拿在手里只闻香就让人醉了。

刘老支书带我进了猕猴桃园。这猕猴桃树倒像是葡萄树，牵了钢丝网，是爬藤的，叶子也很像。此刻，它们硕果累累，一串紧挨着另一串，长得没羞没臊，滚圆赤裸，让人看着羞耻。老支书说这园子长期聘用了本村七个农民来打理。除草、施肥、喷药、浇灌，还要人工授粉，一百二十块钱一天。这猕猴桃树要三年才能结果，今年是挂果的第二年，但远未到结果的峰值。他指着百香果说，这东西太能结了，它不像别的果子结一季就完了，它是边开花边结果，一直结到冬天结不动了为止。

我吐了吐舌头。老支书真会说话。忙问这果子要怎么卖出去。老人回头，向山下看了看，说道，我们这果子啊是走电商的。小刘不知道来了没有，我不太懂，你一会儿去问他吧。

刘远清，回乡创业的年轻人。电商。一切都衔接起来了。熟悉的味道，这标准的脱贫新闻素材里的人来了。他看上去三十五岁左右，头发异常蓬松，一笑咧着张大嘴。我问他话，他心不在焉，一个劲儿地问我手机里那些猕猴桃的照片是怎么拍的，还说，他们做宣传的产品照片没有我拍得好。

我只得告诉他秘诀：你只要镜头靠得够近就能拍好。其实这句话是摄影大师卡帕说的。他如获至宝，一口气跑进园子，不到一会儿工夫，他下来晃动手机里的猕猴桃照片兴奋地炫耀说，我拍得比你好。

真是一个欢脱的人啊。

说到正题，刘远清告诉我电商只是刚刚起步，但收益相当可观，因为目前猕猴桃的产量没跟上来，所以只限在广东省内售卖，物流距离短，他可以让果子在树上长得更熟一些，含糖量更高一些才采摘。他带着我去了冷藏仓库，那里还囤有水晶梨，估计想要囤一个好的价钱吧。这些前期的投入也有一百多万，而猕猴桃却要三年才结果，个中压力可想而知。但他似乎从未担忧自己选择的这条路。他说，今年的果子还在树上，可是订单已经满了。

电商是未来发展的方向，也是年轻人回乡创业的方向，我跟他说，你就是榜样，知道吗？他羞涩一笑。他不知道他所做的这一切意味着什么。他还没有学会面对媒体说话。

许老支书安排我住进了村委会一楼的一间办公室。里间有一张小床，洗手间的洗漱用具也一应俱全。他解释说，塞作家毕竟是我们的客人，贫困户家里的条件只怕是苦了你，我们怎么能安排你住进去呢？

好像反驳不了。我不再坚持。第二天约了卢书记的助理去拜访两家贫困户。

天色还早，饭后，我走出村委会大门，一个人沿着湖边散步。路是水泥路，修得宽阔平坦，干净整洁。天边有淡血色的霞光，远山如黛。上洞村四周都是山，到了晚上，凉风习习，往上走，有一个小小的公园，可以上去坐坐。迎面走来几个扛着农具的人往下走，待走近，他们问我，你好啊，你是我们卢书记的家属吧？我一听对方误会了，忙纠正，我是你们卢书记的同事。对方“哦”了声，叮嘱道，天黑了，小心蚊虫啊。我“嗯”了一声，道了谢径直往上走。心里暖暖的，被“我们卢书记”这五个字暖到了。

我拜访了两家贫困户。一家是因学致贫。男子有残疾，四十多岁，死了妻子，老母病重，需要人照顾，所以不能外出打工，有三个女儿在读书。他家是两层的楼房，客厅宽敞明亮，有沙发木几和茶台，还有大电视，厨房有冰箱。房间没有空调。但最引人注目的是，客厅两面墙上全贴满了孩子的奖状。两面，几乎铺满，三个孩子的，差不多有一百多张。他养了三个优秀的女儿。

教育补贴让孩子们读书不再成为家庭的压力。这人也在附近的屠宰厂当搬运工，地也租了出去。老母的病也有农村医疗保险保障。孩子们缩在房间里怕见客。此前，我一直顾虑，这种拜访从某种角度上来说是一种打扰，我围观了他们的贫困，还要让他们对我的造访表示感激。

但她们还是出来了，三个非常漂亮的少女，一个读高中，两个读小学。细腻白嫩，完全看不出是农村孩子，我非常清楚贫穷给一个人的童年带来的可怕阴影，它甚至需要一个人用一生去治愈。贫穷，年幼丧母，父亲残疾，我不知道这样的成长环境会带给她们什么样的心理影响。

她们允许我进了房间，墙上贴着蔡徐坤、王一博等偶像明星的写真画，房间收拾得很干净。我问，暑假作业做完了吗？早做完了。跟同学出去玩了吗？经常去，她们也经常来我们家里玩。我笑了，她们放松戒备，咯咯咯笑成一团。原因是，我牛仔裤的拉链开了。

是开朗的孩子啊，我松了口气。成绩优秀，应该也是自信的吧。

临走，我想了想，还是坚持把一个红包塞在老奶奶的手中。

另一户的户主是一位六十多岁的老头，他娶了个智障的女人。女人生活不能自理，但生了一儿一女。老人很木讷，见我们来，没说一句话，我也说不出一句话。女人尿湿了裤子，坐在地上用浑浊、呆滞的眼睛看着我们。男孩见有人来，翻墙躲避去了。我越发觉得这样的拜访有失文明。女孩子长得黑瘦，两道野生眉下有一双深潭般的大眼睛，她抖动着长睫毛尽量不与我对视。她沉默着。我们全都沉默着。助理告诉我，女孩和她哥哥的成绩很好，相关扶贫的政策都落实到位，政府全部兜底，生活上没有问题。

我问不出任何话，塞了钱就走了。我听见女孩子低声说了句谢谢。在身后，在我无法投注更多关心的身后。真的，我为这样的造访感到羞耻，我能做什么呢？尽管脱贫不是问题，但是，那种“你母亲是智障”这样可怕的成长语境该如何规避？钱也解决不了这个问题。只要一触碰就是伤害。一筹莫展中，心里寻思着是不是每年定期给她寄去一些卫生巾呢？能做的实在有限。

临走前，我会了会年轻的支书刘文浩，他是翁源最年轻的村支书吧。小伙子长得结实，健壮，而且思路开阔，很有想法。其中最让我惊讶的是，他不太认同土地流转的做法，认为集体没有收入，而且农民收益太少。“我比较认同村民入股的方式，这样集体和个人都受益。你看，信达这么大公司其实在翁源的投资并不多，但上洞却是最长久的一个。我们就是代种代收，村集体以百分之九的股份分红，贫困户是百分之八。村集体一年至少有四万收入。”

这三年来，村子变化太大了，道路、设施、引进的项目都让回家过年的年轻人刮目相看。他对我说，只有把村子建设好了，才能吸引年轻人回来创业。今年村子里的柠檬收益非常好，明年还会扩大种植规模，还要想办法搭建电商平台，在网上卖农产品。

有很多产业想进驻我们村，但我想的是，我们能不能让人家扎根下来赚到钱。这样才能让集体和村民受益，而不是圈了一波租金就不管不顾。

所有这些话语，早就不是处在脱贫的层面了。

从信达回来，我给卢书记发微信，我问他，上洞凭什么被列入贫困村啊？这不科学。信达年产蚕茧两万多斤，桑葚果一万多斤，一年收入一百多万，光一个信达公司就让贫困户脱贫了。

四、唱起来，舞起来

我第一次去聂秀梅办公室的时候她在开会，办公室有一张桌子晾满了花生。她助理告诉我，这是贫困户自家种的花生，今年大丰收，特意送过来给聂书记尝鲜的。我莞尔一笑，这一路看过来，我们第一书记在村民心中是最亲爱的那个人了吧。

秀梅的住处原本是一间年久失修的旧房子。屋顶墙壁渗水，她自己掏钱补了漏，还把房间装修了一番：贴了暗绿纹的墙纸；买了大床，挂粉红色的蚊帐；添置了大木衣柜、小冰箱。冰箱里面放了她的化妆品和啤酒。房间看上去性感、精致，不愧是聂秀梅啊，这事也只有她能干得出来。

她邀请我晚上住她那儿，跟她挤一张床，聊个通宵。能够发出这样的邀请，至少对我这个人是信任的。我问了她，为什么会跑这儿来扶贫？想换个环境呗，她笑着，直觉告诉我，她可能是为了躲避某种东西才来到这里的？见我疑惑，她大笑起来，你对我有偏见，其实我就是想挑战一下吧，一直觉得自己没有什么成就感，只是混日子，人也很焦虑。现在，我非常庆幸来到了这里。

龙仙镇河口村的村支书是一位与秀梅年纪相仿的女性。我发现，她们两个人相处得极好。这一点是多么重要啊，秀梅说，跟她做事凡事有的商量，基本上都是支持她的工作。她神秘地跟我说，这位女支书受我的影响很大，她以前做事拖拖拉拉的，没什么决断，也没什么主见，现在，我在这里跟她比着了，所以她不敢落后。哦，鲇鱼效应，聂秀梅用在这里了。

有一个五十多岁的老党员起初可能觉得秀梅是个女孩子，心里颇为瞧不起，让他学普通话，他倔得要死，不听。秀梅也实在听不懂他的客家方言。可是慢慢地，他看见秀梅带着党员、志愿者参与村里的大清扫，卷起裤腿，甩开膀子干，并不是个城里娇娘绣花枕头，疫情期间周末都没有回长安，坚持值班。她提议让四名党员作为致富带头人，与贫困户结对子，一对一帮扶脱困，把老头也拉进来了。她说话做事，粉面含春威不露，有股子杀气在，不是个软柿子。秀梅利用个人的社会资源募得资金十四万元，她把这笔钱全部投入到贫困户身上，给他们修房子，还四处托人，帮贫困户的女儿找到了工作。最终，那倔老头终于开始学习普通话了。

我终于明白了。她在这里找到了一种主场的感觉，这是人一生中最珍贵、最有价值的一种存在。聂书记来自大城市，能歌善舞，有想法有执行力，在他们这些人眼里是发着光的吧。

她是东莞著名的歌唱家，毕业于星海音乐学院，去年五月驻村以来，翁源县很多镇的人都知道从东莞长安来了一个会唱歌的第一书记。秀梅在长安从事群众文化工作，她到河口村时就发现这里的文化工作是一个巨大的空白。

尽管文化工作并没有被纳入扶贫工作的考核，但是秀梅还是想为此做点什么。

河口村毗邻翁源县城，每当夜幕降临，县城的人们都去广场休闲娱乐，跳广场舞。而河口村则是一片沉寂，人们早早熄灯睡觉，没有任何文化活动。先前，扶贫队就用引导资金在村里建了一个小广场，秀梅打定主意要把河口村的广场舞队组建起来。在这方面，她极有经验，曾策划主持过很多大型的晚会和舞蹈比赛。

于是她跟河口村“两委”商量此事，得到了他们的一致支持。当她在村里发起倡议后，没想到妇女们都非常踊跃地前来报名。

去年为庆祝新中国成立七十周年，翁源县组织了“我和我的祖国”全民健身广场舞展演。当时时间十分紧迫，秀梅手把手成功教会那些零舞蹈基础的妇女一支比较复杂的扇子舞。“她们每一个人都兴致极高，学得很认真，一遍一遍地重来，从不叫累。”秀梅回忆说，“当她们穿上漂亮的服装在舞台上翩翩起舞时，每一个人脸上的笑意都特别真实。我就觉得我所有的辛苦都值了。”

秀梅组建了河口村第一支广场舞队。妇女们也是第一次登上备受关注的舞台。从无到有，这是一种跨越。那天晚上，我跟她去了小广场。音乐早早响起，女人们陆陆续续从家里来到这里，老头们则推着婴儿车在旁边观望，孩子们在嬉戏、追逐，我和聂书记也加入其中。

当晚我们兴致很高，回房间后还开了啤酒，她拿出纸笔，跟我说准备用引导资金建一个文化活动中心。就在村委办公楼的隔壁，两层楼。她拿笔在纸上画着，一楼是图书阅览室，旁边弄个小咖啡座，二楼用于各种文艺培训，舞蹈、钢琴、绘画，也可以办瑜伽班，后面可以弄一张乒乓球台……她正比画着，我说，楼上各种培训会不会太吵，会不会影响读书？她说不会啊，这不正是我们长安图书馆的结构吗？我怔住了。突然地，一阵莫名感动。

接下来，我跟这个女人因为这个活动中心的装修问题争吵不休。窗帘的颜色，地板的材质，门的造型以及墙上的挂画，我们竟没有一点是意见统一的。我还反对那个角落弄成咖啡座，我觉得在农村谁喝咖啡啊，还是茶的受众广，甚至弄成英语角也比那个强。最终她生气地把图纸揉成团扔向我。

我意识到，唯有在这里，秀梅才有可能谋划这样的大事。几天后，她发微信告诉我，项目批准了。我们俩兴奋了好一阵子。因为我知道，换作任何一个人来这个村子都不可能想要建一个文化活动中心。

建一个文化活动中心就一定比引进一个能赚钱的项目差吗？当然不是。

紧接着，她说她写了一段歌词，需要我这个大作家帮她润色一下。但是，听她的口气，她对自己的歌词是颇为满意的。我拿到手，唯一能做的只能是赞美它。歌词如下：

相约河口村

来到龙仙桥，翘望滃江两岸，脱贫的春风迎面来，温暖河口幸福来，我们相约河口村，你我初相见，亲如一家人，长效机制兴河口，安康（河）同心奔小康。

走在龙仙桥，翘望滃江两岸，城乡融合大发展，美好生活你我他，我们相约河口村，客家笑容美，亲如一家人，长效机制兴河口，安康（河）同心奔小康。

老实讲，即使是假装哄哄她的那种奉承话我都说不出口。我先应着，想搪塞过去。哪知过了几天，她根本没再问什么修改意见，已经叫人谱了曲了，还花了一万块钱。随即她还发了一段清唱过来，我顿时惊呆了。天底下竟有这样的事，原来一个人的声音让再烂的歌词都能起死回生。她的声音太美了，纯净，有黄金般的质地，人说的莺之初啼就是形容这样的声音吧。

可是这人对别人赞美她的歌声早习以为常，我一通赞美后，她没什么特别的反应，只是告诉我，这歌准备录了。我在心里说，绝对，麻布袋绣花绝对也是一种美。我还能说什么呢，亲爱的聂书记，只有一点，我相信那绝对是真的，你的歌声配得上你对这份工作的热情。

秀梅的常规工作一样非常出色，她尤其关注贫困中的女性。她帮助贫困户何丽瑾申请了公益性岗位：村保洁员。在她的沟通帮助下，长安音协长期资助了两个贫困女生的生活，给每人每月八百块钱补贴。那晚在小广场，我们跳广场舞，我看到每一个人都向她点头说了声：聂书记好。

聂书记好。我也轻轻说一声。

五、再见翁源

最后一次跟大家聚餐。我突然在桌上说了很多话，我说了南塘好，上洞好，芙蓉好，河口好，还重复了几遍，说这几个村的第一书记好。好像大家都喝了点酒，王毅轩队长过来跟我说，塞老师，你只说这几个村子的书记优秀，那别人会吃醋的哦。我说谁吃醋啊。我啊……

王队，我让你帮我借一辆小电动车代步，你居然给我借了一辆高大的男式跨骑摩托车；我让你发一张全体队员的合影给我，可照片里却没有你自己；我跟芙蓉王因观点争论起来，你跟我使什么眼色啊，哦，别以为我不知道，你是怕我跟队员闹僵采访因此受阻。对了，我向你借了五百块钱，最后还了没有啊。

真的太感谢了。我多次无理地要求你开车带我四处采访，而你真是一个如沐春风的人啊，总是跟我讲道理。

我想起了第一天来到这里时，一位出租车司机跟我较劲：我们翁源可不穷啊。诚然，翁源不穷。这片土地在这个时代遇到了这么好的时机，这么好的人民，还有这么可爱的第一书记，对于他们来说，处在这样的位置，共同做了这样一件事，见证了时代之伟大，是人生的大幸。我在这里看见了光，还有温暖，我身在其中，觉得自身像是历遍了千千万万的人，他们从贫穷中走出来，走进光里，融进光里。我替我苦难深重、悲凄流离的祖祖辈辈一一活过。向这片生我养我的土地祈祷致敬。

散文小论

2004年我开始写作。在此之前，我从来没有想过会成为一个作家，写，只是表达或者倾诉，诚然，这样的写作跟自己的个人经历息息相关。我把文章贴到网络论坛上，人家说，我写的文章叫作散文。

于是，我成了一个写散文的人。一写就是十几年。

实际上，在我的意识里，我没有文体的概念。我并没有事先预设要去写一篇散文，或者去写一篇小说。我不知道这两者的区别，也不想知道。但是，有那么两三次，我像往常那样把所谓的"散文"投给杂志，编辑说，我把它当成小说发，你有意见吗？

这能有什么意见？它是散文还是小说，对我来说不重要。

一、关于我

之所以屡屡发生这种情况，是因为我的散文有相对完整的叙事结构。所以，当小说读似乎也没有问题。这么多年，我一直在写“我”，并且，我已经“我”了上百万字。很多人问我，这种以个体经验得以维系的写作，真的不会枯竭吗？我笑了，他们不知道，我，除了可以泛“我”之外，还可以与现实发展的一切同步。每一天都是新的，“我”也是新的。

我说的“泛我”，是指，他者的故事用我向的、主格的视角去写。我曾说，我即众生。那么，这样的“我”怎么会枯竭呢？用第三人称的他者视角，会显得隔，而且，情感方面，很难有代入感。

二、散文的虚构和小说的虚构

然而，在写作过程中，这个手法并没有给我带来多大的愉悦。写作，真正的快乐来自虚构。但散文的虚构和小说的虚构不是一回事。有人说，你的散文都虚构了，那跟小说有什么区别。

区别大了。这个区别在于叙述的方式不同。小说，作家总不能突然跳出来发一通议论，抒个情，发一通感慨吧，不能边叙边议吧？小说所有的意图都是通过故事的推进去呈现的，而作家本人是隐在故事后面的，他不会跳出来评价身在这个故事中的人和事。

一旦进入小说的氛围，作家往往是不能随意篡改人物的命运和性格走向的。故事本身有它的逻辑，人物有他独立的思想，它的虚构是包圆了整个故事的系统工程。但是散文不同，它从头到尾是灵活的，作家本人可以全盘操控所有的文字走向，逻辑、审美、边界都握在作家手里。所以散文的虚构是碎片化的，临时起意的，是虚实相间的，它的目的是为了实现某种表达的效果。

打个比方，小说的虚构是主语和谓语。散文的虚构更像是定语和状语。

虚构，不是虚假。我虚构一个鬼怪，描摹出来，它还是个人的样子。

三、关于真与虚构

散文虚构了，就不真了吗？一个瓢，即使你描得跟真的一模一样，真是真了，那也不过是一个匠人的手艺。所以，在我看来，写个人经历的情感散文，即使打动了你，但从写作上来讲，其实它并没有多高明。有人把一个“真”字奉为散文写作的绝对标准，可是，丑陋、低俗、平庸，它们也一样很真啊，真，跟善恶美丑没有关系。

有人把真奉为散文的文本标准，意思是，散文这个文本不允许虚构，那么，散文的写作注定窄化，囿于一隅。除了写作内容的真，还有情感的真。你如何判断一个作家情感的真？一个悲剧，按照逻辑和审美的严格推理，作家的表达必须呈现悲哀、痛苦，心如刀绞。可是，作家本人，未必真有那么悲哀、痛苦，心如刀绞。这种情感的虚构完全可以凭技法去演绎，那么，谁能看破这样的散文情感虚构？谁去定义它？而且，修辞本身，夸张或者变形，这也是虚构的一种。

作家像演员，是千面人。

所以，散文如果不允许虚构，这要如何做到，如何鉴别，如何定义？

散文的真，是一种品质标准，而非道德标准，更非规则。

四、为什么在散文中虚构

我理解的虚构是，它冲破了既定事实的母本，以犯规之姿达成了想象之马的意形。最终它定格于满足表达想要的效果。写作，如果只是画瓢，抄袭现实，复述经历，那可以休矣。

每一种写作其实都是概念先行。

一个悲剧，所有的人都死了，绝望，黑暗，冰冷。那么我呈现这个灾难有什么意义？那不如把它交给新闻就好了。此刻，我会虚构有一个人活着，他被人从灾难中拯救出来，我需要他把光带进来，我需要这个人点燃希望。虚构这个人活着，并不是否认这个悲剧的发生，更不是颠倒黑白。虚构这个活着的人，只是为了完成作家的写作意图：让人看到温暖与善意真实地存在于人间。

散文写作，如果不是由我来拟定每一个字的使命，不是由我来勾画叙事的走向和人物的命运，不是由不可控的想象之翼带着激情游走于字里行间，那么，散文写作只是在搬运现实的文字尸体。

我得再举个例子。

现在我了解了一件真事。东莞一家劳务派遣公司的老板从大凉山带回来一个十四岁的女孩（因种种原因，他选择将女孩带出来），因工厂风声紧，不收童工，所以，这个人就安排女孩住进了自己的家，这引起了左邻右舍的猜疑，有人想举报他拐骗幼女。最终这个人只得将女孩送回了大凉山。这个材料拿到手，如果如实写，那它真的太幻灭了，令人窒息。如果允许虚构，那无边的想象和激情足以让人发疯，它可以发展的方向太多了。好了，第一时间就想到不伦之恋的人可以滚了，虽然它可以写成一篇很好的文章。

我相信，很多人会从男女感情的方向着手，它的确是一个常规的切入口。可是，我拿到手，却希望这个人不要把女孩送回去，而是要把她送进学校。但最终他的种种努力失败了，这个城市的学校，都没能接收这个文盲女孩。为了避免女孩进工厂沦为童工，这个人和他的妻子决定亲自教她学习，直到她成年。

我之所以要写这样的故事，是因为，我真的希望这个愿景可以成真。我觉得我理解的文学应该是这个样子，那就是具有人性之光。

你是一个什么样的人，就虚构什么样的故事。你心里有光，就不会虚构绝望。

那么，这是一件多么美妙的事情。朝着想要的方向。

可是，写了这么些年，我发现有一些题材的确属于纯粹的小说。小说之于我，那是别人的故事，即使有我，也是躲在幕后。

当我进入写作的时候，这个“我”就会跳出来理论一番，或者是，跟里面的主人公打架。这样的写作，对我来说，让“我”憋住，把“我”摁住，或者是穿上别人的衣裳，用别人的嘴去说话，这都让我难受极了，写作也难以为继。

于是，这样的一种散文诞生了。它绝对不是小说，但是，它为散文写作提供了一种可能。

隐匿者塞壬

申霞艳

当作协提供资助让作家们可以名正言顺地“挂职”“体验生活”时，塞壬却悄悄地用黄红艳（原名）的身份证回到工厂。和我们起个笔名不大一样，黄红艳和塞壬代表着她的不同自我、不同身份、不同的社会认知。她站在命运的流水线中，塞壬这头是“我们”，那头是黄红艳“他们”，写作沟通着物质产品的生产者和精神产品的提供者。

“2009年，我结束了在广东九年的漂泊生涯，一个叫塞壬的写作者，她是这段匿名生活的终结者……我填写了一张东莞图书馆的入职表。但这次，我填写了真实的姓名、出生地、年龄，以及最简洁干净的经历。我一笔一画地写着，饱蘸着力量，仿佛要把字刻在纸上一样，永不再改变。面对自身的真相，我竟然感到茫然，太陌生了，陌生到可疑。这得要追溯到多少年前啊，眼前定格在表格上的这个人——黄红艳，她已消失了多年。”

是“黄红艳”培育了“塞壬”，没有黄红艳提供的广阔的生活养料，就没有“塞壬的歌声”。黄红艳居住在塞壬身体里，不时地提醒，她对明亮的散文新星的养育之恩。写作之夜，她们之间的交流格外明晰，甚至会吵起来。塞壬随时记录黄红艳的心声。书写让她脱离了漂泊不定的打工生活，在图书馆有了体面的工作，大量的闲暇时间使她可以跑步、喝茶、观察、读诗、思考、写作。她也感受到了现代病：安逸、富足、舒适，但不知道哪里不对劲，莫名的焦虑、无聊、提不起劲。现代病是另一种困扰。仿佛，塞壬又听到了黄红艳的喊叫，要她从“我们”回到“他们”中间去。有如神启，塞壬抓到了救命稻草。

为抵御春光带来身体的慵懒，抵制富足对神经的销蚀，抵制她对黄红艳的淡忘和漠视，塞壬放弃惬意的香云纱长裙，放弃喝惯了的好茶，放弃刚刚收拾得贴心合意的家，换了低版本的手机，到流水线上过了一个“浸泡式夏令营”，重历生产商品的流水线，感受长时间、几乎不提供创造意义的工作对身体的压制。她以“匿名者”的身份扎扎实实地工作了一个月：穿便装，吃饭堂，住女工宿舍，不准刷屏，不准离开厂区……完全按一名真实女工的标准严格要求自己，是担心一个月满了要交社保泄露身份对工人同事造成伤害才不得不辞职。

塞壬是在生活，不是在体验生活。她为黄红艳回到工厂，重温那远去的然而熟悉的打工生活。她永远也不能忘记写作的种子最初是怎样萌动的。对于写作和生活的关系，千百种理论论述也不及她的回顾深切。她的诗、她的散文、她所写下的每一个字都是对生活的咀嚼，是对打工妹黄红艳的深情回馈。

我和黄红艳是真正的同龄人，不只是生理年龄，更是心理年龄。我们有差不多的俗气的姓名，有差不多的成长环境，最后都从外地来到广东生活。我熟悉她写的半边户、农转非、全民所有制、集体所有制等术语的切实所指，也知道整整九年在珠江三角洲流离游荡的意味，我们也许搭过同样的长途汽车、绿皮火车、摩托车，呼吸过同样的灰尘，甚至同时站在珠江边无声感慨。同一种沉重、同一片孤独曾经笼罩过同样的我们。

不同的是高考的绿色通道让我搭上了南下的快车，拥有了工作的敲门砖，我不曾亲历过下岗以及此后延伸的一切：在长途汽车站、火车站出站的时刻不知道要到哪里去，漫无目的地裹挟在天南海北的人流中；离开一座城市将出租屋里置办的简单家具变卖，得到一笔五味杂陈的残钞百感交集，又急忙将这沓散发多种油腻气息的零钱用掉；出租屋旁总是有没洗脸的土豆般的孩子在地上打滚；刚刚大打出手的夫妻或者未婚夫妻突然情欲勃发来不及关上门就抱在一起；保安和自己的妻子在仓库过夫妻生活被诬陷为嫖娼不得不接受高额罚款……撕心裂肺的哭声，掩面而泣的泪水，一次接一次的别离，为生活忍辱、奔波、叹息。“2005年，我不停地游走在东莞的常平镇、厚街镇、虎门镇之间。两年之后，我将那一段经历用了一个‘飞’字描述，飞翔、飞奔……我说了飞奔，这风尘仆仆的表情，照见一个人的倦容，照见一个肉身的姿势”(《在镇里飞》)。九年中，她身旁经过千万双赶路的脚，她见过成千种面孔、上万种表情，鄙弃的、冷漠的、不屑的、嫌弃的，不一而足。得过多少奖、专家的肯定和读者的热情都不足以抵消积聚在体内的寒冷，她依然不由自主地将手指伸进口中用牙齿咬指甲，经过这么多年安逸的日常生活的修复，她的身体依然一不留神就暴露内心的紧张。小时候过河，我心爱的凉鞋掉了一只，我就是这样对着河水将指甲咬得鲜血淋漓而浑然不觉。塞壬大概永远也不能与外部这个富饶的物质世界和解，她受过的伤、心灵的不安都烙印在身体深处，藏在这个咬指甲的举动中。

作为70后，我们不大容易忘记“独木桥”“天之骄子”这些已被打入冷宫的词。《消失》记述少女苦贞的凄苦命运，由于父亲去世，大学梦随之中断，如花的年纪独自挑起家庭的重担。“只有上大学才可以改变命运”就是我们这一代的命运。在二十世纪九十年代后期大规模扩招前，我们的大学录取比例一直没超过10%，也就是说还有90%的人无法踏入大学的门槛。打工成为这一代绝大部分人的选择，所以，打工文学的潮流会率先在打工者聚集的珠江三角洲出现。能否顺利地接受大学教育也是70后、80后作家的一个很大的不同。

让我们来看看黄红艳的自述:“我的父亲是钢铁厂的工人，我的母亲和我们在农村，我们家就叫半边户……母亲们和她们的孩子都是农村户口，城市不属于她们。”必须回到当时的历史语境中才能明白户籍制度的内涵，想想《人生》中的高加林老师的故事大约就明白了一半，再看看梁惠王的《户口簿》就全明白了，多少女性是为了户口将自己“卖”入城市的，多少人喜欢站在道德高地上指责她们，可是她们除了身体这唯一随年龄增长不断贬值的资源外一无所有。

高考、户口、求职，这是改革开放四十年的关键词，今天依然。就像阶层遗传，黄红艳也成了钢铁厂的工人，她甚至喜欢上了钢铁的气息，深深地依恋这种凶猛的味道，准备像父亲一样在幽暗的车间里安度人生。时间走到了1998年，命运突然对毫无准备的黄红艳亮出了底牌，她就这样被裹入下岗的大潮中。那是她“一生中最重要的转身”，真正面对生活洪流的开始，“我从没料到在我决定离开的时候会那样难过，我从来不知道我对料场怀有这么深的情感”。还没有来得及展开的恋爱就在匆匆忙忙的“献身”中夭折了，文学少女用小说的方式处理了自己的暗恋，将自己的初夜鲁莽地献给了暗恋的电工。她带着惆怅、释然和决绝离开家乡，开始她的成人生涯，迎接未知的摧残。九年的漂泊与风暴让她的写作“在广东与湖北之间游离与更迭”，最终孕育了她从黄红艳到塞壬的蜕变。就像她在两个地方和两个姓名之间穿梭所带来的混乱感一样，塞壬很快就捕捉到打工者对城市微妙的向往、倔强的拒斥与艰难的认同，“篡改的名字，伪造的经历，被切割的时光，频繁的迁徙，生活的碎片被扔在各个城市的角落”。打工将打工者的人生切片、重整，他们得学习用不同的表情应对陌生的城市，他们得在困苦、磨难和拒绝中挺立，“九年的匿名流浪生涯顽癣一般地真实，它混乱、落魄、阴郁、压抑还有疯狂，被厄运追赶，在困境中沉浮”。“九年”不是一个浪漫的名词，是三千多天，是难以计数的别离，是漫长的青春。塞壬将自己的散文集取名为《下落不明的生活》《匿名者》《奔跑者》《沉默、坚硬，还有悲伤》。居无定所，奔跑、踟蹰、愤懑、惶惑，城市时而冷漠，时而亲切，时而摇晃，时而呼啸，最重要的是一切都是未知的，待定的，无从把握的。这样的视野，不会是一个客观、安稳的描述，而是火一样具有无法克服的不确定性，各种矛盾的感情随时寻求爆发的缺口。“隐匿”“下落不明”是塞壬作品中的高频词，由此她发现了打工者的根本性处境。我们只在逛超市、逛淘宝时看看某个品牌的标志，并不关心背后是什么工厂，更不容易想起在每个具体的商品背后是成千上万的工人暗无天日的劳作。光鲜夺目的消费品连接着“我们”和“他们”，却也隔断了“我们”和“他们”。这就是社会学家孙立平先生所谓的社会的“断裂”。塞壬的写作呈现了这种“断裂”，并在一定程度上试图修复这种“断裂”。她站在命运的流水线上左顾右盼，观察时代的河流如何流经个人；看个人如何汇流为历史，审视宏大叙事与个体生命之间的关联与互动。村庄曾经是观察社会的窗口，托尔斯泰说写你的村庄你就写了世界。工厂是构筑城市重要的细胞，书写乡村对乡土文学产生的意义就是工厂对都市文学所具有的意义。

城市化已经让地球上越来越多的人生活在城市，中国亦然，我们的书写无法回避这个时代的重大问题。以千万甚至亿计的人口离开乡村来到城市，他们有时从一个厂挪到另一个厂，有时“蜗居”在厂区，日复一日，年复一年，为了工资被固定在流水线上。打工当然不自由，与高考高强度的“三点一线”的生活形式没有差别，差别在于希望。用五千元工资将你一个月的时间牢牢地固定在车间，此外几乎不再提供希望，梦想只能在五千元内部展开。他们不知道何时能够攒够成亲的钱，买房就不谈了，养孩子的学费，养老的钱……钱像一个套子，把每个人套牢。他们盘算着，盘算着……很大年纪了，还是没能离开工厂。很多人一辈子就耗在工厂里。工业虽然对整个世界的进步起了巨大的作用，但好像没有作品歌颂工厂，从《包身工》《春风沉醉的夜晚》到当代打工作品里，工厂都是一个巨大的黑洞，吞噬青春，吞噬生命力。工人受尽了欺压却不知道自己的敌人是谁，组长？拉长？老板？似乎并不尽然。全球化已经使单个的工厂跟无尽的远方联系在一起。技术垄断？平台？对手隐匿了，我们仿佛囚徒，只能在现行的规则下为工资卖命。比起靠天吃饭的农民、下黑矿的工人，东莞的工厂条件要好得多了，这就是科技进步给人类带来的意义。我至今还依稀记得很多年前我责编过的散文《羊》，讲述因打针致傻的淑兰的故事，她那凄苦无告的命运总是让我联想起萧红笔下无助的女性。在《消失》中，塞壬写下：“我看见了农民清澈如水的命运，那种深藏在丰收喜悦背后的悲伤：世代都无法改变的贫穷，靠天吃饭，像牛一样，有的只是原始的、体能的较量，终其一生，直到老死。”她无数次慨叹湖北老家农民流水一样的命运。

流水奠定了中国文学大半的风景，“逝者如斯夫”蜿蜒下来的对时光流逝的感慨占据了文学的半壁江山。生命本质是时间，是变化，时间与流水具有同质性，流动乃是现代性的重要特点。塞壬携带着黄红艳的童年经验、家乡的钢铁工厂经验和颠沛流离的打工经验走在写作途中。相比而言，东莞的工厂曾像一把伞，为工人遮蔽风雨；也曾像灯塔，照亮过彷徨起夜的人；工厂为那些失去航向的人，为各种遭际的卑微生命提供了一个安全的所在。所以工厂里总会汇集一批年轻的面孔，他们既担心自己微薄的工资无法支撑住漫长的人生，也担心自己离开工厂去创业容易走向歪门邪道。他们如履薄冰，害怕自己再也离不开工厂，害怕生命力在流水线上一点点地消逝。他们甚至不敢承担爱情。但是工厂里积聚的更多的是那些极具忍耐力的中年人，一是中国的人口结构已经被曾经的独生子女政策不可逆转地改变了，年轻一代的独生子女大多不乐意受苦，工厂根本无法招到数量足够的打工仔、打工妹；二是人到中年，经过了内心的挣扎搏斗期，他们像牛一样沉默、踏实、忍辱，心如止水，只计算自己每次加班的所得，比如七十元一个月的全勤奖，过了实习期的一千元奖金……组长、拉长这些“官员”即使用了各种言语侮辱下属，也还是会努力去为员工的全勤奖想办法。当“我”迟到要失去全勤奖时，拉长主动为我出具开脱证明；当“我”决定辞职，按厂规不能要到这个月工资时，他们集体千方百计地去游说，最终为“我”这个隐匿者争取到了应得的工资。这就是工厂的“领导”，虽然他们会因为拥有“权力”而不遗余力地侮辱工人，但他们和工人是利益共同体，他们不会忘记工资乃工人打工的根本目的。打工赚工资天经地义，至于“骂人”不过是语言的游戏，工人也学会让恶语像耳旁风，让侮辱随风而去。

在工厂，“我”是隐匿者；可是在城市，在南国的阳光下，这些流水线上的工人全都是隐匿者，阳光照不到他们，城市五光十色的消费生活中几乎没有他们的份额；就是在他们赖以生存的工厂内部，他们也都是编号和代码，他们的姓名、个性、遭遇和人生故事一点都不重要。他们的手与商品连接在一起，他们就是机器的一部分，他们是机器的延伸、工厂的延伸。他们的吃、睡都是为了工厂的再生产。他们的声音消失在机器的轰隆声中，他们身上甚至弥漫着工厂的气味，他们已经被高度机器化了。他们隐匿了。

一位通过写作改变了命运的作家，主动选择再度改变命运来成全写作，这对于很多职业作家来说都具有非常重要的启示意义。不能迷信自己的想象力，想象力的根应该植入生活的沃土。当年孙犁先生就特别强调过这一点。时代是瞬息万变的，要切实了解今天打工群体的生活真相，并呈现四十年来改革开放前沿阵地的变化，塞壬更信任身临其境，对于写作，感受永远比知道更重要。

写作就是对我们从各种渠道知道的事物进行重绘和重述，将整体性进行分解，将单一的身份共同体变成鲜活的群像，将各种数据恢复为具体可感的人物，将各种状态编织成故事……那些被编码代替的工人也重新活跃为一个个具体的生命，那些口吐脏话的管理者也有温情的一面，他们和我们一样也有梦想，也谈恋爱，也吃醋，不过他们更性情，会为爱大打出手，他们的小心思、小秘密跃然纸上，他们压抑不住的健旺的生命力溢出字里行间。这是塞壬通过与他们共同生活的一个月换来的，是真切的感受。我们也能感受到今天的她与打工者书写打工文学时的态度有了很大的不同。

二十世纪九十年代，打工文学在珠江三角洲悄然兴起，打工文学的书写者因为腹有诗书，普遍有怀才不遇之感，而怀才不遇正是中国文学传统中最普遍的，也是最容易引起读者共情的一种情绪。打工作家渴望改变命运，不能安于流水线。写作于他们是才能的展现，更是建构一种新的身份认同的方式。珍珠般的才华使他们在打工的队伍里面显得卓尔不群，他们似乎天赋责任要为打工者代言。这就使得八九十年代的打工文学具有鲁迅时代乡土文学的性质，暗含着启蒙的意味，渴望揭示打工者的处境。自由，从来都是照进现实的光，是照进文学世界的光。但打工曾经对千万高考失利的农村青年具有解放意义，让他们进入城市，开启新生活所具有的意义也在打工文学中被压缩甚至被屏蔽了。

高考关闭了人生的窗户，打工开放了一扇新的门。毕竟，城市也是乡村的“诗和远方”，工资是对劳动的抚慰，是对人的价值的肯定。世世代代的农民从不曾享受过每月得到工资的滋味，千千万万的农妇从未在默默无闻的付出中得到过半点赞赏。在乡村，我们见得多的是农妇挨打、被骂、喝农药、上吊……如今，工资让那些理所当然的劳动发出光芒，男尊女卑的秩序及其包括的一切都重新受到审视，“从来如此，便对吗？”这句话在这一代的心灵中发出深沉的回响。工作给人的意义，给生活方式带来的变化亟待重估。

我们被农业文明伦理浸润过深，重农抑商抑工的传统使我们含有深深的偏见。中国历朝历代积累起来的渔樵哲学和山水诗意深深地影响着整个民族的审美方式，乡土对于我们集体无意识有着深刻的规约作用，迄今我们依然没能建立一种真正的现代视角来对待城市文学、打工文学。我们的评论对于当今时代和文学的急剧变化捉襟见肘。

塞壬曾谈到《西游记》中面对白骨精化装成的村姑，孙悟空一眼就看出来了，而唐僧的俗眼只能看见村姑。观音娘娘说孙悟空看到的是真相，而唐僧看到的是心相。我觉得心相正是作家们要处理的对象、要审慎思考的对象，“心之官则思”，比起思维使用的脑袋，心更多地黏附着情感功能，七情六欲非理性，多与心灵相关。“我手写我心”，一方面心相妨碍真相，另一方面心相建立想象、建立虚构的叙述世界。我们能看到很多自恋的作家在作品中尤其是在自传、访谈中自我美化。心理学家早就揭示过我们的自我认知往往高于社会对我们的普遍认知，也就是说想要更为客观地认识自己，最好在自我认知的基础上打折扣，越是乐观主义者需要打的折扣越大。我们的心相就是由鲁迅为代表的乡土文学建构起来的，我们还没有一种平和的心态来对待与之异质的部分。塞壬再度回到工厂去就是警惕着心相的欺骗，警惕着共情能力的削弱。当初急于以写作者的身份挣脱打工者的群体，今天她要以重历打工生活来淘洗心相的种种遮蔽，她要摒除知识的偏见，直接去看见、感受和碰撞。在大会的空隙，听她和同行谈论散文写作，她的身体不自控地激动、战栗、手指发抖、表情瞬息变化，这是她身体无法掩饰的部分。灼痛的火苗落在我眼里。痛苦的经验、孤独的经验、离散的经验，也是现代生活的经验，是对这些不可复制的经验的独特书写，缔造了塞壬的散文王国。塞壬是看到生活的紊乱、黑暗、肮脏仍然热爱生活，她歌颂那种滚烫的生命力，带着罪与暗黑的生命之歌既有苦涩感，也有淡淡的回甘，复杂滋味浸透着每一个熟悉的词。塞壬谈到她写作的一个观点——标新不立异。我十分赞同，消费社会过于追求标签化，标新立异几乎左右着大部分人——消费者、作家和读者的头脑，诸多求新变成了求怪、求丑、求病态，使大家丧失了稳定感。标新不立异是“灿烂之极归于平淡”的隔代知己。标新让人时刻睁大发现的眼睛，不立异则要求人有一颗平和的心，去体会变化之后的恒常，发现亘古不变的一面，定能生慧。

塞壬的笔是召唤，是律令。那些被勾勒的人群和风景，慢慢向我们走过来，越来越近，越来越清晰：《羊》中打针变傻的少女，《消失》中辍学的苦贞，《悲迓》中喜欢唱戏的堂姐祝生，还有那让人难忘的祖母……她们共同建构起塞壬的西塞。在农业文明伦理的支配下，不自由的沉默的女性终于借她的笔散发出耀眼的神韵。祖母身上洋溢着的爱与美照亮了整个家族，就像《百年孤独》中的老祖母一样，旺盛的生命力的背面是承受力，无名的祖母们身上同样承载着整个民族国家的历史。也是在这一系列女性的人生故事中，我们慢慢触摸到塞壬的初心，那不会随时间和地域变化的部分。和祝生的唱戏一样，塞壬的写作亦如神灵附体，她以写作成为自己，她以写作延续书写对象的生命，也延绵她自己的生命。在生活之流中，将打工者还原为普通人，于是，她既看到了与普通消费者截然不同的人生风景，也看到了活生生的七情六欲。和其他职业、其他人群一样，会有一些跳脱的灵魂，更多的人安于此时此刻，收成是稳固的，每一天的劳作都能折相应的工资，平凡的快乐，无须夸张的卑微的充实，刚好支撑起一个社会阶层。

塞壬的标新不立异也表现在她的写作过程中，她的散文体量大，有密集的信息、浓烈的情感、新颖的修辞，引入了小说的虚构以及其他文体创作的优点，正如她在《散文漫谈》中说的："真并不仅存于现实的真，对于写作者来说，真有可能存在于某种合情合理的虚构之中。"此外，她还在扩大散文的容量上下了大功夫。她认为由朱自清《背影》等名篇构建的散文观必须被超越，一个真正的写作者必须诚实地面对自己的时代，面对自己的身体，面对历史的遗产。她写道："如果不在文本的边界上面寻找突破，如果不更新语言库，如果对文本的结构理解停留在旧式的模板中，不去在小说、戏剧、电影以及纪录片这类文本中寻找表达的新式语言，那么散文的写作是难以为继的。”她不断探求“标新”，文体的开放使散文的体量大大地增加了，再也不是茶余饭后的谈资、报纸上的豆腐块。她将人性、命运、时代这些沉重的话题引入散文之中；而且她所写的一切作品都始终与创作主体“我”息息相关，所以她认定自己是在写散文。

面对日新月异的时代，塞壬置身其中，她不能隔岸观火，她打开自己的五识，勇敢地走到拥挤的人群中，让生命张扬、思绪放飞，与时代正面交锋。她让眼睛、鼻子、耳朵以及整个感觉系统张开，像张开一张网，让人世万象从网中穿行而过，绵密的网会将彩贝和珠宝留下。在一个全面提速的时代，我们有多少文字是在书斋里闷出来、憋出来的，我们面对文章标题就像对着奥数题一样绞尽脑汁。我们忘记了看、体验，忘记应该将自己委身于对象，让词语像魔法一样活蹦乱跳。塞壬信奉生活，在书房之外，有千千万万的人群；在窗户外面，有无数的风景。写作可以通向广袤的时空、无穷的未来和无限的过去。写作是对自我的发掘，也是对自我的让渡，走出狭小的自我，去迎接大我，去感受千百万生产者、建设者和消费者的诸种感情。塞壬的散文赋予每个卑微的生命以灵魂，乡村的牛、羊乃至植物、苔花都因为她的书写而复活；城市的隐匿处、暗处也因为她的书写而发光。